馭禽長征
2 出奇制勝
龍人 策劃 雨魔◎著

故事簡介

紳士大盜楚天，歷盡艱苦，終於找到了雅瑪人價值萬億的藏寶地，卻因一時好奇，而意外喚醒了封印千年的逆世天禽，被移魂奪魄，莫名其妙來到一個被鳥類統治的異世星球，故事從此展開。

禽鳥世界美麗而富足，但由於神權與王權的激烈衝突，再加上虎視眈眈的百萬戰獸，誓雪前恥的四方海族，天鵬盛世並不如表面那樣和諧、平靜，一切只是風雨驟來前的假象。

鳥身人腦的楚天，努力學飛，抗拒吃蟲，卻因一時嘴饞，吃下鳥蛋而引起眾怒。即將被處以極刑的楚天，卻因神權與王權的制衡而僥倖生還，且因禍得福晉升為啄衛。

機緣巧合之下，楚天收了一隊天牛軍團為部下，意外成為孔雀崽崽的「媽媽」，並獲孔雀忠心家臣鴕鳥的相助，繼而結交鴨嘴獸王和不死之神始祖鳥，屠戮擁有傲世真言的黑天鵝和火鳳凰，得到神級羽器幽靈碧羽梭，戰敗了不可一世的大雷鵬王和海族幻龍大帝，威名震懾天下。

一座座天空之城在他腳下顫抖，鳥、蟲、獸、海四族的屍體和鮮血鑄就了他逆天禽皇的威名！

人物介紹

禽皇：萬年前率四王作亂，被神王兩權陰謀鎮壓，流放到外界，萬年來懷著復仇的念頭存活，大盜楚天巧合之下觸碰禁忌，思想留在楚天腦海裏，把自己的一切都給了楚天。

楚天：因尋找寶藏穿越到鳥人世界的彪悍大盜，其腦海裏有著禽皇的思想，修煉九重禽天變，在鳥人的世界裏一步步建立屬於自己的勢力，得到禽皇寶藏之後開始爭雄，破神權鳳凰，滅王權鯤鵬。擁有神級羽器幽靈碧羽梭、烈火黑煞絲，頂級羽器大日金烏、修羅鳥語針。

吉娜：機緣巧合之下跟在楚天身邊，漸漸看清了神王兩權的本來面目，對楚天暗生情愫，對楚天裨益極大。

獨眼：楚天在血虻沼澤收服的恐怖天牛隊首領，通過自己不斷修煉，領悟蟲族力量，最終隨著楚天一起在鳥人世界橫行。

崽崽：孔雀王系一族嫡系後人，本來是楚天在血虻沼澤拾取的一個蛋，活潑可愛，跟在楚天身邊漸漸成長，在楚天的幫助下奪取綠絲屏城政權，擁有孔雀一族王系神級羽器孔雀翎和孔雀明王印。種族異能「孔雀屏」。

特洛嵐、伯蘭絲：孔雀家臣鴕鳥一族的兩位族長，結爲夫妻，爲尋找主上的後裔在陸地上待了百年，找到崽崽之後一直待在楚天身邊，對楚天在鳥人世界成長稱霸幫助極大，成爲其左膀右臂，兩人分別擁有頂級羽器虯黿翼和碧波粼羽刀。種族異能「坐地裂」。

馭禽齋傳說

卷二 血虻驚魂

CONTENTS

目錄

第一章 勾心鬥角

在路上問了幾個用詭異眼神打量他們的鳥族之後，楚天他們最終還是找到了通往神殿的去路。

穿過一條條街道，越來越偏遠，一大片的花草透出濃濃的自然氣息，迷霧的山峰下出現兩根巨大的白色玉柱，矗立在空曠的平地上。一座雄偉的建築出現在楚天他們的眼前，頂上是一塊圓形的玉石，正不斷地散發著光芒，源源不絕，神聖而莊嚴。

楚天大喜，說道：「這就是神殿吶！果然壯觀。」

正在驚歎間，迎面走來一隊潔白無暇的鳥族衛士，是一群白鴿。

統一的白色鎧甲，兩肩上都有著橫牌章紋，胸前由肩到腰斜掛著一條黃色的綢帶鏈子，正中間是一排豎著豆大的白色鈕釦，腰間繫著一條碩大的黑色皮帶，閃爍著寒光的皮帶扣子上刻著奇怪的圖案。楚天心裏大笑，這群白鴿的打扮怎麼這麼像儀仗隊的呀！

所有的白鴿面部已經依稀成人形，昂首挺胸目視著前方，看都不看楚天他們一眼。

特洛嵐小聲地說道：「這是神殿裏的白鴿鳥衛，只是最低等的衛士，上面的還有天鬥士、神武士，不過他們一般都是鎮守神殿裏最重要的地方的。」

楚天問道：「那天鬥士、神武士的力量等級是怎麼樣的呢？」

特洛嵐回答道：「他們的靈禽力都是接受過大祭司的祝福的，所以在攻擊的時候附帶許多不同的力量。相比較而言，同等級的鳥是無法跟他們抗衡的。因爲是神殿裏的衛士，是萬能的鳥神的奴僕，他們的等級都是很高的。」

特洛嵐低聲說道：「這隊白鴿衛士恐怕是來盤問我們的。」

楚天奇怪道：「盤問我們？」

特洛嵐笑道：「我們已經到了神殿之下了，鳥族規定神殿附近都是禁區，我們這樣闖進來，當然會有神殿裏的白鴿衛士過來盤問啊。」

楚天鬱悶地說道：「怪不得一到這裏就見不到別的鳥了。」

說話間，那支隊伍走到他們身邊停下。

一隻白鴿走過來說道：「你們難道不知道擅自闖入神殿範圍是件很嚴重的事情嗎？」

他身高與楚天相差無幾。

楚天驚疑不定，向旁邊的鴕鳥伯蘭絲說道：「這是什麼種族的鳥？」

伯蘭絲輕聲說道：「是烏雕鴞一族，按照遠古的力量劃分標準來看，他的靈禽力已經達到靈變階段了，實力應該還蠻強的，可惜出身不太高貴！」

楚天打量著眼前這隻鳥，裝作一臉地漠然，說道：「我是楚天，是爲格古達羽爵送信到神殿來的，有重要的東西要交給銀羽大祭司！」

烏雕鴞優雅地向他旁邊的兩隻鴕鳥鞠了個躬，說道：「原來你就是楚天閣下，在下伊萬諾夫，銀羽大祭司命我在此恭候多時了，現在請跟我來！」他剛才曾運起靈禽力探察楚天等三隻鳥的力量，卻發現不但楚天的靈禽力探不到，就連他旁邊的兩隻鳥也探不出，心中已是非常吃驚。他當然不知道這是特洛嵐運起靈禽力，將伊萬諾夫釋放的靈禽力盡數擋在外面的緣故。

楚天點點頭，對旁邊的特洛嵐說道：「我們一起進去吧！」

伊萬諾夫笑著說道：「銀羽大祭司只說見你一個，其他的就不用進去了。」

楚天無奈地看了看兩隻鴕鳥，特洛嵐點了點頭。楚天這才跟在伊萬諾夫後向神殿走去，那一對白鴿衛士有條不紊地跟在伊萬諾夫身邊。

伊萬諾夫邊走邊說道：「閣下想必是第一次來黑雕城吧？」

楚天對著這隻總是掛著笑容的鳥頗有好感，聞言答道：「是呀！若不是受格古達羽爵所托來神殿交東西，恐怕我也不會到黑雕城來。」

伊萬諾夫一怔道：「難怪銀羽大祭司說這幾天會有人來。」

楚天問道：「那銀羽大祭司怎麼會知道我來呢？」

伊萬諾夫說道：「大祭司術法通神，自然知道。只是可惜了格古達，他生性正直純樸，本來是瀾卜斯特家族旁支所出，憑著自己的刻苦修煉成羽爵，因看不慣家族爭鬥才會進入神殿潛心修習，平日跟我關係最好，若不是在家族內鬱鬱不得志，也不會被派去血虻沼澤……唉。」

一邊走一邊聊，楚天和伊萬諾夫不多時便到了神殿的台階下。

白玉一般寬長的台階斜上延伸著，兩邊的欄杆閃耀著藍色的光輝，上面線條流暢的雕刻十分的輝煌。

金雕玉琢的琉璃瓦像一隻隻欲振翅翱翔的鳥，極盡逼真而醒目，在陽光下折射出各種各樣的形態，俯首朝向建築的最高點。

幾根巨大的石雕巨柱屹立在建築台階的盡頭，完美的雕刻充斥著鳥的眼睛。

楚天看著神殿隱露的莊嚴，臉上露出高貴的神態，目不轉睛地望著建築的頂端。心中想道：這地方確實與別處不同，自然地流露出如此安詳靜謐的氣氛，倒像當日我在地球時，曾造訪過的尼泊爾寺廟一般。

楚天跟著伊萬諾夫一步一步走上台階，不多時，就來到神殿大門的兩根石雕巨柱前，一名穿著祭司袍子的畫眉鳥迎了上來。

畫眉鳥頭上戴著一頂白色的圓環，在陽光下閃爍著光芒；面上帶著謙和的微笑，雙眸珠圓玉潤，透出神聖和高貴；身上穿著雪白的祭司長袍，前胸的服飾上繡著一團白色的火焰，下擺無風自動；一雙翅膀向後揚起，雪白的羽毛柔順而有光澤。

楚天目不轉睛地盯著她看了一會兒，心道這隻畫眉長得真不錯。

伊萬諾夫對那隻畫眉鳥說道：「愛納斯神侍，請你先陪著我們尊貴的來賓去見銀羽大祭司。」說完又對旁邊的楚天說道：「我只能送到這裏。」

楚天點點頭，目送伊萬諾夫轉身離去，然後才對畫眉鳥道：「你好，愛納斯神侍，我叫楚天。」

愛納斯優雅地走到楚天面前，說道：「請讓愛納斯帶您去見德努嘉大祭司！」

楚天盯著左邊的那根石雕巨柱，滿臉驚奇之色，石柱上的雕刻精美逼真，天上飛著無數隻鳥，神態各異，有的作仰天長嘯之狀，身體周圍簇起一團團火焰；有的作低頭沉吟之狀，爪下雷電纏繞，數不清的雷電從天劈下。地面森林大樹參天而起，草原雜草隨風而動，無數隻野獸奔騰而出，牠們的利齒閃著寒光，奔騰之狀也是極盡勇猛，栩栩如生。

楚天好奇地說道：「這根石柱上似乎是記載著什麼事件，看起來氣勢好大啊！」

愛納斯笑著說道：「是呀，這紀錄了兩萬年前的一場大戰。」說到這裏，她故意停頓一下，看著楚天。

我的天吶，你別這樣看著我行嗎？這樣很容易讓我想入非非的。楚天哪裏會不知道這可愛神侍的心思，他馬上裝著很有興趣地問道：「在這石柱上就畫得這麼傳神，那一戰肯定是驚天動地？」

愛納斯張嘴一笑，驕傲地說道：「那當然，這可是我們高貴鳥族與陸地上獸族大戰時的場景。那時無知的獸族竟然想奪取我們鳥族的政權。」

獸跟鳥爭天下？楚天只覺得異常滑稽，他忍住笑，裝出一副憤慨的表情，說道：「獸族竟然這麼不自量力，這不是以卵擊石嗎？」

愛納斯翅膀一展，說道：「我們鳥族由雷鵬一族的大雷神帶領，在廣闊的陸地上跟獸族的聯合軍大戰。那一戰，大雷神運起無上的天之力，以雷電之術將獸族的寒犀王、猞猁王、血豹王、羆象王轟擊得灰飛煙滅。」愛納斯又指著楚天問她的那一根石柱道：「這就是大雷神幻化的原身，運起神級羽器雷霆解將無知的獸族一一擊斃的場景。」

講到激動處，愛納斯小臉漲得通紅，翅膀也興奮地拍打著。

楚天看著石柱上一隻大鵬展翅而翔，全身雷電隱現，一條條詭異的雷電從他雙眼之間

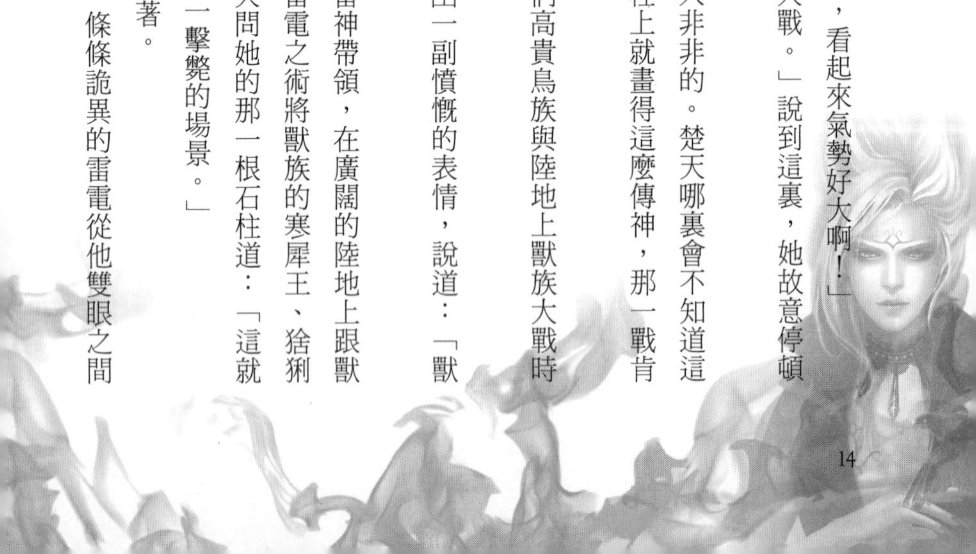

的銀色羽器中向下劈去。神級羽器？老子什麼時候也能有一件神級羽器就好了，用起來一定特別爽！

他不由得心生嚮往，指著大鵬說道：「這就是傳說中的大雷神？」

愛納斯展開她的翅膀，說道：「你這樣是對大雷神的不敬。自從大雷神將獸族四大家族的首領一舉滅掉之後，鳥族念在當年獸族也有功於我們，並沒有將他們滅族，但他們既然背叛了我們高貴的鳥族，所以剩下一部分的獸族被趕往黑暗的地下世界和寒冰世界，以示懲戒。從此我們高貴的鳥族統一了天下。」

怪不得老子基本上吃不到葷腥，原來動物都被你們趕到別處去了，楚天聽完愛納斯的解釋，心裏暗暗吃驚，這是怎樣的世界，一群鳥竟然能這麼強悍？還有這麼輝煌的歷史，聽起來還真是讓老子熱血沸騰。

「愛納斯神侍，這根柱子上說的又是什麼？」楚天又看右邊的石雕巨柱，石柱上的雕刻精美而逼真，無數鳥凌駕於空中，翅膀都是張開到極致。最顯眼的要數其中幾隻拖著長長尾羽的鳳凰，她們身旁升起一團火焰，翅膀搧著，不斷的有大火向下面的海上燒去。海面上波濤洶湧，巨浪滾滾，濺起的水花一觸到下落的火焰，馬上蒸發消失。海面上翻騰著巨大的鯨鯊，獠牙利齒，掀起的浪花上站著無數隻蝦兵蟹將，儘管是雕刻，但彷彿還是能聽到他們的怒吼聲。

愛納斯見楚天滿臉的嚮往之情，說起來自然也是神情激昂，竟配合翅膀上的動作來講解：「這幅表達的事蹟更久遠了，是三萬年前的鳳凰煮海之戰。」

楚天看著石柱上火光隱現，不由問道：「難道是我們鳥族將整片海給燒得沸騰了？」

愛納斯驕傲地點點頭道：「這一戰可以說是我們神權派最神聖、最輝煌的一戰了。鳳凰大祭司以天生能力運起天火配合著神級羽器碧翎煮海弩，一怒而燒，將整片折翼海都煮得沸騰起來。」

楚天咋舌道：「整片大海都煮沸騰了，就靠著鳳凰大祭司的一把火？這也太誇張了吧？」

愛納斯見楚天面帶懷疑之色，激動地說道：「鳳凰大祭司的神力是不允許任何人懷疑的，她的地位和大雷神一樣都是至高無上。」

楚天心中卻想著，多半是靠那件什麼神級羽器碧翎煮海弩，靠，越說老子心越癢，以後一定得弄幾件神級羽器來玩玩。「我倒不是不敬，只是聽你說了我們鳥族這麼輝煌的戰績，當然免不了心裏激動。」

愛納斯心機不深，見楚天滿臉真誠，也就釋懷了：「天火源源不絕，將整片大海全部煮得沸騰，海裏存在的生物差不多都被煮熟，擁有高等智慧卻愚蠢地不肯臣服於我們高貴鳥族的海族就這樣滅絕了。」

這究竟是個什麼世界啊？楚天難以想像一群鳥今天用雷電去攻打猛獸，明天用烈火燒烤海族。

楚天一邊看著石柱上鳳凰和雷鵬囂張的模樣，心道：他們一搧翅一抬爪就有驚天動地的力量出來，老子什麼時候能有這樣的力量，那樣的話，在這個世界上豈不是倒著飛都沒人敢管？楚天搖頭晃腦地來到第三根石柱之下，上面的圖案是一排美侖美奐如宮殿般的建築，幾隻人形的大鳥站在建築的頂端，微昂著頭，雙手後負，眼睛中露出睥睨天下的傲氣，嘴角隱顯一絲嘲笑地望著建築下匍匐著的鳥類。一隻全身羽毛稀少而精短的醜陋大鳥眼神中透出十分不甘，桀驁不馴中又夾雜著嗜血的光芒，掙扎著卻怎麼也動不了。

遠遠的天際幾十隻形狀怪異的隱約可見體內骨頭的鳥向外飛去，彷彿可以聽見牠們淒厲的鳴叫聲。而在這群鳥正下方的地面上，一群鴨嘴獸向地下爬去，形態淒慘。

楚天怔怔盯著這樣的畫面，腦子裏突然一片混亂，整個畫面彷彿變得十分熟悉，隱隱約約感覺自己好像在這個世界待過一樣，但是很快他的腦子裏如被雷電擊中，一想就會頭痛欲裂。

愛納斯見楚天愣住，連忙解說道：「這是一萬年前，禿鷹一族的首領天禽夥同鴨嘴獸和始祖鳥兩族發生叛變，想建立一個只有王權的世界。那時鳳凰大祭司掌控著世界的權力，一切的鳥民都臣服於萬能的鳥神。經過禿鷹這三族的叛亂之後，一直沉寂的雷鵬趁此機會佔據王權，重新獲得與鳳凰大祭司相抗衡的實力。」

楚天恍如沒有聽到她的話，只是看著那隻天禽發呆，臉上露出痛苦的神情，雙眼暗芒變幻閃過。

愛納斯站在楚天背後，沒有看到他眼中的嗜血光芒，她指著那隻醜陋的大鳥說道：「這是禿鷹族中幾萬年來最有天分的鳥，據銀羽大祭司說，他被稱爲天禽，乃是天才之鳥的意思，當年的鳥族多尊稱其爲禽皇，擁有不低於鳳凰和雷鵬的力量，甚至猶有過之。」

楚天翅膀無意識地抖動著，掀起一陣陣微小的風浪，他聲音低沉，不耐煩地道：「讓我安靜一下。」

愛納斯被他冰冷的語調激得渾身一顫，退向一邊，十分驚訝地看著面容古怪的楚天。

楚天死死地看著石柱，腦海裏不斷閃現著模糊的片斷，一仔細冥想頭部就像是遭到雷擊電打，痛苦不堪。他努力控制著自己顫抖的身子，體內有一道力量彷彿要噴發而出，眼睛裏閃爍著的紅芒越來越熾烈。

「愛納斯神侍，德努嘉大祭司跟寒梟翅爵大人要你帶著來賓進去！」一個聲音在背後響起。

楚天眼中紅芒消逝，感覺體內似乎多了一種未知的力量。

愛納斯道：「請跟我來。」

神殿的正中央是一個人形的雕像，跟白林鎮如出一轍，雖然早已見識過，但楚天還是怔怔地看著雕像發呆。

「這位想必就是受格古達羽爵所托，前來送信的楚天啄衛吧？」一陣爽朗的笑聲從背後傳來。

楚天回頭一看，一隻人形大梟向他走來。那隻梟的上半身已經完全是人形，圓臉濃眉，頭頂上正中一條黑色的冠線直達後腦，兩邊都是紫色的頭髮，無風飄動，一雙眼睛精光內斂，一身白色的綢衣恰到好處地讓他顯得儒雅，在他的胸口附近別著一枚別致的銀色盾形章紋。

楚天看他的服飾似乎不太像是祭司，那麼想必就應該是什麼寒梟翅爵了，於是他將翅膀放在胸前，半鞠躬說道：「楚天見過尊敬的寒梟翅爵閣下。」

寒梟翅爵笑著說道：「不必如此多禮，請跟我來。」當先向裏堂走去，一邊走一邊向楚天解說著神殿裏的一切。愛納斯卻一言不發，靜靜地跟在旁邊，看來神權和王權之間的隔閡確實不淺。

楚天跟在後面，看著寒梟翅爵的笑容，頓時起了一身的雞皮疙瘩，這老傢伙一看就是那種老奸巨猾型的，老子不過是一個送信的，而寒梟翅爵卻身分尊貴，他怎麼會這麼熱心？無事獻殷勤，只怕是有陰謀，老子得小心點才行。

在經過一段不遠不近的路程之後，寒梟翅爵忽然道：「我們這就去見的是銀羽大祭司德努嘉閣下。你爲神殿帶來了重要的消息，不知道德努嘉大祭司會給你什麼樣的獎勵。」

楚天無言地點點頭，目光在寒梟翅爵身上逗留片刻，決定還是暫時向他示好，於是道：「此事還希望尊敬的寒梟翅爵能相助！」

寒梟翅爵眼露欣賞之色，大笑著說道：「好說好說，這邊來。」他又轉過身對愛納斯說道：「愛納斯神侍，你忙去吧，楚天就交給我來照顧好了！」

愛納斯臨離去之前看了楚天一眼，卻什麼都沒有說。

裏面是一座露天的祭壇，兩根高高的柱子矗立，上面雕刻著數不清的圖案。祭壇呈圓形，邊沿上用玉砌的欄杆圍住，欄杆上的紋路像是某種符咒，其他的就再沒有擺設。用銀羽大祭司的話來說就是——我們只要用最真誠的心去面對萬能的鳥神。

一隻綠喉劍嘴鶥站在祭壇之上，雙手張開，他的上半身已經是人形了，消瘦的臉如白玉般光滑，兩道略彎的劍眉下一雙如藍寶石般的眼睛廣袤而深邃，高聳的鼻樑。薄薄的嘴唇始終保持著冷漠的角度，楚天猜測這個應該就是神殿的銀羽大祭司德努嘉了。

德努嘉頭頂戴著的高大藍冠上鑲嵌著一顆閃爍著光芒的巨大寶石，寬大的紅色長袍罩住他的身體，衣袖下擺無風上揚，上面繡著的金色絲線紋路閃耀著刺眼的光芒，胸前的衣服上用金色紋著一團巨大的火焰，似要騰躍燃燒。

寒梟翅爵走上前，略一躬身，說道：「尊敬的銀羽大祭司，楚天啄衛已經來了。」

銀羽大祭司放下手，走到楚天面前，看著他。

楚天忽然感覺自己好像是沒穿衣服一般，德努嘉的眼神中透出的能量竟似能將他內心的秘密全部窺探出來。不過，很快他體內就突然生出一股反應，竟抬起頭來直視銀羽大祭司的眼睛。

銀羽大祭司德努嘉微微一怔後，微笑道：「格古達臨死時發出的感應，我已經通過羽器透天鏡獲悉了。」他的聲音充滿磁性。

楚天這才恍然大悟道：「尊敬的銀羽大祭司，依照格古達的囑託，我才來到這神聖的地方，這些是格古達要我交給您的。」說完就從腰間貼身的口袋裏拿出猀芪樹葉遞到銀羽大祭司手上。

「你就是那個啄衛嗎？你怎麼會跟兩隻低賤的鴕鳥混在一起？」一個傲慢的聲音從背後傳來。

楚天回頭一看，一隻體格頗大的白眉鶯走了過來。只見他身穿全部是由精鋼打造的黑色戰甲，使他整隻鳥都散發著一股高高在上的氣息。一雙傲慢的眼睛透出陰冷與冷漠，深黃的雙瞳閃爍著光芒，嘴角總是掛著一絲冷笑，精短的黃色頭髮根根豎起，翅膀負在身後。

寒梟翅爵見楚天臉露不解神色，便笑著道：「這位是羅得曼羽爵，本來是要他去接你的，結果有事耽擱了。」

羅得曼羽爵跟寒梟翅爵打了招呼，又向銀羽大祭司行禮。「楚天啄衛，本爵問你話呢！」羅得曼故意將啄衛兩字咬得特別重，其中儘是諷刺意味。

楚天一聽他的口氣，心裏一陣厭惡，卻微笑道：「羅得曼羽爵，以你的力量似乎也不是那兩隻鴕鳥的對手吧？如果他們低賤的話，你豈不是連低賤都夠不上？」

羅得曼眼神冰冷地看著楚天，如果眼神能殺鳥的話，楚天估計已經死了好幾次了。

寒梟翅爵見場面有些尷尬，忙道：「楚天，羅得曼羽爵只是好奇罷了，其實本爵也覺得奇怪，你已經被冊封爲啄衛，怎麼身體外形卻好像一點都沒改變呢？」

楚天對寒梟翅爵這個老狐狸倒還真是不願得罪，於是道：「這個我也不是很清楚，當初在丹姿城下屬的祀廟裏接受鳥神祝福的時候，祭司說過我身體不同於其他的鳥類。」

寒梟翅爵笑了幾聲道：「那就難怪了，本爵剛見楚天啄衛時，就發現你體內的靈禽力已經遠遠超過啄衛的水準了，這次你和格古達羽爵共同抵抗血虻沼澤的蛇族，爲神殿立下大功，相信德努嘉大祭司一定會重新賜予你爵位的！」

銀羽大祭司德努嘉看了寒梟翅爵一眼，平靜地道：「這個就不勞翅爵大人費心了！」

羅得曼卻傲然道：「依我看，小小的血虻沼澤怎麼可能威脅到我們鳥族的統治？恐怕只是某些別有用心者散佈的謠言而已，如果這樣就能獲得爵位，恐怕大家不服吧，尊敬的寒梟翅爵？」

寒梟翅爵心中暗罵，你這個有勇無謀的混帳武夫，自己蠢也就算了，居然還想把本爵拉下水？

正在想如何應答，楚天的身體卻突然發生了意想不到的變化。他感覺翅膀一陣顫動，一根羽毛正散發著藍色光芒，愈來愈亮的光芒將整個殿堂映在一片朦朧的藍光之下。

寒梟翅爵露出十分驚訝的神色道：「看起來這應該是神殿的中級羽器天綾羽呀，怎麼會在楚天啄衛的身上？」

銀羽大祭司德努嘉平靜地道：「監視血虻沼澤是個很危險的任務，格古達擔當這個職責之後，我就將三萬年前煮海之戰時留下的天綾羽賜予他，一方面是爲了表彰他的功績，另一方面也是爲了保護他的安全，沒想到最後格古達還是受到了鳥神的召喚。」

這時那根羽毛已經脫離楚天的翅膀，飛到半空中頓住，不斷地在原處旋轉著，一團藍光向上方射出。

藍光聚集起來後漸漸擴散，平鋪著形成一個薄薄的長方形平面，就像一面藍色螢幕。

羅得曼羽爵看著藍光，瞪著眼睛，滿臉的懷疑之色，那藍光裏竟然是一段影像——格古達與楚天大戰妖蛇的場景。氤氳著玄黑色霧氣的沼澤，蛇尾掀起的巨大淤泥漩渦，昂然而立的蛇頭，吐著一團團致命的氣息。

羅得曼看著畫面裏妖蛇令人恐怖的力量，心裏一陣發怵，暗想幸好自己當初沒去。寒梟翅爵吃驚地說道：「這就是那隻最強悍的妖蛇？竟然有如此力量。」

楚天冷聲說道：「這是一條腹子蛇。」

寒梟翅爵掩飾不住內心的震驚，說道：「腹子蛇？難怪有這麼強橫的力量，看來血虻沼澤這些年一直都被我們忽略了！」

德努嘉大祭司歎息道：「其實是我的失誤才導致格古達殉職，我太過信賴羽器透天鏡的力量，卻忽視了蛇族可以修煉成腹子蛇這一點，因此低估了蛇族的整體實力。不過好在格古達臨死前將血虻沼澤的珍貴資料寫在狲芘樹葉上，讓楚天帶回神殿，這對於我們針對蛇族的整體實力重新作出戰略部署，有非常重大的作用。」

此時，畫面放完，羽毛的光澤一暗，從空中落下，鑽進楚天的翅膀裏。

德努嘉卻顯得異常的平靜道：「爲了表彰楚天的功績，我決定以萬能鳥神的名義，賜予楚天榮譽羽爵的爵位。」

寒梟翅爵眼中一道奇異的光芒閃過：「大祭司閣下，以楚天的功績，給個榮譽羽爵恐怕太小氣了，這樣一來以後誰還會爲神殿盡心盡力？依本爵之見，直接封羽爵就是了。」

羅得曼正要反對，寒梟翅爵眼中閃過一道厲芒，瞪了他一眼。羅得曼心中一驚，快出口的話硬縮了回去。

銀羽大祭司德努嘉心裏思緒不停，臉上卻看不出任何情緒波動。他心裏想道：寒梟對楚天示好，只怕沒安什麼好心，多半是想讓他充當王權派的替死鬼。不過，這件事恐怕還輪不到你來左右，哼。

他故作沉吟一番後，緩聲說道：「既然如此，就冊封楚天爲羽爵！」

寒梟翅爵仰起的臉上閃過一絲不易覺察的嘲笑：「恭喜楚天羽爵！」

楚天又驚又喜，沒想到來神殿一趟居然會成爲羽爵，這也太爽了吧，那老子要是再來個幾趟，豈不是……嘿嘿。而且好像聽誰說過，有正式爵位的鳥族都能擁有一塊封地，楚天想起來就興奮不已，不過他嘴上還是很謙虛地道：「多謝銀羽大祭司和寒梟翅爵。」

銀羽大祭司德努嘉露出一絲笑容，道：「現在就對你施加祝福，並將羽爵心法傳給你！」說罷他就向祭壇走去，周身閃爍起若有若無的火焰，也不見他有什麼舉動，放在不遠處的銀白色架子上的黑色權杖，忽然緩緩飛到空中，劃過一道黑芒後，直接落在了他的手中。

寒梟翅爵指著祭壇，輕聲道：「楚天羽爵，現在你可以走上祭壇了，祭司大人的羽器神息權杖將會賜予你羽爵的爵位。」

楚天抑制住心中的激動，點點頭，跟在德努嘉的後面，向祭壇慢慢走過去。

銀羽大祭司德努嘉雙手上揚，寬大的長袍無風而動，張開到極致，下擺的絲線閃爍著光芒。隨著他口中不斷地吟唱，天空一道白色光芒落到圓形祭壇邊緣，整個祭壇都被籠罩在光芒之中。

羅得曼羽爵這時才敢開口說話：「尊敬的翅爵大人，爲什麼要讓那隻沒有背景的蠢鳥當上羽爵？」他對楚天這隻不知所謂的鳥居然能獲得羽爵感到很不平衡。

寒梟翅爵一臉的陰沉，說道：「你還有臉說，差點就被你壞了本爵的大事。根據我的判斷，楚天的實力絕對不會低於羽爵，獲得爵位只是早晚的事，我只不過是順水推舟罷了。何況這傢伙對於本爵來說還有很大的利用價值，所以如果你還想成爲那拉家族的下一任族長的話，最好不要攪了本爵的計劃，否則，就算你那個表弟再怎麼沒用，畢竟還是現任族長的兒子，而如果沒了本爵支援，你永遠也不可能成爲下一任族長！」

羅得曼唯唯諾諾地應和著，眼中怨恨一閃而逝，低頭退在一旁。

大祭司慢慢上升，旋轉著轉過身，臉上散發著神聖的光輝，他右手權杖一指，一道白色光芒將楚天籠罩。

楚天感覺如沐春風，舒服地閉上眼睛，沉浸於其中，一股暖洋洋的熱流在他全身遊走。不多時熱流消失，楚天瞪大眼睛羨慕地看著銀羽大祭司德努嘉，心裏驚歎不已。

德努嘉臉上不露出半點笑容，慢慢落下，他左手大袖一揮一揚，一張奇特的卷軸出現在他的手中，而原先環繞的白光卻漸漸消失。

楚天呆呆地看著大祭司手上的羊皮卷：原來真的每座神殿都有羊皮卷，得找個機會偷出來才行，嘿嘿。他心裏樂開了花。

德努嘉低沉而富有磁性的聲音在楚天的耳邊響起：「楚天，現在我就將羽爵心法傳給你！」他手一拉，將羊皮卷拉開，平平停留在他的胸前，一道若有若無的藍色光芒從楚天的耳朵穿過，漸漸融入楚天的腦海之中。

楚天閉上眼睛，全神貫注地感覺著羽爵心法。

楚天只感覺體內有一股氣流升起，全身彷彿有使不完的勁，羽爵心法在腦海流轉，讓他對於禽天變的心法又有了新的領悟，兩者共同充斥著楚天的腦袋。他張大翅膀一聲厲嘯，身子驀地一震，睜開眼睛，雙眼炯炯有神，兩種不同顏色的光芒顯得格外犀利。

德努嘉大袖一揮，那卷羊皮卷頓時消失不見。

楚天怔怔站著，還沉浸在對新獲得的羽爵心法的領悟中，不一會就進入了入定狀態。

德努嘉走下祭壇，寒梟翅爵面帶微笑道：「這個楚天真不簡單哪，恭喜神殿又多了位新起之秀！」

銀羽大祭司德努嘉微微愣了下，隨即微笑道：「翅爵大人心中真是這麼想的嗎？」

寒臯翅爵乾笑一聲：「那是當然！」

德努嘉也不再回答，揚聲道：「楚天羽爵，你可以下來了。」

楚天只覺腦子裏有如落下一個霹靂，從入定的狀態醒來，雙眼神芒盡斂，向祭壇下走去。

寒臯翅爵笑著寒暄道：「楚天羽爵，我們鳥族又多了一隻像你這樣年輕又有實力的鳥，實在是鳥族的一大幸事。不過接下來只怕就要有重任要交給羽爵閣下你了！」

楚天略微有些得意地微笑道：「這還得多謝大祭司和翅爵大人！」

銀羽大祭司德努嘉不禁臉色微變，隨即道：「楚天羽爵，現在你可以隨愛納斯神侍去休息一下了！」

楚天點點頭，向神殿外走去。他想著這一趟的遭遇，感覺就像是做夢一樣，真是太爽了，老子終於開始轉運了。

愛納斯站在門口，看見他來笑著說道：「請跟我來！」

楚天向前走了幾步，突然想起崽崽他們還在外面，於是說道：「神侍，現在我能不能出去逛逛？」

愛納斯笑著說道：「當然可以呀，神殿是不會干涉貴族的自由的。」

楚天見她笑得十分可愛，不由想起丹姿神侍吉娜，吉娜那丫頭現在應該也是丹姿城的

神侍了，不知道她會不會也變得和眼前的愛納斯一樣可愛？

愛納斯還是第一次被一隻雄鳥這樣盯著看，不禁雙頰通紅，小聲道：「楚天羽爵，您這是幹什麼？」

楚天一見到愛納斯通紅的臉蛋、緊張的神情，頓時不由自主地道：「神侍實在太美了，讓本爵有些心動！」

愛納斯臉上又是一陣緋紅，嗔怒道：「羽爵您怎麼可以如此無禮？」說完就一跺腳，逃向神殿裏去。

楚天心裏樂壞了，看著愛納斯離開的身影，不由笑得更加放肆。

楚天扭著屁股大搖大擺地向神殿外走去，老遠就聽見崽崽在特洛嵐懷裏歡呼雀躍：「媽媽，快來抱抱！」

楚天找個地方舒服地坐下，以前老是受兩隻鴕鳥的氣，這次從神殿出來封得個羽爵，心裏自然不將他們放在心上，走過去從特洛嵐懷裏抱過崽崽，親熱地說道：「崽崽，老爸現在是羽爵了，哈哈！」

崽崽用翅膀夾著楚天的腦袋，疑惑地說道：「媽媽，羽爵是個什麼東西？」

楚天瞪著眼睛看了崽崽一眼，說道：「羽爵是……總之以後我們就可以在黑雕城逍遙自在了。」

伯蘭絲冷冷地說道：「小小的一個羽爵就讓你這鄉巴佬興奮成這樣，真是沒出息，崽崽跟著你這樣的傢伙，以後不會有什麼前途。算了，還是讓我們把崽崽帶走吧！」

楚天瞪圓了眼睛看著伯蘭絲，心道：這兩隻鴕鳥一定是在嫉妒老子。算了，老子現在是羽爵，要是總跟她一般見識豈不是自貶身價。

特洛嵐臉上自然流露出一種讓人不敢正視的高貴：「區區羽爵，我們倒還沒看在眼裏。況且，就這樣平白無故地給你個羽爵的爵位，只怕不是什麼好事情。你把進神殿之後發生的事講給我們聽聽。」

楚天心裏早已將這兩隻鴕鳥的祖宗十八代問候了一遍，但還是一五一十地將自己進入神殿之後的事簡潔地說了一遍。

特洛嵐聽得臉色越發冷峻，連聲冷笑，渾身散發出一股迫人的氣勢。

伯蘭絲的神色也逐漸冰冷：「特洛嵐，看來這隻蠢鳥真的惹上大麻煩了，我們還是將崽崽帶走吧！」

特洛嵐神色凝重，點頭又搖頭道：「你又不是沒試過，可崽崽根本就離不開他。」

楚天聽得雲裏霧裏的，他不耐煩地說道：「你們到底想說什麼？」

伯蘭絲的聲音如滾滾雷聲撞擊著楚天的耳膜：「你已經淪爲一顆棋子了，你以爲這羽爵是容易當的嗎?寒梟翅爵口中的重任，只怕多半是想讓你去血虻沼澤送死，蠢貨！」

特洛嵐也歎息道：「鳥族的神權與王權之爭歷來已久，神權派的格古達殉職了，必然要再派遣一位羽爵前去接替他的任務，寒梟翅爵恐怕就是想把你這個沒什麼背景的鳥派去送死，才會毫不猶豫地將你提到羽爵的位置，難道你以爲他真的那麼欣賞你嗎？他不過是爲了避免他們王權派派出羽爵去接替格古達的工作，而使實力受到削弱罷了。」

楚天心裏一驚，但隨即說道：「這只是你們的猜測罷了。」

伯蘭絲接著道：「寒梟翅爵這樣做的意圖再明顯不過了，到時候派去血虻沼澤的恐怕非你莫屬了，尤其是他們也都看到了血虻沼澤的恐怖景象，王權派就絕對不會派他們一系的羽爵去送死，而你這個新上任的羽爵又是剛從血虻沼澤回來，對沼澤的環境和敵情也比別人熟悉，不派你去派誰去？你這替死鬼只怕是當定了！」

楚天不禁有些呆住了，不得不承認這兩隻鴕鳥的分析確實有道理，看來他自己確實有些興奮過頭了。

伯蘭絲不由冷笑幾聲。

楚天正要開口，忽然一個無比巨大的聲音傳來：「楚天羽爵，請速回神殿，大祭司大人有要事相商！」

伯蘭絲冷笑道：「楚天，你的噩夢開始了！」

楚天將崽崽交到特洛嵐手上，一路思索著兩隻鴕鳥剛才的話，向神殿走去。

第二章 暗流洶湧

走到神殿大門時，楚天見到一隻張著大嘴、身穿白色禮服的鳥在石柱上站著。那隻鳥細長的鳥腿如兩根枯木，長長翹起的尾巴上長著兩根彎起的羽毛；身穿略顯緊繃的白色燕尾禮服，細長的脖子上長著一個尖尖的腦袋；一對木訥的眼睛望著前面，嘴巴呈下彎狀，像一根煙袋。只見他深吸一口氣，本來細長的脖子猛地變粗脹大，大嘴一張，一陣轟隆隆的聲音就此從他的喉嚨裏傳出來：「楚天羽爵，請你速去神殿，大祭司大人有要事相商！」

楚天只覺得耳邊如雷擊過：「原來是你這隻怪鳥在吼，這神殿還真是懂得知人善用，哈哈……」

「楚天羽爵，德努嘉大人請你進去。」不知何時，可愛的神侍愛納斯又出現在楚天的面前。

楚天乾咳幾聲，挺起胸道：「我進去了！」

當他走到神殿裏堂的時候，正好聽到寒梟翅爵肅然道：「大祭司，現在格古達羽爵已經殉職，血虻沼澤也的確是一大威脅。當年先輩們建立黑雕、丹姿兩城也就是爲了監視那條黑蛙蛟，只是幾千年來沒見他有何異動，以至於掉以輕心。」

銀羽大祭司德努嘉點頭道：「從這份紗芘樹葉上記載的資料來看，血虻沼澤裏的那條黑蛙蛟已經開始蠢蠢欲動了，所以絕對不能放鬆監視。」

寒梟翅爵眼中得意之色一閃而過，道：「那大祭司大人以爲應該派誰去呢？」

銀羽大祭司德努嘉心裏冷笑數聲，故作沉思道：「我一時也沒什麼合適的人選，寒梟大人心裏可有什麼人選？」

寒梟道：「依本爵之見，楚天羽爵應該可以勝任，他剛從沼澤回來，對那裏的情況比較熟悉，不如就派楚天羽爵去吧！」

銀羽大祭司德努嘉心裏暗笑：就知道你會這麼說，不過他也不揭破，點頭道：「那就照翅爵的意思，委任楚天羽爵去血虻沼澤監視黑蛙蛟的動向。」

經過鴕鳥的一番提醒，楚天其實已經有了心理準備，但是聽到這兩個老傢伙這麼赤裸裸的對話，他還是忍不住心中暗罵：真被那兩隻鴕鳥猜中了，他媽的，這兩個老鬼居然這麼輕易就把自己給賣了。

德努嘉和寒梟翅爵看到楚天從門口進來，都微笑著上前來，寒梟翅爵更是拉著楚天的翅膀，親熱地說道：「恭喜楚天羽爵，從來沒有一隻剛晉升的鳥這麼快就有職位的。」

楚天假裝什麼都不知道，裝出驚喜之色道：「還不是要多謝兩位！」

銀羽大祭司德努嘉眼中閃過一絲精光，道：「本來是想等楚天羽爵你熟悉了這裏的一切之後再爲你安排職務，可是寒梟大人過於關心我們鳥族的未來，特意向我提議及早給楚天羽爵安排職務。」

楚天抑制住想扁人的衝動，因爲他知道再來三個自己也不是這兩個老傢伙的對手，於是裝出一臉大義凜然的樣子道：「屬下能爲鳥族的未來出力，就算拚了命也在所不惜。」

寒梟翅爵挽著楚天的翅膀，動情地道：「難得楚天羽爵通曉大義，本爵總算是沒有看錯你！」

德努嘉心中冷笑不已，臉上卻也是帶著微笑道：「格古達殉職之後，就沒有監視血虻沼澤的人選了，寒梟翅爵見識過妖蛇的厲害之後，認爲蛇族的存在，對我們鳥族而言始終是個威脅，就向我推薦了楚天羽爵。」

寒梟翅爵笑著說道：「楚天羽爵，這是你建功立業的大好時機，本爵和大祭司大人都等著你的好消息。只要你能順利完成任務，以後整個血虻沼澤和周圍近千里的土地就是你的封地。你回去準備一下，三天後就出發！畢竟遲了的話，恐怕血虻沼澤會出現太多的變數，那就不太好了。這幾天你可以在黑雕城好好地遊玩一下，有什麼需要儘管開口。」

楚天心裏暗中盤算著自己的利益，眼中露出詭異的笑容，不過很快就掩飾起來，謝過寒梟和德努嘉之後，就轉過身向神殿外走去。

在神殿外面的伯蘭絲正等著嘲笑楚天，沒想到楚天並沒有像她預料中那樣失魂落魄地走過來。恰恰相反，楚天渾身上下都充滿了鬥志，一臉自信的微笑。

伯蘭絲心想，看你裝到什麼時候，於是冷笑道：「小子，別裝了，自古以來，神權與王權的明爭暗鬥不知道讓多少隻鳥淪爲犧牲品。你不是第一個，也絕不會是最後一個。」

楚天已經對這個鳥類世界的爾虞我詐有了清醒的認識：他媽的，老子就不信我一個最高等的人類還鬥不過你們這群傻鳥，老子倒要看看究竟誰能笑到最後。於是他滿不在乎地微笑，渾身上下洋溢著強大的自信道：「我現在只知道一句話，那就是只有擁有強大的實力，才能將命運掌握在自己的手裏！你們就等著看我是怎樣來掌控我自己的命運的吧，我絕對不會讓崽崽跟著我受苦的！」

兩隻鴕鳥都怔了一下，誰也沒有想到楚天居然能說出這樣的話。

不過片刻之後，伯蘭絲又恢復了以往的冷漠：「特洛嵐，他不過是一個自大狂罷了，那番話只不過是他的幻想。」

特洛嵐卻搖了搖頭，看著一旁的楚天道：「我有種很奇怪的感覺，剛才他說這幾句話的時候，渾身所散發的氣勢竟讓我也不由自主地生出高深莫測的感覺來。」

楚天發洩一通後，說道：「我現在想去喝點酒吃點東西，特洛嵐，你去不去？」

特洛嵐笑著說道：「去，當然去，我也很久沒有嘗到酒的味道了！」

崽崽一聽到吃東西，小眼睛裏立即冒出興奮的光來，扯著楚天的羽毛道：「媽媽，酒是什麼東西呀？」

楚天說道：「酒是這個世界上最好的東西。」

崽崽更來勁，拍打著翅膀撒嬌道：「崽崽也要喝，崽崽也要喝嘛。」

楚天哈哈大笑道：「崽崽乖，你還小呢，等你再長大一點，老爸天天帶你去喝酒。」

伯蘭絲冷笑一聲，鄙夷地道：「崽崽天生就是飲酒高手，你都不一定是他的對手。」

楚天渾似沒有聽到，因爲他知道只要一接伯蘭絲的話，只怕不知道什麼時候才能擺脫這個囉唆的女人。想到這裏，他不禁有些同情特洛嵐，居然能一直忍受得了她，於是便對特洛嵐道：「特洛嵐想必也很能喝！今天我就跟特洛嵐比一比酒量。」

特洛嵐微微露出笑意道：「好不容易能碰上一個肯跟我拚酒的，說得我心裏都有些期待了！」

他們四個向城中心走去，找了一間看起來不是特別豪華的酒店，酒店裏的客人也不是很多，相對比較安靜。

楚天坐下後，揚聲道：「老闆，把你們這裏所有的好酒好菜都拿來，我就不信喝不過你，特洛嵐。」

不一會兒，老闆模樣的金蜥嵾鳥就送上了一桌子的酒，各式各樣的都有。

「各位請慢用！」

楚天叼起離得最近的一瓶酒，打開後有一股濃濃的酒香飄散開來，楚天嘴裏的唾液如同翻江倒海般洶湧澎湃而出，他深吸一口氣，仰起脖子就猛灌起來。

「果子釀，果子的香味全部保留下來！」特洛嵐笑道。

楚天放下酒瓶說道：「可惜不夠烈。」

「這瓶酒辣中帶苦，苦中雜甜，甜裏又有酸，烈而不濃，香味卻是只有一種，那就是純正的酒香，妙！」楚天叼著一個深色瓶子，含糊不清洋洋自得地道。

兩隻鴕鳥面面相覷，臉上均露出驚異之色。特洛嵐問道：「楚天，你怎麼會這麼熟悉酒呢？」

楚天心中得意道：「老子當年喝過的美酒，都能把你們這兩隻鴕鳥淹死了！」他將酒瓶放下，咳了一聲，說道：「我以前喝的也多，自然對酒如數家珍，這有什麼奇怪的？」

特洛嵐十分不解道：「陸地上的酒很少啊？我在陸地多年，從來沒能喝到過酒。」

楚天卻沒想到這一點，支吾著說道：「其實主要是因爲我以前住的那個鎮子裏有一個上了年紀的釀酒師，他的祖上據說是皇室特聘的釀酒師，我經常在他那裏討酒喝。」

特洛嵐露出恍然大悟之色，點點頭道：「原來如此。來，我們喝酒，好些年都沒嘗過這味道了，這次一定要好好過回癮！」

楚天大致將這裏的酒都嘗了個遍，他確實沒想到鳥族竟然也能釀出這麼好的酒來，那隻獨眼傻天牛估計也會喜歡喝的！

正喝得起勁，忽然聽得旁邊吧唧吧唧地作響，卻是崽崽躺在木椅上，挺著個小肚皮，翅膀中間夾著一瓶酒，喝得兩頰通紅，正扔下瓶子、拍著肚皮、嘴裏含糊地念叨著什麼。

楚天他們三個眼見崽崽這副可愛模樣，大笑不已。

這時有一道菜上桌了，盤子裏是一個大大黑黑的殼，只露出其中一點白皙的肉，一點香味都沒有。特洛嵐笑道：「楚天，你猜這菜有什麼名堂，猜出來，我就自罰三瓶。」

楚天喝了點酒，還真的將特洛嵐當成酒友了，他笑罵道：「那我要是猜出來豈不是虧了，這麼好的酒就給你一個人喝了，我寧願猜不出來。」

特洛嵐撫摸著大光頭，大笑道：「這倒是。」

楚天看著黑殼，說道：「將香味全部斂在殼裏，不至於讓營養無端流失，我猜把這個打開後也不會有香味，只有仔細咀嚼才行。」

特洛嵐哈哈大笑，說道：「錯了，要這樣才能讓酒貝螺的香味全部出來。」他猛吸一口酒，全數噴在殼上。

只見那酒貝螺的黑殼漸漸張開，一點白皙的肉也逐漸伸長，竟將殼上的酒吸得乾乾淨淨，然後開始一點點變紅，慢慢地飄散著濃濃的香味。

楚天一拍翅膀，也顧不得形象，低下頭就叼起一塊吃了起來。

特洛嵐不甘示弱，扔下刀叉，用手抓著就吃，嘴裏說道：「溶合了酒與肉的精髓，吃起來才爽呀！」

楚天連連點頭，毫不含糊地一頓猛吃。

吃飽喝足之後，楚天打著飽嗝叉開雙腿，攤著翅膀躺在椅子上，滿臉通紅，指著特洛嵐說道：「老子第一次喝得這麼痛快！」

特洛嵐大笑著說道：「今天確實開心。」

伯蘭絲在一旁見他們兩個居然毫無形象可言，楚天這隻醜鳥也就算了，自己的老公居然也是這樣，但一想到都這麼多年了，從來沒見到他這麼高興過，再看看崽崽一臉迷糊地抱著楚天的腦袋不停地搖晃著，也是滿臉的興奮。

楚天大聲說道：「我不要別人控制我的命運，我一直相信命運在自己手裏，所以三天後去血虻沼澤，我就當是對自己的鍛煉，希望通過以戰養戰的方式來提升力量！」

伯蘭絲冷哼一聲，說道：「血虻沼澤的恐怖你又不是沒見識過，現在不想對策，還要等到什麼時候？」

楚天擺擺手，說道：「頭好暈了，這麼複雜的問題就交給兩位前輩高手來想吧。你要是有空，倒還不如介紹點鳥族歷史上動人心魄的故事，來激發我的鬥志呢！」

「你想知道什麼？」

楚天醉眼朦朧地道：「很多啊，比如說鳥族的光輝業績，比如說各大天空之城的歷史啊，都分佈在什麼地方啊，諸如此類！」

伯蘭絲整理了一下思路，剛開口道：「三萬年前……」

楚天馬上攔住道：「停，三萬年前煮海大戰我已經在神殿裏搞清楚了，你還是給我和崽崽講講天空之城的歷史和分佈吧！」

伯蘭絲儘管已經怒氣沖天，卻懶得和醉醺醺的楚天計較：「天空之城在遠古時期只有一座，被稱之爲祖城，只是從來沒有人見過，據說在三萬年前就莫名奇妙地憑空消失了，後來與海族和獸族大戰，前期因爲我們鳥族在空中沒有棲息之所，在地面上經常受到獸族的突然襲擊，傷亡慘重，這才讓當年的鳳凰大祭司萌發了仿造祖城興建新的天空之城的念頭。歷經百年，終於建成了十五座天空之城……」

「什麼？十五座？你是說除了黑雕城和丹姿城之外，還有十三座？」楚天驚了一下，

酒醒了不少。

「黑雕城和丹姿城並不是最初的那十五座天空之城中的，而是在鳥獸大戰結束之後，爲了震懾血虻沼澤中的黑蝰蛟才修建的！當然，最初興建的那十五座天空之城也沒有全部保留下來，很多毀於戰火或者迷失在不知名的地方，最後剩下的有八座，而那些已經消失的則被稱之爲迷失之城。」

楚天還想繼續問，卻忍不住一陣暈眩，差點就吐出來，於是道：「這附近有沒有睡覺的地方，頭好暈……」

崽崽也搖晃著小紅臉，嘴裏含糊地說道：「媽媽，帶崽崽去睡覺，崽崽也頭暈了。」

伯蘭絲眼神驟地冰冷，沒好氣地說道：「這個酒店應該可以住宿的，叫服務員帶你們去，都給我滾去睡覺！」

楚天嬉皮笑臉地說道：「謝謝，我說今天怎麼覺得伯蘭絲這麼漂亮呢！」

伯蘭絲恨恨地坐下，說道：「真不知道這隻醜鳥到底是真傻還是裝傻，崽崽這樣跟著他，我真的怕以後會出什麼事。」

特洛嵐深吸一口氣，運起體內的靈禽力將酒意逼散，沉聲說道：「楚天不簡單，爲人不卑不亢，相處久了，會感覺到他身上有一股特殊的氣質，若不是他的外形跟力量差太遠，我甚至會以爲他是沒落貴族。」

伯蘭絲柔聲道：「特洛嵐，三千年來，每一代的記憶都會在我們的腦子裏，我們鴕鳥家族傳承下來的記憶告訴我，這隻鳥也許會變得非常危險，所以我不允許他對崽崽的照顧有一絲的偏差。」

特洛嵐露出苦澀的微笑道：「我已經接到綠絲屏傳來的消息了，他們在確信了崽崽的身分之後，白族長和黑族長已經開始著手準備了，我們只要在他們準備好之後帶著崽崽回到綠絲屏城，就可以了。」

伯蘭絲苦笑著說道：「暫時也只能如此了！三天後，楚天就要回血虻沼澤了，到時候我們就沒有時間教崽崽修煉了，不如我們找個安靜的地方，將修煉的功法傳給崽崽，這對他以後回綠絲屏城會有很大的好處。」

特洛嵐道：「那怎麼辦？我們總不能將崽崽強行帶走吧？」

伯蘭絲不屑道：「有什麼不可以？趁崽崽現在也暈暈乎乎的，我們去把他帶走，這也是爲了他的未來著想！」

特洛嵐沉吟一會兒，說道：「也好，現在就將崽崽帶走，免得楚天酒醒後還得一番糾纏。」兩隻鴕鳥商議完之後，就向樓上走去。

客房內，楚天翹著屁股趴在床上鼾聲大起，而崽崽則趴在楚天的背上甜甜地睡著了。

伯蘭絲一閃而上將崽崽抱下來，直接從窗戶跳下，朝黑雕城的出口走去。

楚天睡得正甜，就夢到崽崽在遠遠地向他招手，越走越模糊，漸漸就看不到了。

楚天心裏一驚，猛然睜開眼睛，四下摸索，早已不見了崽崽的影子。

楚天喊道：「伯蘭絲，特洛嵐，給我出來，你們把崽崽帶哪裏去了。」

楚天眼中神色變幻不定，透出兇狠的光芒，他知道肯定是這兩隻死鴕鳥趁他睡著的時候將崽崽抱走了，於是立即向黑雕城出口的方向飛去，但是他剛剛酒醒，渾身酸軟，飛得有氣無力的。

這時候楚天忽然猛拍了一下自己的腦門，怎麼忘了放屁神功了，於是施展出琉影御風變來。

「嘭」的一聲過後，楚天如同火箭一般竄出去，眨眼之間就到了黑雕城的出口處。他遠遠地就看到前面有兩個熟悉的身影，立即大喊道：「伯蘭絲、特洛嵐，你們把崽崽給我留下，崽崽，老爸在這裏。」

伯蘭絲沒想到楚天居然來得這麼快，冷冷說道：「就憑你，拿出點實力再說吧！」

楚天長嘯不已，直逼抱著崽崽的伯蘭絲。雖然他知道以自己目前羽爵的實力，要挑戰兩個翅爵這樣強悍的對手，贏的機率很小，但是他卻不得不這樣做。這已經不僅僅是為了崽崽，其實這幾天來，他已經快要把這兩隻鴕鳥當成是自己人了，否則以他職業大盜的警惕性，是絕對不會和特洛嵐喝酒的。沒想到這兩個傢伙居然乘機將崽崽偷走，所以就算明知道自己不是對手，楚天也不會退縮。

伯蘭絲眼睛裏透出絲絲殺氣，特洛嵐卻是一臉歉疚。

楚天心裏怒極，雙眼厲芒閃現，翅膀張到極致，虛空中竟然隱現一隻銀色的巨鳥，與楚天一般的威勢，散發出的氣勢竟讓伯蘭絲也有些膽怯起來。

楚天兇狠的眼神看著伯蘭絲，一字一頓地道：「把崽崽還給我！不然就把命留下。」

伯蘭絲抬起頭，說道：「你來試試！看是誰的命會留下。」

楚天搧起翅膀，雙眼紅芒大漲。

伯蘭絲覺得迎面而來的強大氣勢壓迫著她，不由激起體內的靈禽力，自然而然生出反應，與楚天體內散發的氣勢遙遙相抗。

可是她懷裏的崽崽卻受不了這種壓力，哭著醒過來，嘴裏喊道：「媽媽，崽崽好不舒服，好難受！」

楚天只覺腦子裏如雷電擊過，眼睛恢復如常，看著伯蘭絲懷裏的崽崽重重地喘息著，渾身氣勢瞬間消失，一臉溫柔地道：「你們覺得如果你們將崽崽帶走了，他會開心嗎？」

特洛嵐和伯蘭絲面面相覷，不明白楚天前後的差距為什麼這麼大。

楚天走到伯蘭絲面前柔聲說道：「崽崽乖，老爸過兩天就帶你回去見獨眼叔叔。」

崽崽伸出小翅膀來，摟著楚天的脖子，親昵地蹭著說道：「媽媽，好久沒見獨眼叔叔了，崽崽好想他哦！」

小可愛說完又舒服地躺在楚天的懷裏沉沉睡去。

特洛嵐歎了口氣，看著伯蘭絲說道：「算了，伯蘭絲。」

伯蘭絲幽幽一歎，說道：「看來他們真的是分不開了，這隻醜鳥在發狂時，只聽到崽崽輕輕的一句話就能完全清醒過來，看來他對崽崽的感情已經遠勝你我了。」

特洛嵐看著楚天說道：「我們都看走眼了，楚天發狂時的力量居然那麼強，而且剛才出現在他頭頂的那隻巨鳥好像是傳說中的天禽，我得將這個訊息送回綠絲屏城去。」

伯蘭絲點點頭，說道：「那現在我們只好暫時跟著楚天了。」

特洛嵐撫摸著伯蘭絲的臉，柔聲說道：「別想太多！」

特洛嵐笑著說道：「我們現在回去吧，天快黑了。」

遠處的夕陽映著青翠的樹木，將整座天空之城籠罩在一片彤紅之中，雲彩幻化著各種神態，微風輕輕吹過，將雲彩吹散。

崽崽躺在床上甜蜜地睡著了，楚天半躺在他身邊，看著天花板怔怔出神，想著今天發生的一系列事情。

想不到這個世界裏居然也有著爾虞我詐、政治爭鬥，比地球上只多不少。只有擁有強大的力量與實力，才能控制自己的命運，再說自己也想通過增強力量使自己能變成人。

不覺間楚天就想到了銀羽大祭司德努嘉所傳授的羽爵心法，反正現在也睡不著，他坐起來，腦海裏默念著羽爵心法的內容，結合九重禽天變心法，不知不覺間就進入物我兩忘的狀態。

一道奇異的銀色光芒將他的全身都裹了進去，他那原本漆黑一片的羽毛從根部緩緩滲透出透明的色澤來，很快就將他的全身渲染了一遍。從旁邊看起來，楚天就好像是一隻琉璃鑄成的鳥。

一絲絲蠶絲一般的氣息從楚天透明的身體裏緩緩滲透出來飄散在空氣中，他的琉影御風變很快就進入了突破期，功力大幅度提升。

初升的太陽調皮地照在崽崽的身體上。

崽崽睜開眼睛，看到楚天身上有一層淡淡的光暈，時隱時現，不由伸出翅膀輕輕逗著楚天，一會兒掏掏楚天的鼻孔，一會兒捏捏楚天的眼皮。

楚天睜開眼睛看著崽崽，臉上露出微笑，說道：「崽崽，這麼早就醒了。」

崽崽撒嬌地說道：「媽媽剛才身上有一圈好漂亮的光環，崽崽也要！」

楚天心中一陣感慨，九重禽天變的心法並不適合崽崽，從兩隻鴕鳥執意要帶走崽崽這件事上，他已看出崽崽的身分必定非同一般。想必他們有更適合崽崽修煉的功法也說不定，於是道：「崽崽，特洛嵐叔叔和伯蘭絲阿姨比老爸厲害多了，老爸讓他們教你啊。」

崽崽一噘嘴，說道：「崽崽才不要學他們的屁股坐地功呢，好難看。崽崽要學媽媽這樣的！」

楚天開心地大笑道：「崽崽乖，叔叔阿姨還有好多其他的絕技，比起老爸來要厲害得多！他們還可以教崽崽讀書識字！」

崽崽立即豎起耳朵，認真地說道：「嗯，崽崽一定要變得很厲害，才能保護媽媽。」

楚天忽然覺得自己很幸福。

清晨的黑雕城沉浸在朝陽的洗禮中，一縷縷陽光斜射在草地上，青草上的露珠晶瑩閃爍著彩色的光芒。

楚天再過兩天就要離開黑雕城了，所以想趁著這兩天把黑雕城好好逛一下。他們走在街道上，崽崽最是好動，在楚天的懷裏東張西望，滿臉的驚奇之色，忽然他怔怔望著特洛嵐的光頭發呆。

楚天看到特洛嵐的鋥亮光頭正反射著陽光，不由會心地大笑起來。

伯蘭絲也笑著說：「特洛嵐，我看你真的要想辦法長點頭髮，崽崽都嘲笑你了！」

特洛嵐裝出生氣的樣子，虎著臉說道：「崽崽知道嗎，所有擁有強大力量的鳥都像我一樣。」

崽崽縮在楚天懷裏，露出兩隻眼睛，調皮地道：「可是伯蘭絲阿姨也很厲害啊！那為什麼她的頭上就有頭髮呢？」

他們一行一路開心暢快地大笑，引來無數路人驚訝的目光。很快他們就來到了奴隸貿易區。這裏並不是特別熱鬧，不過卻有很多吸引人的東西，因為這裏有各種各樣奇怪的蟲族和獸族的奴隸。

楚天和崽崽的目光忽然被兩隻怪物吸引住了。這兩隻怪物被裝在兩個籠子裏，黃褐色夾雜著金色斑點的毛髮有三四釐米長，毛茸茸的覆蓋全身，但即使這樣仍能感覺到他們身上充滿爆炸感的肌肉，在毛髮下散發著令人心驚的力量感。

兩個傢伙身材極健碩高大，兩米五以上的身高，而小臂就有普通人類大腿粗細，一雙毛茸茸的大手掌上利爪伸出數寸，尖銳無比，身後拖著一條長長的尾巴。看到這樣壯碩的怪物，楚天暗自想，要是有這樣兩個保鏢，那可夠拉風的，不過衣服得換一下，就那兩塊遮羞布實在對不起我這個主人。

幸虧伯蘭絲不知道楚天心中的想法，若不然肯定得再次驚歎這傢伙不要臉的程度，還沒買呢，就已經以主人自居了。

觀察了這麼半天，楚天還發現有趣的一點，這兩隻傢伙幾乎長相相同，除了頭髮和眼睛外，左邊一隻頭部的毛髮卷成金黃色，一雙深藍色的眼睛透出與其身材格格不入的溫順，右邊一隻滿頭黑色捲髮，眼睛呈金黃色，溫順的眼神中時而透出一絲凌厲。

「雙胞胎？這個世界不會也有這種東西吧！」楚天心中生出這樣的想法，卻又想起來到這裏的經歷，連宮殿、建國這樣的事情都發生了，生個雙胞胎實在沒什麼大驚小怪的。

胡天黑地地想著，楚天已經篤定要將兩隻超級保鏢兼威懾手買下的想法。他看向了前面那隻身著華麗紫色外袍的棕尾虹雉鳥，他正在籠子前大聲地叫賣著，周圍圍著幾隻外形各異的鳥在那裏指指點點。

眼見此景，特洛嵐歎了口氣道：「這是黑雕城的貴族抓獲的一些體格強壯卻很溫順的高等獸族，他們基本上都有自我意識，能聽懂鳥語的，如果可能的話，他們有的還能說簡單的鳥語。」

崽崽突然說道：「我想要那兩隻怪物！」

「乖兒子，你怎麼知道老爸也想將這兩隻保鏢買下來啊。」大笑著將崽崽抱過來，楚天摸了摸崽崽的腦袋。

聞言特洛嵐一愣，伯蘭絲反問道：「你想把兩個奴隸買回來？你拿什麼買？有錢嗎？

再說他們也不見得就會對你忠心。」

楚天忽然閃過一個很得意的笑容道：「錢不是問題，就算沒錢，我也能把這兩隻奴隸買回來。」

伯蘭絲嘲弄道：「又在做白日夢了，你還是省省吧！」

楚天絲毫不以爲道：「我只是覺得我們現在需要一些手下，你看他們兩個的眼神，我能看出他們渴望自由，渴望在蒼茫的草原上奔跑。」

特洛嵐歎口氣，說道：「誰不渴望自由？」

楚天笑著說道：「我們快去買那兩隻怪物吧，不然別人就買走了。」

伯蘭絲鄙夷道：「這兩隻怪物是坎格爾草原上的飧豹一族，別一直怪物怪物地喊，沒見識會被人嘲笑的。」

楚天心道：這地方除了你這死八婆鴕鳥會嘲諷老子外，還有誰會這麼無聊？他裝模作樣地來到籠子外面道：「看這兩隻飧豹的四肢有強勁的力量感，好貨色！」

本來一直發愁推銷不出去的棕尾虹雉鳥老闆連忙道：「這位說的一點都不錯，就沖著您這幾句話，我廉價賣給您！」

楚天眼神一冷，說道：「如此好的飧豹，千金不易，怎麼能廉價賣呢？」

特洛嵐在伯蘭絲耳邊道：「你看那兩隻飧豹的眼神都有些不一樣了。」

伯蘭絲一看，笑著說道：「看不出這隻醜鳥居然懂得收買人心！」

「奇怪，飧豹在我們的記憶中應該是很兇惡的種族，爲何這兩隻看起來特別溫順？」特洛嵐不解道。

「也許是三千年來，和其他的獸族一樣退化了吧，誰知道呢！」伯蘭絲不以爲然道。

棕尾虹雉鳥老闆聽了楚天的話之後，咳嗽了幾聲，說道：「那依您之見，小的應該怎麼辦？」

楚天翅膀一揮，說道：「不如老闆你將這兩隻飧豹送給我吧！」

周圍響起一陣驚訝聲，路人紛紛露出鄙夷之色，大家在想：這隻醜鳥肯定是窮瘋了。

棕尾虹雉鳥老闆突然面色一寒道：「不想買就請離開，不要打攪我做生意。」

楚天微微一笑，說道：「如果我一定要打攪呢？」

棕尾虹雉鳥老闆怒道：「這兩個奴隸乃是替寒梟翅爵府代售的！」

楚天微微一怔，更是喜上眉梢道：「那正好，本羽爵與寒梟翅爵交情不淺，想來他應該不會介意將這兩隻飧豹送給我的！」

棕尾虹雉鳥老闆臉色頓時緩和道：「請恕小的冒昧，以前沒見過有您？」

楚天一昂頭道：「我是新近冊封的楚天羽爵，還是你家寒梟翅爵大人親自推薦的。」

「哦，原來他就是那個被稱爲有史以來最醜的羽爵的鄉巴佬啊！」

「怪不得這麼囂張，聽說是直接由啄衛升上來的。」

「是啊，一副小人得志的樣子。」

圍觀的鳥發出一陣驚歎後，立即小聲議論起來。

伯蘭絲忍不住笑道：「有史以來最醜的羽爵，哈哈……」

楚天卻一副臉皮厚不怕雷劈的表情。

「這麼巧，楚天羽爵也在這裏？哈哈！」一陣爽朗的笑聲傳來。

楚天回頭一看，居然是寒梟翅爵那個老狐狸，他趕緊在心裏問候了一下寒梟的數代祖先，然後假裝喜笑顏開地道：「翅爵大人也來了，正好！聽說這位賣奴隸的老闆是翅爵您府上的？」

寒梟翅爵點點頭道：「不錯！莫非楚天羽爵想買這兩隻飧豹？」

棕尾虹雉鳥老闆趕緊走到寒梟翅爵耳邊輕聲道：「他想讓小的把這兩隻飧豹送他。」

楚天把握時機說道：「我明天就要去血虻沼澤了，想帶幾名奴隸下去威風一下，可是您也知道，我第一次來黑雕城，身上沒錢，素聞寒梟翅爵慷慨大方……」

寒梟翅爵眼中閃過一絲不易察覺的寒光，笑著說道：「楚天羽爵客氣了，這兩隻飧豹就當是本爵爲你即將上任送上的一份薄禮！來人，將這兩隻飧豹送與楚天羽爵！」

棕尾虹雉鳥苦著臉把籠子打開，說道：「坎落金，坎落黑，現在你們屬於這位楚天羽

爵了。」

寒梟翅爵心裏惋惜不已：「這麼好的兩隻飧豹卻跟著一隻將死的鳥，倒也可惜了。」

那兩隻飧豹來到楚天面前，楚天笑著說道：「坎落金，坎落黑，是吧？」

兩隻飧豹點點頭，楚天滿意地道：「從今天開始，你們是我的屬下，而不是奴隸，你們願意嗎？」

坎落金、坎落黑兩兄弟均是右手貼在額頭上，左手放在胸口，半鞠躬，恭敬地以楚天聽不懂的語言說了幾句話。

楚天莫名奇妙，回頭看了看特洛嵐。

特洛嵐笑著道：「你們兩個既然能聽得懂鳥族的語言，難道不會說？即便是獸族通用語也可以，何必用你們飧豹族的土語，估計除了我和伯蘭絲，沒人能聽得懂了。」

特洛嵐笑著對楚天說道：「他們說的是：願意效忠於您，尊敬的主上！」

金捲髮的坎落金拗了半天道：「鳥語，會說，不多，幾句！」

黑捲髮的坎落黑也跟著點點頭。

楚天對寒梟翅爵說道：「多謝翅爵大人美意，屬下一定會竭盡全力完成血虻沼澤的任務，日後也好效忠於翅爵大人。」

寒梟翅爵心裏暗罵：估計你已經沒有什麼機會向本爵效忠了！他圓圓的臉上笑意愈濃

道：「區區小事，不必介意，若不是你赴任在即，本爵一定邀你到家中住上幾日。」

楚天裝作一副肝腦塗地的神情說道：「有翅爵這幾句話，就是叫楚天去死，楚天也不會皺一下眉頭的。」

本爵巴不得你現在就去死，寒梟翅爵恨恨地想道，表面上卻裝著皺眉說道：「楚天羽爵言重了，本爵怎麼捨得呢！」

伯蘭絲拉著特洛嵐，一陣心寒。

楚天看著寒梟翅爵做作的樣子，心道：你要不捨得老子去死，怎麼會讓老子去血虻沼澤，真以爲我傻啊？

寒梟翅爵道：「楚天羽爵你慢慢逛，本爵還有事，先走一步了。」

楚天看著寒梟翅爵離去的身影道：「翅爵大人慢走，不送了。」

第三章 異族封印令

等到寒梟走遠之後，楚天才冷哼一聲，走到特洛嵐面前，露出詭異的微笑道：「我們找個豪華的娛樂場所放鬆一下怎麼樣？」

伯蘭絲滿臉戒備地看著他，楚天忙道：「今天下午我們去玩個痛快，本羽爵請客！」他拍著胸脯，一臉的笑意。

特洛嵐指著楚天驚訝地說道：「你請？」

「難道你想把自己賣了？那也得有人願意買才行啊！」伯蘭絲道。

楚天神秘一笑：「剛才豈不是已經有人買了，嘿嘿，難得寒梟翅爵這麼大方，本爵在這裏也待不了多久，不會給翅爵大人帶來太多麻煩的！」

特洛嵐心裏大笑，也虧得楚天能想出來。

楚天笑著說道：「坎落金、坎落黑，你們兩個在前面開路，咱們一起出去逛逛。」

坎落金兩兄弟的手臂凌空輕抓幾下，突然嘶嚎起來，「嗥——嗥——」能震裂常人耳膜的狂叫聲中，兩個人身上發生劇烈的變化，半人形的身體不斷膨脹，變作野獸般的圓桶身，本來被長髮遮住，有幾分人樣的腦袋更是變成完全的獸頭，嘴巴和鼻子凸了出來，長出嘴外的獠牙泛著冷森森的寒光。

那頭捲髮突長數尺，化作好似獅子一樣的鬢毛蓋在兩人的脖子後面，唯一不變的是一雙溫順的眼睛。

楚天並不曾見過這樣的猛獸，像虎像獅又像豹，卻與三者都有些差異，看著他們身上散發的強大獸息，楚天已經能夠知道他們的強大。

本以爲兩隻飱豹是要逃走，卻看到他們突然匍匐在地，眼中怪異之色一閃而過，楚天抬手扶向他們問道：「這是做什麼？快起來，我是讓你們開路的，又不是讓來嚇人的！」

楚天想將他們扶起來，卻不料在觸及兩兄弟的獸形時，怪事發生了。楚天體內的靈禽力自動流轉，發出淺藍色的光芒，將他和坎落金兩兄弟團團圍住。

兩道靈禽力分別沿著坎落金和坎落黑的身體緩緩遊走，彷彿是帶著楚天旅行一般，然後猛然衝向他們的大腦，在入腦的那一瞬間，遭遇到一股巨大力量的阻隔，楚天只覺得胸腹間一陣翻騰，耳際轟鳴不已，差點暈倒在地。

坎落黑嚷叫一聲，雙眼瞬間凶光閃現，張開血盆大口，逼視著前方。坎落金卻只是雙眼閃過兇狠的厲芒，雖然沒有張嘴，但渾身散發出的力量感卻比坎落黑還要強。然後同時爆發出強勁的獸息，收回獸形，怔怔地直立起來，好半晌才互相對視一眼，露出狂喜之色，同時向楚天單膝跪下道：「多謝主上！」

楚天還在狐疑是怎麼回事的時候，特洛嵐已經露出恍然大悟之色：「我說以兇悍聞名草原的飧豹爲何會變得溫順異常，連被人抓來當奴隸賣都不反抗，原來是因爲他們的身體被人下了詛咒封印，壓制住他們的力量和性情，沒想到卻被楚天無意中解除了封印。」

楚天說道：「靠，看不出來還真是挺兇悍的，老子還真有點害怕！」

坎落金搖頭說了幾句飧豹的土話，楚天只好求助地看著特洛嵐。

特洛嵐微微一笑，說道：「他們說對你和你的朋友溫順，對待敵手絕對兇狠暴戾！」

楚天忽然有一種在大街上撿到寶的驚喜，意氣風發地道：「有個性！好，那我們就先從這條街開始！」

崽崽拍著翅膀飛到坎落金的背上，咧嘴笑著說道：「媽媽，我好喜歡他的金頭髮，你看這樣坐著多威風！」

楚天心情很是愉快，笑著教訓道：「崽崽，他們兩個是你老爸我的屬下，你不能對他們沒有禮貌啊，要像對獨眼叔叔一樣對他們，知道嗎？」

崽崽點點頭，趴在坎落金背上蹭著他柔軟的毛髮，乖巧地道：「我是媽媽的崽崽，你們是媽媽的手下，在你們身上騎一下沒事吧？」

坎落金點點頭，回過頭對著崽崽一笑，崽崽樂得直跳。

不多時，楚天他們就到了黑雕廣場，黑雕廣場周圍的建築都是以巨大的石頭建成的，顯得莊重而雄偉。廣場的中心一座龐大的黑雕雕像，那黑雕呈騰空欲飛之勢，一雙眼睛透出睥睨天下的雄態，身體上的羽毛根根分明，順滑堅硬，張開翅膀有如神鳥下凡，彷彿還能聽到那一聲聲驚天動地的長鳴聲。

楚天驚歎道：「這隻黑雕好強的氣勢！」

特洛嵐在一旁說道：「這是當初黑雕城的創始之鳥，霍南德一世。」

楚天問道：「黑雕城不是爲了監視那隻黑蛙蛟建立的嗎？怎麼又變成是這隻黑雕創立的啦？」

伯蘭絲接口道：「黑雕城初建時，黑雕一族因爲爭奪城主之位導致內亂，霍南德一世繼任族長後，重新統一黑雕族。」

楚天不屑道：「這無非就是爭權奪勢，用得著這樣麼？」

特洛嵐笑著說道：「要僅是這樣的話，自然不必立雕像，當時另外幾方勢力對黑雕城虎視眈眈，欲滅之而後快——因爲能佔據黑雕城自然就能得到世襲的翎爵爵位。霍南德一

世族長在危難之中不僅使得黑雕族屹立不倒，還將那些虎視眈眈的種族打得七零八落。」

伯蘭絲神色黯然道：「除了王權與神權之爭外，鳥類各大種族之間也有紛爭，比如我們鴕鳥族之所以被貶爲賤籍，就是種族紛爭的直接後果。」

特洛嵐知道她又想起了一些不愉快的記憶，忙岔開話題道：「我們好像不是來瞻仰霍南德一世的吧？」

楚天卻心生嚮往道：「霍南德一世，嘿嘿……」

伯蘭絲毫不留情地說道：「嚮往也沒用，你永遠也不可能變成像霍南德一世一樣的大人物！」

特洛嵐卻正色說道：「這可不一定，時勢造英雄，只要能把握機會，什麼都有可能發生。」

突然，趴在楚天懷裏的崽崽扭動著屁股，嘴裏不停地嚷嚷著：「媽媽，崽崽餓了。」

特洛嵐指著前面的一間店鋪道：「有間果店！」

楚天看過去後，眼珠子都快掉出來了，因爲紅色的招牌上赫然寫著四個黑色大字——有間果店。

果店的外面全部用青色的藤蔓纏繞著，上面掛滿了各種仿製的水果和花朵，甚至花瓣上還裝飾著幾隻蝴蝶，看起來十分養眼，讓人有一種回到森林的感覺。

楚天搖晃著大屁股，大搖大擺地向果店走去。

裏面和果店的外面裝飾一樣，纏滿了各式各樣的藤蔓，上面掛著網兜，網兜裏面盛放著各種奇形怪狀的水果。

最先出現在楚天眼前的，是一種圓形微扁的玄青色水果，表面有螺旋的紋路，看上去有些像地球的鳳梨，可是顏色卻與鳳梨大不相同。

楚天大翅一捲，捲起那玄青色的水果，隨意在羽毛上擦了一下，就往嘴裏一塞。

「呸！」楚天嘴裏滿是苦澀味，不由皺著眉頭全吐了出來。

特洛嵐笑著說道：「這沁蘿果的外皮是不能吃的，裏面的蜜汁才是酸甜可口的！」

崽崽在楚天的懷裏亂動起來，伯蘭絲將沁蘿果的外皮剝開後，才塞進崽崽的嘴裏，崽崽頓時一臉陶醉，貪婪地吮吸起來。

伯蘭絲拿起一個表皮不算光滑的藍色果子，小心地撕開果皮，貼到臉上。

看著楚天一臉的驚訝，特洛嵐笑道：「這是情懷果，清甜爽口，果皮可以用來滋潤皮膚，可是水果中的精品啊！」

說話間，崽崽從懷裏伸出小腦袋，調皮地眨眨眼，就又鑽進去大吃起來。

楚天哭笑不得，他向四周打量了一下，囂張地喊道：「老闆呢？」

一陣笑聲傳來：「幾位要吃點什麼水果，小店內水果的品種供應齊全，在整個黑雕城都是有名的，而且保證價格公正，童叟無欺。」一隻大腹便便的梅花雀向這邊走過來，全身羽毛點點斑痕，羽尾翹起，身穿藍色綢衣。滿臉笑容地向楚天走過來。

楚天佯怒道：「本羽爵在這裏等了這麼久，你是怎麼做生意的？」

梅花雀也算是見識過場面的，聞言微微一笑，說道：「在下是這裏的老闆諾德，小店的人手不夠，所以忙不過來，還請客官見諒。」

楚天冷哼一聲，隨手又拿起一個光滑透明的藍色果子，順便還扯過諾德的衣服擦了幾下，才往嘴裏一塞，嚼了幾口道：「味道還不錯，還有什麼好吃的果子都給本爵拿出來，本爵肚子有點餓了。」

諾德臉色不那麼好看了，一雙精明的眼睛打量著楚天：在黑雕城好像沒見過有這麼一號羽爵呀？尤其怪異的是，他還帶著兩隻強壯的獸族奴隸和兩隻鴕鳥。

楚天見他沒動，狠狠地瞪了他一眼，裝出一副凶巴巴的樣子道：「怎麼？你好像很不情願的樣子？本爵受了寒梟翅爵大人的委託來這裏視察的，難道吃不得你幾個爛果子？」

一聽到寒梟翅爵這幾個字，諾德立即強忍著心中的怒氣，低聲道：「幾位請隨我來，裏面有不少今天剛到的水果，保證新鮮。」

諾德領著楚天和崽崽來到一條青色的細藤面前，指著掛在上面的一些棱角突兀的火紅色果子道：「這是今天早上剛剛才送到的刄支果，出了名的香甜潤喉，羽爵大人請看這火紅色的外皮，雖然只是很薄的一層，卻有生羽美容的功效，最適合羽爵大人了！」

楚天惱他譏諷自己醜陋，抓起一個刄支果，嚼了幾口又吐掉，冷冰冰地道：「老闆，有人投訴你有欺騙行爲，拿過期的變質水果充當新鮮水果賣，這後果可是很嚴重的！」

諾德察言觀色，臉上馬上堆起諂笑說道：「那純粹是誣陷，小人可是一等一的守法商人啊！」

楚天拍拍諾德的大肚子，奸笑道：「是嗎？看老闆這個大肚子，跟本爵想像中的守法商人似乎大不一樣啊？就算我回去如實稟告寒梟大人，恐怕他也不會相信！」

梅花雀諾德乾笑著，努力收著肚子，憋著一張大紅臉，說道：「羽爵大人說笑了。」

「這樣好了，你隨便挑幾樣新鮮可口的時令水果包上，我等下帶回寒梟大人府上，大人一吃，自然知道你的水果新鮮不新鮮了！」

諾德還能說什麼，自然趕緊去打包。

很快，一大堆包裝好的水果就出現在楚天的面前。

「老闆，一共多少錢？」楚天問道。

諾德口中不停地道：「早就想送些給寒梟大人還有羽爵大人您嘗嘗了，不要錢的，只希望羽爵大人能幫我美言幾句就行。」

「算你識相！好了，我走了，祝老闆你生意興隆啊！不用送了！」然後楚天在諾德那想要殺人的目光中悠然離開。

坎落金兩兄弟一路走一路逗著崽崽玩，兩個巨大的傢伙和一個小傢伙居然玩得其樂融融，楚天卻皺了皺眉頭，心道：老子買你們回來是當保鏢用的，不是當保姆用的！看來還是得幫他們裝扮一番才行。

想到這裏，楚天便開始四處張望，終於看到廣場斜對面有一個兵器鋪，於是道：「那裏有個武器店，坎落金、坎落黑還沒有合適的盔甲怎麼行，就去看看有沒有合適的。反正現在不用自己花錢，寒梟翅爵一定會很感激我為他所做的一切的。」

武器店內擺滿了琳琅滿目的各種兵器，按照由小到大的順序依次排列，從針、刺、梭、箭到斧、鉞、鉤、叉，可謂是應有盡有。

一隻渾身漆黑的黑頭金翅雀站在櫃檯後面，雙眼閃爍著懾人的光芒，冷峻的臉龐上有幾道明顯的傷疤。

楚天仔細地盯著那黑頭金翅雀看了兩眼，才悄聲問道：「特洛嵐，你說他沒翅膀怎麼打造兵器呀？」

特洛嵐解釋道：「他們手下應該有許多強壯的蟲族奴隸幫他們打造，他們只是在一旁指點，那樣打造出來的效果僅僅是差強人意，真正的鍛造高手都是凌空憑爪力煉器，這樣做出來的兵器方能完全符合鳥族的特徵，方便鳥族使用。」

伯蘭絲轉過頭去，對黑頭金翅雀道：「老闆，你看看有沒有適合這兩隻飨豹的兵器和盔甲。」

誰知那黑頭金翅雀看了他們一眼，一言不發就冷冷地走開了。

伯蘭絲大怒，正要發火，就聽得一陣諂媚的笑聲傳來，一個陰陽怪氣的聲音道：「幾位想買什麼兵器，我這鋪子可是整座黑雕城最好的了。」

楚天好奇地回過頭一看，差點就吐了出來。一個瘦小不堪的滿臉塗著脂粉的紅枕藍鷂走過來。只見他的翅膀搭在特洛嵐的肩上，向特洛嵐直拋媚眼道：「哎喲，這位大哥的身材看起來好強壯哦！」

冷光閃爍的兵器店老闆居然是斷背山？楚天看著驚悚的特洛嵐和目光冷峻的伯蘭絲，心裏一陣好笑。

「老闆，這裏有沒有適合這兩隻飨豹的盔甲和兵器？」

「叫老闆多見外呀，還是叫我蘭斯亞吧！」那紅枕藍鷂風情萬種的聲音不禁讓楚天他們毛骨悚然。

蘭斯亞指著一柄狼牙棒道：「這兩位身材強壯，用重兵器比較合適，這把怎麼樣？」

「坎落金，坎落黑，你們自己挑吧。」

坎落黑看著那根狼牙棒，取下來仔細掂量一下，面露喜色道：「這根，好！」

坎落金的目光落在對面牆上掛著的一柄大刀上，微笑道：「刀！」

蘭斯亞拉了拉特洛嵐嬌聲道：「各位還有別的需要麼？這位大哥你呢？」

特洛嵐覺得渾身一陣發麻，要不是他的涵養好，早就將這隻噁心的傢伙踹飛了。

伯蘭絲殺氣四溢，全身浮起一道輕微的光環，恨恨地盯著蘭斯亞。

蘭斯亞只覺得全身一陣冰涼，動彈不得，驚恐地看著伯蘭絲。

楚天一見伯蘭絲快要抓狂，趕緊道：「老闆，有盔甲嗎？」

蘭斯亞還是沒理會他。

「寒梟翅爵派本羽爵來視察，居然受到這種待遇……」

蘭斯亞終於聽到這句話了，頓時透出慌張神色，掙扎著說道：「視察？不好意思，蘭斯亞不知道羽爵大人是……這些兵器就當是我贈送給羽爵大人的禮物！權當是向羽爵大人賠罪，請大人原諒小人的過失！」

楚天看到幾句話就嚇得老闆要白送東西，頓時貪心大起，他奸笑道：「對了，蘭斯亞老闆，你這裏就只有這些尋常的兵器麼？有沒有羽器蟲器什麼的？」

蘭斯亞的臉頰抽搐了幾下，十分不情願地道：「羽器倒是有幾件，不過都是些製冷保險、加溫加熱的初級羽器，恐怕不入羽爵大人的法眼。」

「有就好，取來給本爵看看！」一聽到果然有羽器，楚天的眼睛都已經開始發光了。

蘭斯亞強忍著心頭的怒火，低下頭掩飾眼裏的憤怒，不過他還是走到一個精細雕琢過的黑漆楠木櫃子前，小心翼翼地打開了櫃子。

櫃子裏的空間並不大，裏面擺放著數十件初級羽器，看起來和擺在外面的普通兵器並沒有什麼不同，只是更加精緻一些罷了，楚天不禁疑惑道：「老闆，你不會是想拿些普通兵器糊弄本爵吧？這些看起來好像不怎麼像是羽器啊？」

伯蘭絲在他身後冷笑道：「羽器是要用靈禽力催化才能顯出其特異之處的，鄉巴佬！」

楚天朝她翻了個白眼，乾咳一聲掩飾過去，然後催動體內的靈禽力輸入一個三齒的小輪子當中，這小輪子頓時飛到空中，快速旋轉起來，一團濃烈的火焰將之團團圍住，眾鳥只覺得身邊的溫度急劇上升。

「這件風火輪，一般都是大型的酒樓買來放在廚房內加大爐火用的，爵爺拿去應該也沒什麼用處。」蘭斯亞當然是希望這裏的羽器沒一件是對楚天有用的，不然只怕他難免又要肉痛了。

本來楚天倒沒想要這風火輪，不過聽蘭斯亞這麼一說，他忽然想起可以帶個回去給獨眼他們用，實在不行，回血虻沼澤的路上拿來燒烤也好，於是道：「誰說本爵拿來沒用處的，本爵剛剛打算將來要開一家酒樓。」

蘭斯亞的臉當時就綠了，心裏罵道：「混蛋，我不說你不開酒樓，我一說你就開酒樓？」

其餘的羽器，楚天還真沒有幾件看上眼的，很快，櫃子裏就只剩下一件黑不溜秋的鳥形泥塑，只有巴掌大小，看起來就像是一個土疙瘩，楚天輸入靈禽力之後居然一點反應都沒有。

「老闆，這是怎麼回事？」

蘭斯亞心想這已經是最後一件羽器，而楚天只拿了一個風火輪，心裏多少也已經平靜下來，遂道：「這個泥塑很特別，是當年我祖父開當鋪的時候留下來的，據說是一件上古禽皇留下的羽器，不過任誰輸入靈禽力都看不出變化，我曾經一度想把它丟掉，不過有一次卻意外地發現，不論是刀砍火燒，居然不能傷它分毫，這才沒將它丟棄。但是這近百年來，放在這裏也是擺設，羽爵大人若是喜歡，儘管拿去。」

楚天一聽說不論刀砍火燒都沒用，不禁起了好奇心，他取過旁邊的兵器架上的一把大刀，猛地向那泥塑砍去。

「嘣」的一聲，泥塑上連道印痕都沒留下。

楚天「咦」了一下，施展出九重禽天變的金剛蛻焱變，爪子變得堅硬無比，向那泥塑砸去。

不料此時泥塑突然在電光火石之間，「嗖」地竄入楚天的體內。

楚天只覺得渾身一暖，那泥塑化作一道紫色的光芒在他體內緩緩流動起來，沿著他的爪子逐漸升到腹部，一點點融入他的身體。

幾乎沒人看清到底發生了什麼事，只是看到在楚天灌注的靈禽力一擊之下，泥塑居然消失得無影無蹤了，大家都以爲是被他給砸碎了。

蘭斯亞雖然驚訝泥塑被毀，卻也不十分心疼，何況他心裏還想著，連刀都砍不出痕跡的泥塑，居然被楚天這個惡霸給砸得粉碎，可見其野蠻和強橫，所以還是不要爲了一件陳年的擺設與之鬧翻比較好。

坎落金、坎落黑兩兄弟早已挑選了兩件盔甲穿在身上。

特洛嵐打量著兩隻飧豹，讚歎著說道：「這兩副盔甲簡直就是爲你們量身定做的。」

坎落金選的是一副金黃色的盔甲，胸前一面護心鏡，呈魚鱗狀的表層閃爍著金色的光芒，肩上有一圈低凹的護肩，外肘是柔軟的護甲，爪子則有精短的金屬手套。

坎落黑選的則是一件黑色盔甲，幾乎將臉完全護住，只露出一對兇悍的眼睛，手臂的護甲上有倒刺，寒光映射出其鋒利。

兩隻飨豹並肩一站，有如兩尊戰神。

楚天笑道：「要的就是這種氣勢！對了，蘭斯亞老闆，不好意思，又弄壞了你一件羽器。」他盯著蘭斯亞的眼睛道，「好了，東西也買得差不多了，現在來算一下價錢吧！」

蘭斯亞慌忙道：「不敢，這些裝備都是送給羽爵大人的禮物，不收錢的。」他心道：只要你這個惡棍早點滾出我的店鋪我就謝天謝地了。

楚天卻突然發怒道：「這是什麼話，你當本爵是什麼人？本爵乃是寒梟翅爵派來視察的，買東西怎麼能不給錢？你這不是在公然侮辱本爵和寒梟翅爵收受賄賂麼？」

蘭斯亞頓時急了，忙解釋道：「小人不是這個意思……」

「寒梟翅爵大公無私，絕對不能讓你破壞了他的名聲，快說要多少錢！」

「十萬……」蘭斯亞弱弱地道。

「嗯，這還差不多，不過本爵身上沒帶這麼多的錢，這樣吧，我給你寫張欠條，你明天去寒梟翅爵府上去領，寒梟翅爵一定會付帳的。」

蘭斯亞顫聲說道：「這……小的怎敢去寒梟翅爵府上呢？」

楚天的眼神忽地一冷，說道：「明天我也在寒梟翅爵府上，若是我發現你沒去，那就表示你認爲翅爵大人是腐敗分子，一旦有什麼風聲傳出來，嘿嘿，你這店就不用開了。」

蘭斯亞嚇得連連擺手道：「小的不是這個意思，翅爵體恤小民，明天小的一定去。」

正在這時，門外一個清脆的聲音響起：「老闆！」

楚天回過頭一看，眼睛一亮——迎面而來的居然是個戎裝美女，烏黑的頭髮披灑在肩上，耳簇上輕輕點綴著白絨絨的羽毛，明亮的雙眸如浸在水裏的寒玉寶石，小巧的嘴唇嬌豔欲滴，正綻放著迷人的笑。卻是一隻白腰雪翎梟。只見她身穿黑色勁裝，凸顯出她玲瓏的身材，頸部裸露出吹彈可破的肌膚，旁邊還跟著一個同樣裝扮的金翅雀丫鬟，紮著兩個小辮子，煞是可愛。

蘭斯亞連忙滿面笑容地迎上去，說道：「兩位買兵器麼，裏面請，小店剛進了幾種新式的武器！」

那小丫鬟馬上小臉一沉道：「剛才我家小姐好像聽到有人買東西不給錢？」然後挑釁般地看了楚天他們一眼。

蘭斯亞心裏暗暗叫苦道：「這位羽爵大人他……」

白腰雪翎梟小姐俏臉一寒，怒道：「區區一個羽爵就敢這麼放肆？」她注意到高大而醜陋的楚天眼睛卻不停瞄向自己，不由得走上前去，對著楚天仔細打量起來。

楚天正在幻想之際，難道這小妞看上我了？突然，那白腰雪翎梟小姐用手中的皮鞭挑起楚天的下巴道：「就你這樣也敢買東西不付錢？」

楚天原本一臉希冀地看著美女，背後的翅膀已經緩緩張開，卻不曾想到這美女居然如此大膽，而緊接著的那麼一句話，差點沒讓他蔫下來。他大怒，也伸出手摸著那白腰雪翎梟小姐的下巴道：「就你這樣也敢這麼跟本爵爺說話？」

忽然，一道白光一現而沒，一股寒氣從側面向楚天逼來。

自從修煉了九重禽天變，楚天身體各方面的能力都變得更加敏銳，一感覺到殺機就馬上本能反應，大翅一捲一收，迎上寒氣。偷襲楚天的小丫鬟頓時被楚天一翅搧飛，摔了個狗啃泥。

「小姐，他居然敢還手打艾婭！」小丫鬟爬起來，拍著翅膀不依不饒地道。

美女小姐微微一笑，直迷得楚天七葷八素找不著北了，突然她的翅膀白光一現，向楚天衝去。

楚天只覺得一個柔軟的身子擁進懷裏，他的第一反應就是：不會吧，主動投懷送抱？他前世也算是花叢中高手，於是索性一把將美女攬在懷裏，隨即附在美女耳邊笑道：「小姐這麼快就投懷送抱，我還沒準備好呢！」

美女俏臉一紅，隨即掙脫楚天的懷抱。

小丫鬟怒道：「臭男人，你居然敢對雅玲小姐無禮！」

楚天笑著說道：「雅玲小姐？聽名字倒確實挺安靜文雅的，怎麼穿著打扮卻這麼潑辣，動不動還往陌生人懷裏鑽，這可不怎麼討人喜歡哦！」

說完，翅膀一捲，抬起雅玲的下巴，左看右看，嘴裏嘖嘖直歎。

雅玲小姐被看得滿臉通紅，偏偏身子又難移動。

小丫鬟艾婭見小姐被楚天調戲，奮不顧身地拍著翅膀衝向楚天。

可是還沒衝上去，就被楚天騰出的翅膀搧倒在地上，一頭撞到地面，頓時成了熊貓眼。小丫鬟哪裏受過這種氣，不由哭起來道：「小姐，艾婭被這臭男人打得好痛啊！」

楚天目不斜視地盯著美女，半晌才搖頭道：「哎，不過比起依莎妹妹似乎還要差一點，跟吉娜比的話又少了那份氣質，算了算了。」

雅玲小姐玉臉冰冷，翅膀一甩，猛地從楚天懷裏掙脫出來，俏臉含霜道：「艾婭，我們走！」走出去幾步之後，她又回過頭來，眼中射出怨恨的光芒道，「我會記住你的，臭男人！」

特洛嵐笑著對楚天說道：「楚天，這下你闖大禍了，你可知道那丫頭是誰？」

楚天毫不在意，說道：「不就是寒梟那死圓臉的女兒嗎，有什麼大不了的？」

這下特洛嵐可是大吃一驚，說道：「你知道她是寒梟的女兒？」

楚天看著特洛嵐，沉聲說道：「她一來我就發現她左胸的徽章是帶斜條的銀色盾形紋章，斜條上疊加有寶劍的圖案，這種徽章我在寒梟翅爵那個老傢伙身上也看到過。」

特洛嵐大笑道：「好你個楚天，居然能觀察得這麼仔細，看來我倒是小看你了。其實

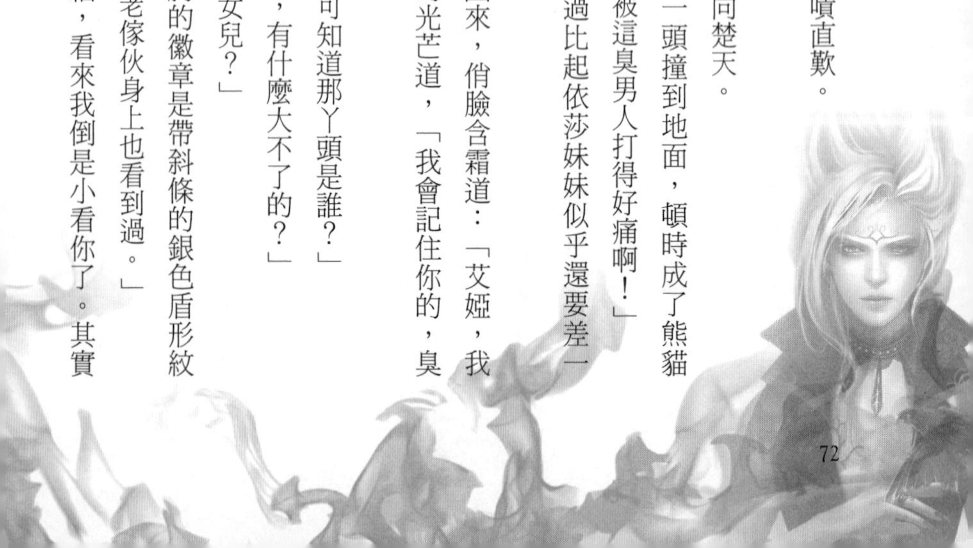

那徽章乃是這黑雕城的城徽！」

「哦？城徽？」

「是啊，每座天空之城都有自己的城徽！」

楚天帶著兩隻飧豹走出武器店，繼續向黑雕城最繁華的地方走去，一路上自然免不了引起騷動——畢竟這一組合太過於奇怪，兩隻飧豹、兩隻鴕鳥、一隻禿鷹，再加上毛茸茸的崽崽。

一棵巨大的樹傾斜著延伸到地面形成台階狀，兩邊站著幾隻體態妖嬈的雌鳥，臉色極盡媚態，一顰一笑之間似乎能勾魂奪魄，穿著旗袍式的禮服，修長的鳥腿裸露在外。

城堡狀的豪華建築矗立在樹上，全部由半透明的琉璃堆砌而成，正門上「金浴飄香」四個字則是金黃色，折射著光芒。

楚天忽然想起剛才那兩個小妞罵他是臭男人的情形，他低頭聞了聞自己，雖然不至於臭了，但也確實好聞不到哪裏去。楚天心裏發出呼喊：我要進去。但轉念一想，兩隻鴕鳥肯定不會讓他帶著崽崽去這種地方。

他鳥眼亂轉，對崽崽說道：「崽崽，昨天我們沒吃成好東西，這裏面什麼好吃的都有，還有好多好玩的呢，而且打著寒梟翅爵的旗號，都不用花你特洛嵐叔叔和伯蘭絲阿姨的錢……」

崽崽眨巴著眼睛，看了看楚天，又轉過去對兩隻鴕鳥道：「崽崽想要去那裏面吃東西，玩！」

伯蘭絲自然知道楚天打的什麼鬼主意，不由怒聲說道：「小子，有你這麼混帳的嗎？你也不怕把崽崽帶壞了！」

楚天一臉無辜地說道：「我只是站在這裏欣賞風景，崽崽說肚子餓了，作爲老爸當然要給他點建議了！再說我們進去只是想吃點東西、洗個澡什麼的，又不是什麼壞事！」

伯蘭絲臉色一沉，剛要開口，崽崽卻不失時機地叫喚起來：「崽崽要進去吃東西嘛！崽崽肚子餓了，反正是寒梟翅爵請的，又不要我們花錢。」

特洛嵐歎了口氣，說道：「算了伯蘭絲，就依了崽崽的意思吧！」

伯蘭絲冷冷地看了楚天一眼，不再開口。

楚天心裏一陣狂喜，臉上卻是平淡道：「既然你們都這麼說了，那我們就進去吧！」

伯蘭絲厭惡地轉過頭，輕聲說道：「這臭小子，才看順眼，現在又覺得他可惡！」

特洛嵐苦笑道：「相信綠絲屏城很快就會有消息傳來的，目前只能走一步算一步了，我們又不可能離開崽崽。」

坎落金跑到楚天面前說了一連串的飧豹土語。楚天捂著耳朵，痛苦地叫道：「我快瘋了，他們的飧豹土語，我一聽就頭痛。」

坎落金怔了一下，略微放慢速度道：「獸，低下，不能進！」

楚天對著坎落金怒道：「現在你們是我楚天的屬下，在我這裏沒有什麼低下不低下的，只要你願意，爬多高都行，有什麼地方不能進？」

坎氏兄弟面露感激之色。

楚天擺擺手，抱著崽崽向金浴飄香走去，坎氏兄弟緊隨其後，特洛嵐摟著伯蘭絲走在最後。

第四章 金浴飄香

一上台階，楚天首先來到迎賓的那一排黃腿角鴞鳥面前時，聞著濃濃的香味，心裏暗想：「要是清淡一點的香味就好了，老子可不喜歡這種濃濃的香味，這不是擺明了勾引我嗎！」嘴邊自然露出一陣不懷好意的笑容。

負責迎賓的黃腿角鴞鳥露出職業性的笑臉，半鞠躬後嬌聲道：「歡迎光臨！」

楚天按著鼻子，努力抬頭挺胸，好不讓鼻血流出。他的眼睛不時向兩邊瞟去，完了完了，要死了，要死了，好靚好長的腿啊，別亂動呀，老子還沒看夠。

雕欄玉砌的台階，極盡奢華的燈光，把這座金浴飄香娛樂城的奢侈反映得淋漓盡致。

特洛嵐說道：「黃腿角鴞鳥是這個世界上最出色的迎賓鳥，據說由她們坐鎮的娛樂城沒有一個不發的！這全都得力於黃腿角鴞鳥的種族異能，能將有色心的鳥吸引過來！」

楚天咂舌道：「原來是這樣啊，我就說嘛，像我這樣不爲女色所侵的鳥怎麼會想往這

裏跑呢！」

伯蘭絲冷笑道：「見了妓女都能迷失三魂六魄，還有臉在這裏嘰嘰歪歪的！」

楚天面不改色，自戀地用翅膀摸著頭。

大廳內閃耀著的燈光時而昏暗時而明亮，那旋轉的大燈，猶如不時劃過夜空的流星，朦朧中透出曖昧的味道，地板更是打磨得如同鏡子一般，走在上面就好像是在水中飄舞一般。最讓人驚歎的是，沿路的盆栽居然全部都是用黃金雕琢出來的，楚天不禁咋舌，即使當年在地球上時，都不曾見過比這更奢華的場面。

裏面坐著各種各樣長相怪異的鳥類。舞台上一隻身穿藍色套裙、身材嬌小的百靈鳥，正柔聲地唱著不知名的歌曲。美妙的舞姿幾乎電暈了台下所有的鳥，大家紛紛叫好。

楚天他們挑了個角落的位置坐好，坎氏兄弟站在楚天他身後，警惕地看著周圍，楚天笑著問道：「這百靈鳥天生的種族異能不會是唱歌跳舞吧？」

特洛嵐微笑著點頭道：「種族異能和靈禽力不一樣，不同的鳥族都有不一樣的種族異能。但是靈禽力卻是任何種族都能修煉的。當然，不同的種族異能，會使靈禽力的表現形式不同，靈禽力修煉到一定階段，也能使自己的種族異能得到提升。」

楚天撓撓腦袋道：「我本來就不太知道這些事，照你這麼說，那所有的百靈鳥豈不是都是一樣的歌喉？」

特洛嵐笑著說道：「同一本羽爵心法扔給不同的鳥去修煉，他們的修爲也會有高下優劣之分，更何況萬能鳥神賜予的種族異能呢？個體的差異是肯定會有的。通常的情況下，那些修煉靈禽力比較費力的種族，就只有靠種族異能生存了。好在這個世界一些特殊的職業，能將他們的異能充分發揮。」

楚天恍然大悟，接著又問道：「那你們鴕鳥的種族異能是什麼？」

伯蘭絲像看著白癡一樣看著他道：「一些高貴的種族絕對不止一種異能，我們除了坐地裂這樣的異能之外，也有其他的異能，只是不能隨便告訴你這個外人罷了！」

楚天低聲咒罵了幾句，他現在的任務是好好享受，要是和這隻該死的母鴕鳥在這裏吵來吵去的話，就太沒情調了。

崽崽在一邊噘著小嘴說道：「媽媽，你說裏面有吃的，怎麼崽崽到現在還沒看到！」

楚天陪著笑臉道：「崽崽別急，等我們先去洗個澡，也許可以浸泡在水裏吃崽崽最喜歡吃的東西哦。」

崽崽撓撓身子道：「崽崽好幾天沒洗澡了，癢癢！」

楚天大喜，忙拍著翅膀站起來，向櫃檯走去，櫃檯呈流暢的金屬線，幾隻身穿白色工作服的銀耳相思鳥，面容姣好，讓人覺得賞心悅目，吸引了不少的鳥圍坐在櫃檯前。

楚天大搖大擺地道：「這裏有哪些沐浴項目？給我報來聽聽。」

一隻銀耳相思鳥遞給楚天一份金線鑲嵌的簿子，甜甜地微笑著道：「先生請看！」

楚天翻開一看：魚療，蟲療，咦，這個溫室效應是什麼玩意兒？正在想著點哪個之際，突然聽到旁邊有個聲音響起：「點不起就別在這裏丟人現眼！」

楚天斜眼看著旁邊那隻說話的鳥，這是一隻全身都是金光閃閃的飾品的長嘴劍鴴，他高昂著頭，鳥眼瞇成一條縫，肥大的身子壓在椅子上，椅子下沉半截。

楚天冷笑一聲，說道：「給我來個魚療，本大爺不和土財主一般見識！」

周圍的鳥一片驚歎：這傢伙以前從沒見過呀，居然敢跟黑雕城十大富翁中的華萊士這麼說話。

長嘴劍鴴華萊士也不動怒，一團肉球似的身體搖晃了一下，換個坐姿，對銀耳相思鳥道：「瑪利莎，我要蟲療。」蟲療較之魚療貴得可不止一個檔次，除了有數的一些鳥能享受之外，其他的鳥連想都不會想。

楚天大笑道：「瑪利莎，我這裏四隻鳥兩隻獸，所有的流程我都要了，跟這位掛滿金飾的暴發戶我們是沒得比啊，人家那麼有錢！」

周圍喝酒的鳥都是一陣大笑。

華萊士一張大臉漲得通紅，本來他看到楚天這一群都不像什麼有錢的主，就想借此羞辱一番，沒想到結果自己反成了眾鳥的嘲笑對象。

楚天裝作四處打量了一番道：「也不知道寒梟翅爵什麼時候來，懶得等了，先上去再說吧！瑪利莎小姐，能不能帶我們上去？」

「乖乖，這傢伙居然和寒梟翅爵很熟哎？」

「寒梟翅爵可是城主的侄子，也許很快就會成爲下一任城主了！」

「聽說城裏與寒梟翅爵比肩的翅爵們大多已經向寒梟翅爵表示效忠了！」

華萊士一臉的詫異，這隻鳥居然能跟寒梟翅爵攪在一起，聽他的語氣好像還很熟的樣子，一想到冷酷的寒梟翅爵護短的性格，不由臉色大變。

楚天也是心裏暗驚，沒想到寒梟翅爵居然有這麼大的能力，在整個黑雕城恐怕也算是隻手遮天。

伯蘭絲沒放過他眼中閃過的驚訝，冷笑道：「怎麼了？你不會是膽怯了吧！」

楚天甩了甩翅膀，淡淡地道：「這個世界上能讓我膽怯的鳥不是還沒生出來就是已經死了，不就是一隻小小的翅爵麼，我根本就沒把他放在眼裏！」

特洛嵐沉聲說道：「寒梟翅爵當然不可怕，但一旦牽涉到他背後的勢力就難說了！」

楚天打了個哈哈，說道：「都到了這個份上了，還想它們做什麼，先去洗了再說。」

白色透明的石頭雕砌的浴池，水面霧氣繚繞，隱約可見水裏的小魚游動。

有三隻鸕鶿站在浴池旁邊，這些鸕鶿的羽毛黝黑，霧氣中羽毛隱現紫色金屬光澤，長喙顯得尤爲銳利，喉嚨鼓鼓的有著一個小囊。

伯蘭絲跟特洛嵐去了左邊的情侶浴池，坎落金、坎落黑兩兄弟則進了右邊的溫泉。

楚天舒服地將衣物脫掉，裹著一條圍巾，跟在一邊的崽崽也學著媽媽的樣子，可是，那圍巾太大了，楚天見崽崽搖搖晃晃的可愛摸樣，笑著說道：「崽崽，你還是小不點，就不用穿了！」

崽崽毛茸茸的小腦袋一甩，惱怒地將圍巾撕破——他現在的靈禽力還很弱，但兩爪的力氣卻是大得出奇，然後挑了其中最小的一片，裹在腰間，得意地看了楚天一眼，就往水裏一跳。

楚天很愜意地躺在水裏的石塊上，翅膀枕在頭下。

崽崽扭著小屁股像隻鴨子一般地游來游去，一臉的歡喜，時而升起的霧氣一陣陣地刺激著皮膚。

那三隻鸕鶿驅趕著水裏的小魚，楚天仰起頭，沒想到做了鳥人之後，竟然還能享受到在地球上沒有的舒適，老子還真是鳥才啊！

池子裏的小魚僅有拇指的三分之一大小，魚鱗呈銀白色，在燈光下反射著光芒，水面就像是泛起了千群波浪。

一群小魚鑽進楚天本來就稀少的羽毛裏，跟他的皮膚接觸，魚唇啄在身上的時候，立即有一陣陣舒爽由皮膚傳來，楚天的臉色漸漸紅潤起來，一臉的舒服表情在霧氣的遮掩下漸漸擴散開來。

楚天哼唧一聲，抬起頭看了看崽崽，這一望之下，頓時張大嘴巴怔怔說不出話。

小可愛正撅著個屁股一扭一扭地往水裏鑽，嘴裏叼著幾條小魚，嚇得他身邊的魚四下游散。

楚天拍打著翅膀，問道：「崽崽，你在幹什麼呢？」

崽崽鑽出來，氣憤地道：「我抓了這麼久才抓了幾條，媽媽，我們來抓這麼小的魚沒意思。」

楚天大笑，叫崽崽過來躺在他旁邊，說道：「崽崽，我們是來洗澡的，不是來抓魚的，你學老爸躺好，就這樣，對，行了！」

崽崽懷疑地看著楚天，對他來說，水裏有魚怎麼不抓呢，而且這魚的味道還很不錯呢！

洗完之後，兩隻鸕鷀拎著兩個灰色的小桶走過來，將桶裏的看起來色澤很奇怪的東西一點一點塗抹到楚天和崽崽的身上。然後又用一條很粗密的羽毛撣子在他們身上來回打磨。不一會，原本灰突突的楚天和崽崽居然渾身散發出耀眼的光澤！彷彿是萬眾矚目的明星一般。

「媽媽，你變得好看多了！」崽崽奇怪道。

「兩位，打蠟已經完畢了！接下來兩位可以去溫室效應房間了。」

楚天和崽崽興奮地來到了溫室效應房間。

室內像漏斗一樣的透明大缸幾乎占了整個空間的三分之二，大概有三米高。大缸的周圍都是精雕細琢的紋路，凹凸起伏，有如萬千隻魚在水裏自在遨遊。

才一進去，一陣淡淡的香氣撲鼻而來，滿室的水霧繚繞，霧氣中隱約可見一大一小兩隻黑不溜秋的烏梅鳥。

楚天驚訝道：「這種洗浴的方式真是太奇怪了！崽崽，飛上去！」

崽崽點點頭，拍著翅膀就往上飛，突然他眼睛一亮，嘴裏含糊不清地說道：「裏面竟然還有好吃的，媽媽，我先進去了！」

楚天還沒來得及回話，就見到崽崽猛地一頭扎進漏斗裏。

透過模糊的漏斗，楚天見到崽崽在裏面一蹦一彈的，不停地拍打著翅膀，看起來挺興奮的，偶爾還能聽到崽崽的叫聲。

楚天忍不住好奇，大聲地問道：「崽崽，裏面舒不舒服呀？」此時只能看見崽崽在水裏游著。

裏面傳來崽崽微弱的聲音：「媽媽，我……咳……快被……燙……」小可愛含糊不清地說完前面幾個字，吐完嘴裏的水繼續說道：「燙得受不了了！」

楚天趕緊拍著翅膀飛到浴缸口，探頭向裏望去：浴缸裏水面一片平靜，看不出有絲毫波動，正中央有一處平台延伸向下，跟地面連接在一起。上面好像盛放著一些誘人的新鮮水果。

崽崽躺在平台上，渾身濕漉漉的，小爪子亂蹬，翅膀張開，說道：「好……爽啊！」

楚天哪還會猶豫，翅膀一收，如利箭一般鑽進水裏。

「哎喲！」楚天猛地從水裏衝出，拍打著翅膀，嘴裏不停地嚷嚷：「好燙好燙，燙死老子了！」

本來平靜的浴池被楚天這麼一叫一拍，頓時水花四濺，可憐楚天還在水裏不停翻騰，掙扎著向崽崽這邊游來。

崽崽換個姿勢趴在平台上，正美滋滋吃著平台上的東西，一不小心有幾滴水珠濺到他嘴邊，崽崽一驚，把幾粒火紅色的菩提果給弄掉了，崽崽氣得小眼圓睜，狠狠地搧著翅膀道：「臭媽媽，我正在吃東西呢！」

小可愛向水裏看去，卻不見了媽媽的蹤影，不由驚異地自言自語道：「怎麼搞的，崽崽才說一句話，媽媽怎麼就不見了？」

突然一隻顫巍巍的翅膀從平台一角伸出，不停地揮著，崽崽一驚之下，伸出爪子就是一踢。

楚天好不容易游到平台上，可是全身被泡得酥軟無力，就伸出翅膀想讓平台上的崽崽拉他一把，哪知道那小崽子一爪就把他踢到水裏。

過了好大一會兒，楚天才爬上平台，水面又恢復如初，楚天喘著氣躺在崽崽旁邊，不爽地說道：「崽崽，你個沒良心的小東西！有你這麼對老爸的嗎？」

崽崽一臉無辜，眨巴著眼睛說道：「媽媽，崽崽又不知道那個是你。」

楚天舒服地哼唧起來，這溫室效應還真不賴，水面看不出有任何的熱氣，泡了之後，水裏的熱氣彷彿全侵入了體內，讓四肢百骸都一陣舒爽，渾身都軟綿綿的，就像是在蒸籠裏一般。

而這平台則是帶著一絲絲的沁涼之意，躺在平台上當渾身的火熱之氣一點一點地被沁涼之氣消磨掉，一冷一熱兩股氣息夾雜，舒爽擴散至全身，簡直就像是在極樂仙境。

不知何時特洛嵐也來到平台上，驚奇地說道：「泖冰石，怪不得這麼貴！」

楚天懶懶地說道：「特洛嵐啊，大家都是雄的，你幹嘛穿得這麼嚴實？」

特洛嵐正色說道：「這個……我們鴕鳥家族的族規很嚴格，一般都不能讓外人看到我們的身體，不管是雄的還是雌的都不行。」

楚天一副不可思議的樣子，剛準備開口，就聽到外面傳來一陣吵鬧，緊接著就是一陣急促而雜亂的腳步聲。

特洛嵐眼神驟地變冷，說道：「恐怕這次不是我不想你們享受了！」

楚天一愣，只聽一聲大響，本來關著的門平平飛出，撞在浴池上，幾隻鳥衝了進來。

當先的一個赫然就是昨天在墨藍樓被痛扁的胖鳥冷兀公子，此時他滿臉的囂張之色，兇狠地看著浴池中的楚天。

在他旁邊的是一隻瘦長的黑冠鴉，他的整張臉上都寫滿了戾氣，半邊頭髮高高束起，另半邊則是光頭，上面錯綜夾雜著凸出的血管。雙瞳呈現出流轉的黃色，陰惻惻的眼睛透出無窮殺氣，鼻子像豬一般向下塌陷，乾裂的嘴唇扯起一絲冷笑。

黑冠鴉身穿黑色的戰甲，肩上是一層層疊到脖子的薄金屬，緊緊貼著身子，配合著高瘦的身材，就像一根晾衣杆。後面還跟著幾隻體格碩大的綠翅短腳鵯，看起來個個都是一副兇悍的表情。

楚天暗中分析著眼前的情況，看來是冷兀這死胖子吃了虧之後還不死心，不知道又從哪兒請了高手來報仇了。不過這隻黑冠鴉雖然看起來兇悍，卻還不是特洛嵐的對手。

特洛嵐冷冷說道：「按照古代的演算法，這黑冠鴉的實力應該到了靈變後期，也倒是個高手了！」

楚天猶自笑著說道：「有你在，我就不用這麼費心了，來！崽崽，我們繼續吃。」

崽崽點點頭，拋出一句讓楚天氣結的話：「媽媽，你下去把他們都給宰了不就行了，這種小事還用特洛嵐叔叔動手嗎？」

特洛嵐大笑，說道：「楚天，我只負責保護崽崽，你自己愛怎麼就怎麼辦吧！哈哈……」

楚天憋著臉，狠狠地盯著崽崽，小可愛正沒心沒肺地大吃特吃。正在鬱悶之際，門外傳來一陣急促的獸語。

楚天大喜，是坎氏兄弟，不過隨即黯然，這隻像鬼一樣的黑冠鴉至少也是羽爵後期的高手，他們兩隻飧豹恐怕也不是對手。

楚天立即喝止：「坎落金、坎落黑，不准進來！」瞬間外面的喧囂停止，整個室內安靜得只能聽到崽崽吃食物的聲音。

特洛嵐一愣，隨即知道楚天的想法，眼裏閃過一絲奇異的表情。

只聽得冷兀公子大聲地說道：「臭小子，本公子現在又回來了，你還不快過來給本公子磕頭賠禮，如若讓本公子將你狠狠地揍一頓之後，就饒了你！」

楚天見特洛嵐一副不關我事的表情，頓時鳥眼亂轉起來，突然他賊笑著盯著崽崽，輕聲地問道：「崽崽，你看到下面那隻胖鳥沒？」

崽崽搖搖小腦袋，說道：「看不見！」

楚天掩著翅膀說道：「就是昨天被你老爸扁的那隻呀！他今天來是要把你從老爸身邊帶走的。」

崽崽疑惑地問道：「他要帶走崽崽幹嘛呀？」

楚天不懷好意地道：「那胖鳥估計是覺得崽崽肉長得比較多，想把你做成一道菜給大家吃。」

崽崽撓撓腦袋，略微擔心地道：「媽媽，你不會讓他把崽崽帶走吧？不如你去把那胖鳥抓住，崽崽把他做成菜給大家吃！」

那隻黑冠鴉見楚天一直和崽崽嘰嘰咕咕的，早已等得不耐煩了，沙啞的聲音響起：「公子，跟他們囉嗦什麼，我們把他們連浴池一塊給砸了。」

楚天冷冷地看著下面，說道：「想死還不容易，真是一群蠢貨！」

那隻黑冠鴉冷冷地說道：「在下郝萊楠，是那拉家族的侍衛統領，今天是特地來給你們送終的！」

想殺我就直說，哪那麼多廢話。楚天一陣惡寒，說道：「冷兀你這死胖子，大爺昨天把你當個屁一樣放了，沒想到你現在居然還敢來？」

冷兀臉色一陣青一陣紫的，眼睛裏閃爍著狠毒的光芒，怒道：「今天本公子一定要讓你嘗嘗痛不欲生的滋味！郝萊楠，抓住他，本公子要親手殺了他！」

郝萊楠眼中黃光大盛，翅膀張開，上面的羽毛如片刃般傾斜著貼在肌膚上，碰到門兩邊的牆就像是切豆腐一般，將牆壁盡數劃破。

楚天一臉不自然，特洛嵐卻在背後沉聲說道：「這是兀鷲家族的『殺千刀的』神功，是將靈禽力運到翅膀上，使得每一根羽毛都像是鋼刀一般堅硬銳利！這隻鳥已經能夠運用得比較熟練了，你自己小心一點啊。」

楚天一臉笑容地對特洛嵐說道：「那個……特洛嵐兄……」

特洛嵐瞇著眼，將他的請求扼殺在搖籃之中：「我們只負責照顧崽崽的安全，你全力戰鬥吧！」

楚天一咬牙，說道：「算你狠！我就不信，本羽爵搞不定這隻醜八怪。」

崽崽見到郝萊楠恐怖的模樣，不禁心裏一陣害怕，鑽進楚天懷裏。

郝萊楠翅膀上覆蓋了一層淡淡的黃色薄膜，羽毛全部鍍上金屬的光澤，在霧氣裏尤爲冰冷，眼中黃色流轉，使他顯得異常的陰沉。

他翅膀向上一揚，整隻鳥就飛起來，利爪交錯，帶著暴漲數尺的光芒衝向浴池，強大的氣勢排山倒海般向楚天壓過來。同時他翅膀上的三根羽毛，接二連三地向崽崽刺過去。

「啊……」崽崽一張小臉漲得通紅，卻是被第一根羽毛刺中了屁股。

楚天大驚，顧不得對付黑冠鴉郝萊楠的正面攻擊，立即施展出琉影御風變，迅速衝到崽崽身前，將他護在懷裏，緊接而來的兩根羽毛「叮叮」地刺在楚天身上，並沒有受傷。

「崽崽，你沒事吧？好你個『殺千刀』的郝萊楠，居然用陰招來對付小孩子，我要你死得很難看。」

郝萊楠冷笑著說道：「你還是先顧著你自己吧！」他展開「殺千刀的」心法，翅膀上的鋼羽紛紛向楚天的身上斬去。

金剛蛻焱變遇上「殺千刀的」，一陣「叮叮噹噹」地亂響，楚天畢竟功力要差一些，又要分心護住崽崽，頓時被逼得不斷後退。

眼看著就要落入水池了，楚天只能將崽崽向特洛嵐拋過去。

特洛嵐將崽崽接在懷裏，一看到崽崽的小屁股流血了，頓時勃然大怒。他幾乎是在一瞬間就散發出駭人的力量，翅膀上綻放出黑色的光芒，轉瞬即將翅膀完全籠罩。不出三秒的工夫，黑芒散去，兩隻肌肉強勁血管隱現的手出現在衆鳥面前。

緊接著就是身體上的羽毛溶進體內，裸露在外的胸膛虯結著棱塊分明的完美肌膚。黑芒過後，一件黑色戰甲出現了。特洛嵐眼睛裏精光閃現，神色高貴無比，輕輕抬起手，冷漠地說道：「你……該死！」

郝萊楠從特洛嵐一變身就覺得不妙，對方的實力自己竟然沒法看清！

這就讓他心驚不已，郝萊楠本來就有羽爵後期的實力，要是對方比他更強，那就是翅爵的力量了。黑雕城裏時候什麼出現這麼一厲害人物，家族的情報網居然不知道。

冷兀在後面叫囂道：「郝萊楠，你還等什麼，本公子腿都等軟了！」特洛嵐身上散發的強大力量全部鎖定在郝萊楠身上，別人根本感覺不到。

郝萊楠現在騎虎難下，一咬牙，幻化成黑冠鴉的原形，長長的鳥脖子，禿頂無毛，陰鷙的眼神透出強烈的怨氣。

那幾隻體格碩大的綠翅短腳鵯，則在冷兀公子的示意下，向楚天靠攏過來。

郝萊楠翅膀遮住身子，一點點向下劃開，翅膀交錯，羽毛觸碰發出尖銳的金屬刺碰聲。

特洛嵐面無表情的臉上，露出一絲嘲笑道：「你在我手下過不了一招！」

郝萊楠額頭上涔出汗，冷冷地說道：「何必廢話？」

特洛嵐嘴角升起一絲若有若無的笑容，說道：「好久沒舒展筋骨了，你就使出最強的一招吧！」

郝萊楠翅膀倏地展開，一道黃色的光芒附在翅膀上夾擊著向特洛嵐攻去。

特洛嵐心裏一歎，「殺千刀的」這套心法要是練到極致，每一片羽毛都能自如飛出，向萬千利刃一般隨著主上的心意附上靈禽力從各個部位攻擊敵方，就像有萬千翅膀一般。

顯然郝萊楠只能讓整體刃化，卻不能自如釋放，但看他的力量卻至少能將「殺千刀的」練到收放自如。

看來兀鷲家族真的是不行了。特洛嵐雙手被一層淡淡的光芒籠罩，翻掌成爪，迅速在手上凝結出一顆小黑球。

就在郝萊楠翅膀挾風雷之聲席捲過來時，特洛嵐手心凝結的黑球驀地形成兩隻巨大的爪子抓向黃色的翅膀。

黑色爪子在接近黃色翅膀的一瞬間，郝萊楠停頓在空中，滿臉的驚駭之色，似乎不相信特洛嵐竟能僅憑靈禽力虛化出來的爪子就能將他的實體翅膀給抓住。

冷兀此時也看出場上的氣氛不對勁，恨恨地對那幾隻綠翅短腳鵯喝道：「給我殺了那個蠢貨！」

楚天受到特洛嵐體內靈禽力的激發，渾身正處於一種極端興奮的狀態，此刻眼見幾隻綠翅短腳鵯凶巴巴地衝過來，體內一熱，從兵器譜得來的那件原本融合到他身體裏面的泥塑轟然飛出，帶起一圈圈紫黑色的光芒，瞬間穿透那幾隻綠翅短腳鵯的身體。

正好看到這一幕的伯蘭絲大爲驚訝，因爲這很明顯是一件高級羽器，楚天這傢伙什麼時候有了一件高級羽器？難道這傢伙居然藏私？

其實楚天自己都不知道發生了什麼事情，那件羽器融入他的身體之後，他一點感覺都沒有，直到剛才收到特洛嵐的靈禽力激發才甦醒過來，沒想到一下子就把那幾隻綠翅短腳鵯給幹掉了。

特洛嵐的眼神更加冷峻，雙手向兩邊一拉，郝萊楠眼神透出濃濃的死氣，只一招，他這隻那拉家族的頂級護衛就敗了。

冷兀臉色瞬間變得慘白，腿下發軟，顫巍巍地晃了幾下暈了過去。

楚天正準備要去收拾這傢伙，卻看到他身上掉下一塊晶瑩的綠色玉石，於是拍著翅膀飛過去撿起來一看，上面簡短地刻著一個侍字。

他將玉石扔給伯蘭絲道：「這是什麼？」

伯蘭絲看了一下，冷冷地說道：「這是黑雕城神殿的侍衛令牌！」

楚天踢了一下躺在地上的冷兀，輕蔑地說道：「就他這樣子也能做神殿的侍衛？」

伯蘭絲嘲笑似地說道：「他不能，難道你行？」

楚天惱怒地說道：「不就是個小小的神殿侍衛嗎？我現在是羽爵，有必要再去做侍衛嗎？」

伯蘭絲掩口嘲笑道：「真是好笑，你還真以為你是羽爵啊！你看你全身上下，哪有一點羽爵的氣質啊，渾身上下還打了一層蠟，搞得自己跟暴發戶似的！」

楚天懶得出言反駁，神殿裏的羊皮卷還沒弄到手，既然冷兀公子是神殿的侍衛，倒可以利用一番。

他換個笑臉道：「好了，現在這個爛攤子就留給寒梟翅爵收拾吧！坎落金、坎落黑，你們進來把這隻肥鳥帶到我們住的地方去。」

在眾鳥驚異的目光中，楚天等人架著冷兀公子走出金浴飄香，特洛嵐他們已經暴露了實力，索性就不再幻化成鳥身，直接以翅爵形態走了出來。

楚天有些不解地對特洛嵐說道：「特洛嵐，看你平時也挺溫柔的，這一次怎麼這麼狠，居然將那拉家族的頂級護衛首領給撕了，你就不怕有人找你麻煩！」

伯蘭絲在一旁冷冷地說道：「放眼整座黑雕城，能打過我們的只有城主，我們怕什麼？」

特洛嵐淡淡地說道：「而且有你這個準備當替死鬼的羽爵，寒梟翅爵是一定會把事情接過去的！我有什麼好擔心的？」那拉家族雖然在四大家族中排最末，但實力是不容小覷的，如今正保持中立，他們家這個無用的世子冷兀正跟另一隻由寒梟扶持的羽爵爭下一任族長之位，必然是神王兩派爭取的對象。

伯蘭絲冷冷地說道：「所以你要記住，僅憑你一個，寒梟還不至於冒著打壓那拉家族的風險保你。」

楚天心裏漸漸升出一絲奇怪的感覺，他眼神驟變，指著兩隻翅爵形態的鴕鳥道：「難道是因爲你們？」

特洛嵐抬起頭，剛毅的臉龐沉浸在對過去的回憶之中，只是淡淡地說道：「走吧！」

楚天詫異地嘀咕，摟著崽崽跟在後面向住處走去。

坎落金、坎落黑兄弟將冷兀架到楚天的房間裏，再用冷水將他潑醒。

楚天一揮翅膀，示意兩隻飧豹出去，坐在棕色沙發上，冷冷地看著漸醒過來的冷兀。

冷兀悠悠醒過來，發現自己處在一間完全陌生的房間，他抬起頭向四周望去，突然向後猛退幾步，驚慌地說道：「不要殺我，不要殺我！」

楚天眼神驟然變得柔和起來，向冷兀招招翅膀，說道：「放心，本大爺是不會殺你的，過來！」

冷兀一臉的驚疑不定，小眼透著恐懼，看著楚天說道：「你想幹嘛？」

楚天笑著說道：「你過來，我有事跟你說！」

冷兀打了個冷戰，顫聲說道：「我對……雄性不感興趣，要是你想我跟你……那個，我打死也不會屈服的。」

楚天愣了一下，隨即明白冷兀的想法，一張毛快掉完的臉先是抽動幾下，突然暴怒道：「你以爲老子對你感興趣?爺爺的，老子對你好點你還真的燦爛起來了!」

冷兀一見，明顯鬆了口氣，他試探著問道：「那你想要我幹嘛?」

楚天怒氣未平，這肥鳥，居然懷疑自己的性取向。他站起來，重重踹了冷兀一腳，惡狠狠地說道：「本大爺現在有點小事想找你幫忙!至於殺不殺你，反正都已經得罪了你們那拉家族，其實多殺你一隻也無所謂，看你表現吧!」

冷兀聽得心驚膽戰，楚天身邊那隻鴕鳥的實力他不是沒見識過，能將郝萊楠一招擊斃的，整個那拉家族都找不出一隻來。

直到聽完楚天的話，他才漸漸定下心神，哪裏還有不答應的，像雞啄米似地連連點頭，生怕一個慢了楚天反悔要殺他。

楚天回到沙發上坐下，揮揮翅膀示意冷兀也坐下。

冷兀腿下發軟，乖乖地坐下。

楚天見他聽話，心裏大樂，要是老子讓他帶著我去神殿偷東西他也這麼聽話就好了，想到這裏，楚天呵呵一笑道：「你是神殿的侍衛?」

冷兀點點頭，卻不敢多說一句話。

楚天眼中寒芒一閃而過道：「那想必你能去神殿裏的任何地方了?」

冷兀一愣，不明白楚天爲什麼會這樣問，於是他點點頭稱是。

楚天道：「本羽爵來黑雕城這幾天，基本上逛完了黑雕城的其他地方了，當然，除了神殿。雖然神殿我也進去過，但是還有許多地方沒逛完就出來了。今天既然碰上你這個神殿的侍衛，你不妨帶我去神殿裏面逛逛，只要逛得開心，本爵爺保證不動你一根羽毛。」

冷兀很小心地問道：「你已經被銀羽大祭司德努嘉冊封爲羽爵，要去神殿爲什麼還要我帶你去？」

楚天眼睛裏精光一閃，說道：「本爵想去神殿裏的圖書館看一看！」

冷兀一個冷顫，圖書館可是神殿重地，冷兀雖然是個紈褲子弟，卻也不笨，心裏明白楚天去神殿肯定不會是逛逛這麼簡單，哼哼，到時候不用他們那拉家族動手，楚天也會死無葬身之地。

反正帶他去圖書館自己又不會有什麼損失，冷兀想到還是自己保命要緊，連忙點頭。

楚天眼神如刺，說道：「你最好別想玩什麼花樣，否則本爵隨時會要你的命！」

冷兀顫聲說道：「大人請放心！」

楚天滿意地點點頭，說道：「那好！晚上在神殿見，本爵說話算話，現在便放了你，滾回去後千萬別忘了什麼該說什麼不該說。」

冷兀連連點頭，臉上緊繃的肌肉一鬆，說道：「是是是，小的明白！」

楚天喊了一聲，門外的坎落金、坎落黑兩兄弟將門打開，走進來站在楚天身旁。

冷兀心驚膽戰地看著楚天，等待他說話。楚天一擺翅膀，說道：「你滾吧！別忘了本爵跟你說的事。」

冷兀連滾帶爬地向門外走去。

特洛嵐和伯蘭絲雖然不知道楚天到底將冷兀神神秘秘地帶到房間做什麼用，但因爲沒有涉及到崽崽，他們也就懶得管了。

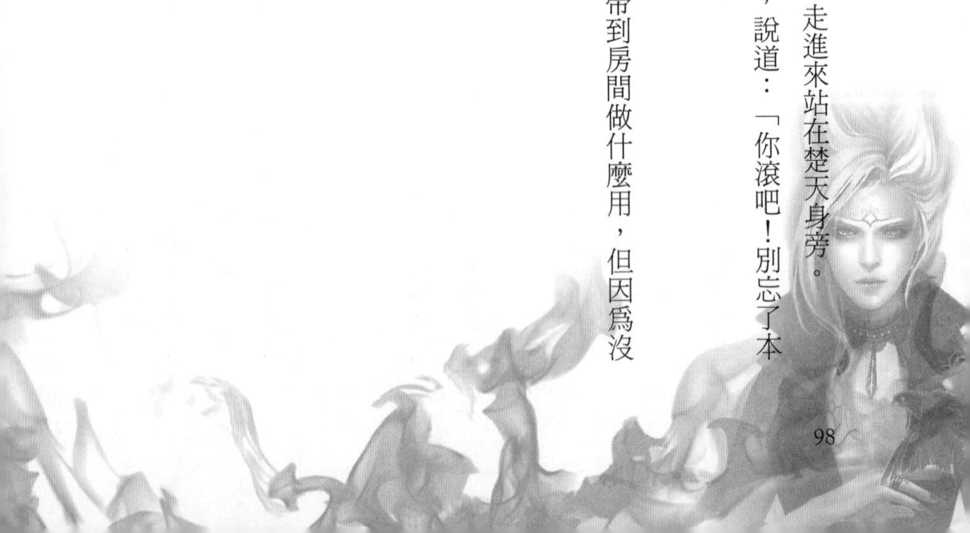

第五章 笑裏藏刀

翅爵府。

寒梟翅爵坐在寬大的炎沁石椅上，臉色鐵青，眼睛裏時不時透出厲芒，一時間光芒大盛，可見他心裏的憤怒。

他身穿一件紫色的便裝，胸口繡著一隻展到極致的翅膀，栩栩如生，彷彿就要破衣而出展翅翱翔。

一雙白玉一般的手此時卻是筋骨大現。

「楚天，你借著本爵的名義在黑雕城招搖撞騙也就罷了，居然還敢欺負本爵的女兒，你簡直是找死！」寒梟翅爵的手重重擊在石椅上，拍過的地方齊刷刷地變成粉末。

寒梟翅爵冷峻地看著下面報告的鳥，說道：「十一郎，現在楚天在做什麼？」

十一郎是一隻全身上下都帶著死氣的啄木鳥，長長的喙泛著金屬的光澤，灰黑色的眼睛冷漠而生硬。他是寒梟翅爵手下情報組織的十三個頭目之一。寒梟翅爵吩咐他暗中盯著楚天，隨時將楚天的情況報告給他。

啄木鳥十一郎冷冰冰地回答：「他現在回到住處，將冷兀也帶到了住處！」

寒梟翅爵手一揚，形成粉末的颶風脫離手心，旋轉著從十一郎耳邊擦過，而十一郎卻是一動不動。

十一郎緩緩說道：「楚天身邊有兩隻鴕鳥乃是翅爵級別的高手，所以屬下懷疑他身邊的那隻小黑鳥乃是一隻黑孔雀，否則翅爵級別的鴕鳥是絕對不會跟著楚天這樣一個沒有任何背景和實力的鳥的。」

寒梟翅爵嘴角彎起一絲殘酷的微笑，聲音冰冷：「孔雀！哼！」他陰陰一笑，說道：「那個鄉巴佬帶著冷兀進房間之後說了些什麼？」

「啓稟大人，那兩隻鴕鳥一直在附近，屬下沒能探知楚天對冷兀說了些什麼！這一段是空白的！」

寒梟臉色一變：「空白？你太讓本爵失望了！這麼重要的事情，你居然跟我說因爲有兩隻鴕鳥就嚇得你不敢竊聽？像這樣膽小如鼠的蠢鳥，本爵留著又有何用？你可以去死了！」說著含怒一擊，翅膀劃過十一郎的咽喉，鮮血噴湧而出，十一郎就變成一具乾屍。

寒梟翅爵回到椅子上坐下，依舊一副冷冷的表情，他對手下的情報十分不滿。

「楚天，你究竟還想做什麼，莫非你當真以為本爵不敢殺你麼！」寒梟眼睛裏殺機閃現，時而暴漲，卻又漸漸歸於平靜。

突然他拂袖而起，低沉地說道：「來人，備車，本爵要去那拉家一趟！」

紫色的雕琢精細的車，上面龍飛鳳舞地雕刻了無數的圖案。要是特洛嵐在場的話，一定能認出製作車子的木材是北大陸極寒之地少見的檎沐樹。

拉車子的是四匹頭部有著一個獨角的白色怪物，渾身雪白的毛髮，強壯的四肢正不安地動著，跟馬差不多大小，只是看起來更高大一些。

寒梟舒服地坐在車子裏面，端著一杯飄香四溢的酒，慢慢品嘗著，嘴角又恢復以往的微笑。

不多時就到了那拉家族的大宅子。朱紅色的大門，雕刻極其細膩的門樑向兩邊的圍牆延伸百米有餘，沉重的大石砌築而成的圍牆顯得古樸而莊嚴。

那拉家族是自從黑雕城建立就存在的古老家族之一，他們的第一任族長乃是當年跟隨霍南德一世守護黑雕城的大將那拉煛，曾經一人單槍匹馬消滅一個蟲族兵團，所以雖然現在的那拉家族比起以往已經衰落了，但是大家還是保留著一份對它的敬意。

早有人去通報寒梟翅爵的來訪。

轉眼間，朱門大開，一隻高大嚴肅的兀鷲從裏面疾步而出，臉上帶著笑，說道：「翅爵大人來訪，真是令我那拉家族蓬華生輝，在下有失遠迎，還請翅爵大人見諒呀！」

寒梟大笑著走下車子道：「那拉曜族主您太客氣了，本爵受寵若驚！」

那拉曜國字臉，雙瞳呈金黃色，束起的黑色頭髮向後披在肩上，體格健壯，身穿一件白色的綢衣，恰到好處地襯托出他那拉族主的身分。

那拉曜拉著寒梟翅爵的手，邊向裏面引，邊問道：「不知翅爵大人此次突然造訪，有何貴幹？」

寒梟翅爵眼神驟冷，沉聲說道：「族主何必多此一問，本爵這次來的目的，難道族主會不知？」

那拉曜打個哈哈，說道：「來，我們裏面詳談。」

寒梟跟著那拉曜進入了一棟頗大的閣樓，外面幾名兀鷲高手鎮守著，一看就知道他們的實力絕對不會太弱。在閣樓的頂端有一圈淺藍色的光幕時隱時現，寒梟心知這必然是那拉家族的高級防禦羽器——天羅靜穆，不由地多看了幾眼。

一進房間，最顯眼的是對面牆壁上一幅波瀾壯闊的瀑布激流圖，四周簡潔的擺設卻是極盡富貴。

寒梟坐在主椅那拉曜的旁邊，歎道：「族主果然是高雅之士啊！」

那拉曜道：「翅爵大人客氣了，比起翅爵大人的府邸，寒舍當真是簡陋啊！」

寒梟大笑，說道：「族主太謙虛了，誰不知道黑雕城的十大富豪中，就有三名是出自那拉家族！」

那拉曜笑著端起面前的酒杯，說道：「翅爵大人請嘗嘗寒舍百年陳釀的美酒！」

一飲之後，那拉曜面色一整，說道：「寒梟翅爵此次到來，想必就是爲了新任羽爵楚天殺死郝萊楠一事吧！」

寒梟瞳孔收縮，他放下酒杯，淡淡道：「本爵希望族主不要因爲一時衝動，而去殺楚天羽爵報仇！」

那拉曜眼中精芒一閃，聲音不自然加了幾分靈禽力，問道：「翅爵大人能告訴我爲什麼嗎？」

寒梟把玩著手上的酒杯，慢慢地說道：「因爲楚天還不能死！」

那拉曜眼神驟冷，說道：「翅爵大人還是請回吧！」

寒梟不動聲色，慢絲條理地說道：「想必那拉族主也知道他被本爵委派到血虻沼澤了吧，不知道血虻沼澤的恐怖，族主是否知道？」

那拉曜舉起酒杯，細細斟酌著酒香飄蕩：「不知！」

寒梟輕輕地說道：「上一任負責監視血虻沼澤的格古達羽爵的實力，其實已經超過羽爵了，可是卻命喪於一條黑蝰蛇手中……」

那拉曜沉聲說道：「翅爵大人想說什麼不妨直言。小兒現在還在楚天手裏，而且我們那拉家族從來都不參與神權與王權的爭鬥，殺了楚天這個沒有任何背景的羽爵，應該不會造成任何損失！」

寒梟眼神中厲芒劃過，說道：「族主應該知道本爵做事的風格，本爵也絕不允許有人因為一己之私而破壞大局！」

那拉曜被寒梟凌厲的眼神激得心神一震，不由懷疑寒梟翅爵的力量是不是真的只有翅爵的水準。

寒梟歎了口氣，說道：「族主可知道楚天身邊有兩隻鴕鳥，他們有翅爵的實力！」

那拉曜臉色微變，說道：「翅爵？綠絲屏城現在是一片混亂，就算那兩隻鴕鳥是孔雀家臣，又能怎麼樣？」

寒梟翅爵心中嘲笑：這老狐狸，明明是怕了，偏偏嘴還這麼硬。「不說他們背後的孔雀家族，就憑這兩隻翅爵級別的鴕鳥能在一招之內將郝萊楠殺死，實力可想而知。」

那拉曜冷哼一聲，正視寒梟的眼睛，說道：「那又怎樣？即便是傾盡全家族之力，也要滅了他們！」

寒梟嘴角輕輕一動：「族主何必這麼執著呢，你覺得楚天他們去了血蛇沼澤之後，還能活著回到黑雕城嗎？」

那拉曜恍然大悟：寒梟這老鬼原來是打算讓楚天當替死鬼。「原來翅爵早有預謀，佩服！只要小兒平安回來，我絕不動楚天分毫。」

寒梟放下酒杯，道：「這一點族主請放心，楚天就算再狂妄，也不會傻到去殺害那拉家族的世子。」

那拉曜的忽然聽到了外面的聲音，他眼中精光一閃，大笑道：「翅爵大人果然英明，小兒已經回來了！」說完盯著寒梟。

寒梟知道那拉曜想試探他的力量，剛才他故意暴露出超越翅爵的能力，讓那拉曜心驚不已。

他淡然一笑，說道：「恭喜族主！」

那拉曜心中驚疑不定，眼中黃光閃過，朝著門口說道：「叫世子進來說話！」

不一會，冷兀灰頭土臉地走進來，朝寒梟翅爵隨便行了一禮，坐在那拉曜下手邊。

那拉曜運起靈禽力探查冷兀的身體，發現沒有一絲傷痕，遂道：「新任的楚天羽爵沒把你怎麼樣吧？」

冷兀想到楚天在他臨走之時的威脅語氣，猛喝了一口酒，說道：「孩兒沒事，他只是警告孩兒以後別再去找他的麻煩。」

那拉曜冷哼一聲，說道：「居然這麼囂張，哼！翊爵，這件事你總得讓楚天有個交代吧！」

寒梟微微一笑，說道：「這個自然，本爵會讓楚天知道厲害的。」

冷兀心裏一驚，連忙說道：「這個寒梟翊爵就不必費心了，楚天羽爵已經爲他的手下誤殺郝萊楠萬分悔恨，向我道過歉了。」

寒梟看著那拉曜笑道：「族主以爲如何？」

那拉曜臉色不變，依舊是冷峻如初，說道：「既是這樣，我對翊爵大人的承諾自然有效！」其實他已經察覺到冷兀心神不寧，以爲是因爲寒梟在場，才不想說出丟臉的事情。想到這裏，他毫不客氣地說道：「既然沒什麼事，翊爵大人還是請回吧，畢竟大人公務繁忙，實在不宜在寒舍耽擱太久！」

寒梟毫站起來說道：「既是這樣，本爵告辭了！」說完大袖一揮，向門外走去。

那拉曜冷笑一聲，回身走進房間，大開的門無風而闔。他走到冷兀面前，看著自己的兒子，柔聲說道：「你受了什麼委屈跟爲父說，爲父一定替你報仇！」

冷兀一想到楚天陰冷的眼神，不由心裏發冷，加上如果被父親知道自己這麼窩囊的話，說不定會對自己失望，到時候下任族長的位置就真的輪不到自己了，於是忙道：「回

父親大人，楚天自從知道孩兒是那拉家的世子之後，就跟孩兒道歉了，孩兒也已經原諒他了。對了，晚上孩兒還要去神殿値班，如果沒什麼事，孩兒先下去休息了。」

那拉曜看著冷兀離開的背影，心裏大是欣慰，這孩子終於有了成熟的一面了。

夜涼如水，黑雕城上空的月亮皎潔靈動，楚天將崽崽交給特洛嵐和坎氏兄弟，自己乘著月光偷偷向神殿方向飛去。

沿途沒碰到任何鳥，神殿禁止外鳥進入制度，倒給楚天帶來了許多的便利。

飛到神殿下的山底，楚天就見到冷兀在那裏東張西望，心裏鬆了口氣。楚天上前喚道：「小子，過來！」

冷兀一聽到楚天的聲音，不由心裏一陣發涼道：「你來了，剛好現在神殿所有人都去做祝福去了，趁現在我們就去圖書館吧！」

楚天心裏一陣好笑道：「本爵說話算話，只要你帶我進了圖書館，本爵以後絕不再找你的麻煩，也許以後還能成爲你競爭族主的幫手。」

冷兀微微驚訝地看著楚天，心道：幫手就算了，你不找本公子的麻煩，我以後就很開心了！

楚天擺擺翅膀，說道：「好了！現在帶我進去吧。」

冷兀連忙側身帶著楚天直奔神殿。

但是與此同時，那拉家族的下一任族主競爭者羅得曼羽爵恰好回神殿辦事，便見到了冷兀鬼鬼祟祟地帶著新冊封的楚天羽爵向神殿奔去。他心裏一陣好奇，這麼晚了，這兩個人怎麼會出現在神殿？外面不是傳言冷兀這個敗家子被楚天揍得很慘嗎？連郝萊楠都被殺了，難道這只是誤傳？「壞了，楚天這可惡的鄉巴佬一肚子的壞水，說不定會教冷兀這敗家子什麼陰險的招數，不行，我得跟上去看看！」

羅得曼心裏一緊，以極快的速度跟在楚天他們身後向圖書館跑去。

冷兀邊走邊說道：「進入圖書館是需要通行證的，否則就會觸動德努嘉大祭司留下的禁制。」

「通行證？」

冷兀點點頭，從懷裏拿出一張跟他的腰牌差不多大小的薄而透明的卡片，上面閃著一種奇異的璀璨光芒：「這就是進入圖書館的通行證，是用鑒鑾石做成的。」

楚天看了一眼冷兀，覺得這隻肥鳥也不是那麼討厭嘛，以前雖然是糟糕了點，但是現在看起來卻像是一隻乖乖鳥，看來鳥也要經歷挫折才能成熟起來！

圖書館很快就出現在眼前，楚天看得心裏驚歎不已，丈餘粗的玉石柱鼎立兩旁，寬闊大氣的石塊以天然形態自如鑲合，淡白色的石塊棱角分明卻又平整流暢，形成一棟彎曲的羊皮卷模樣的建築。

楚天一想到進去偷羊皮卷，在心裏埋藏已久的刺激彷彿又找回來了。他問道：「守衛什麼時候回來呀？」

冷兀想了一下道：「應該還有一段時間吧！守在圖書館的是級別較高的神武士和天鬥士，接受祝福的時間會長一些。」

楚天興奮起來道：「那好吧！前面帶路。」

冷兀急忙走到圖書館門口，小心翼翼地將鑒鑾石通行證附在翅膀上，往圖書館的大門上一貼。

青光一閃，形成一層平面，覆蓋整個圖書館的表層，但轉瞬即逝。

冷兀探頭進去看了一下，才回過頭來，輕聲道：「可以進去了！」

楚天也不客氣，抬腿就往裏走去，冷兀緊隨其後。

羅得曼躲在暗處，雙眼冷光時現：本爵今天一定要查清楚你們想幹什麼！他運起靈禽力，以極快的速度衝到冷兀身後，幾乎是貼著冷兀往前走，進去之後，羅得曼迅速找個地方隱藏住身形。

冷兀絲毫沒有覺察到，跟在楚天後面往裏走去。

楚天專心地打量著裏面的環境，頂上天花板如白玉一般，找不到任何的瑕疵，不過奇怪的是，圖書館裏居然沒有任何燈，四周的牆壁上全都被窗簾遮掩著，所以裏面的光線極其晦暗。

一樓堆滿了書架，書架由不知名的石頭雕刻而成，充分利用了空間地擺放，書架能自然散發出光芒，恰好能讓看書的人看清書上的文字。

一排排的書架上擺著無數本奇特的樹葉製成的精巧書籍，比地球上的書籍不遑多讓。

找了一會兒，楚天走到一片簾布處，突然覺得大腿一陣搔癢，不由彎下腰去撓。

怎麼這牆壁會突出一部分呢？楚天低頭時不小心碰到一個東西，他一翅膀搧過去。

「啊……」慘叫聲從簾布後傳來。

楚天一驚之下掀開簾布，嘴巴張得大大的，他的眼睛能不分晝夜地辨物，自然清楚地看到簾布背後羅得曼漲得通紅的臉，翅膀緊緊捂住下體。

那邊的冷兀聽到一點動靜，不由臉色蒼白，連忙趕到楚天這邊。

他不能像楚天一般識物，舉起羽毛上一塊能照明的玉石，一照之下不由得張大嘴巴，心驚膽戰，眼看就要叫出聲來。

楚天看著羅得曼汗流滿面，生怕他又叫出聲來，趕緊捂住他的嘴。兩個鳥人好不容易才平靜下來。

羅得曼慢慢蹲下，對楚天怒目而視。冷兀一臉驚慌地也隨著蹲坐下來，求助似地看著楚天，時不時還偷偷地瞟羅得曼一眼。

楚天可不想浪費時間，他好奇地問道：「羅得曼，你怎麼會在這裏？」

羅得曼怒哼一聲，說道：「本爵看到你們兩個鬼鬼祟祟的，才一路跟過來，哼！沒想到你們居然敢闖圖書館。要知道，沒有德努嘉大祭司的通傳就私自進入圖書館，是要受到雷擊和天火焚身的刑罰的！」

冷兀的臉色頓時就青了，他拉過楚天，輕聲在他耳邊說道：「進圖書館的通行證是我父親給我的，表哥他也沒有的。」

楚天瞥了羅德曼一眼，心道：敢來嚇唬老子，看老子今天不整死你。

於是他面帶微笑地道：「冷兀公子，你這表哥可真是不簡單，居然敢跟蹤我們進入圖書館？不過不知道他有沒有獲得德努嘉大人的通傳？否則只怕……」

羅得曼頓時一驚，心中怒極，卻不再跟楚天爭論，他冷眼看著在一旁不言不語的冷兀，低聲說道：「表弟，傳聞楚天殺了郝萊楠，你怎麼和他在一起？而且居然還將他帶進神殿的圖書館，你可知道濫用職權的後果嗎？」

冷兀的笑容凝固在臉上，期期艾艾地說不出話。

楚天可不想因爲一個小小的羽爵而影響自己此行的目的。九重禽天變的心法他才得到三重，他的修爲提升之後，就開始不斷爲這事犯愁了，雖說當日仙鶴寒克萊曾讓他去丹姿城索要，但是既然黑雕城和丹姿城都是天空之城，說不定在這神殿裏就有禽天變的心法，他沒理由會放棄這裏，捨近而求遠！想到這裏，他不耐煩地一揮手道：「哪來這麼多廢話，你要是想去告密的話，最好先撇清自己是怎麼進來的！本爵還想逛逛圖書館呢，沒別的事情你還是一邊涼快去吧！」

羅得曼眼珠一轉，傳聞中神殿圖書館裏面有無數心法神卷，可惜只有極少數高職位的人能進去，若是自己在裏面看到什麼心法之類的，憑著自己的資質，對自己日後爭奪族主之位肯定大有好處。冷兀這小子想必也是打這個主意，不過現在，哼！

他冷哼一聲，不再言語。

楚天也不多說話，三隻心懷鬼胎的鳥人就向著圖書館的二樓走去。

從一樓到二樓要經過一段較長的樓梯，聖潔的光芒照耀在樓梯上，楚天他們走在樓梯上居然看不到自己的影子。

走到樓梯的盡頭時，楚天看著二樓的情況，前世的大盜記憶讓他隱隱察覺到這裏一定有機關。

因爲二樓的擺設極其簡單，沒有一樓那麼多書架，只是簡單的幾排，整個樓層都顯得有些空曠，在二樓的中間位置有一個用透明物質製成的圓形櫃子，向四周發散著柔和的光華，看上去更像是一件藝術品。

楚天感覺自己想找的東西也許就在那圓形櫃子裏，不由想撇開那拉家族的兩隻鳥人。不料此時羅得曼卻偷偷運起靈禽力，從翅膀上射出一根羽毛，釘在楚天的腿上。

楚天一個踉蹌，整個人都彈起，向後摔去。羅得曼陰陰一笑，心道：在外面有寒梟翅爵罩著你，我不能拿你怎麼樣，不過在這裏嘛，就算我欺負了你，你又能怎麼樣？

楚天重重地摔倒，又搧動著翅膀支撐自己站起來，心裏一陣惱怒。心道：你爺爺的，老子不報此仇就不叫楚天！

羅德曼得意地向前面的書架走去，翻閱著各種典籍，看到會心之處，心裏一陣狂喜，渾然忘了楚天跟冷兀。

冷兀在楚天耳邊說道：「時間就要到了，我們抓緊時間。」

楚天目力驚人，憑藉著前世的記憶已看出了機關所在，他瞥了羅德曼一眼後，拉過冷兀道：「你在這裏待著別動，本爵現在要讓你那不知好歹的表哥知道得罪我的後果。」

冷兀向四周望了一下，顫聲說道：「爵爺，你可要想清楚呀！一旦驚動了神殿的神武士和天鬥士，我們就都別想出去了。」

楚天看著冷兀既膽小又怕事、一副猥瑣的樣子，不禁又好氣又好笑。

他和顏悅色地道：「你放心，本爵不是沒有分寸的人！等下你就跟在我身後就行了。

本爵自有辦法整治他。」

冷兀唯唯諾諾，但一顆心始終高懸著。

楚天指著圓形櫃子前的一排書架，輕聲說道：「你去叫你表哥，說你以前到這裏來的時候，發現前面那個書架裏似乎有你們兀鷲一族的修行心法，只是你看不懂。」

冷兀也不知道楚天想搞什麼鬼，迷糊地點點頭。

楚天看著冷兀向羅得曼走去，嘴角露出一絲冷笑，自己則慢慢地向圓形櫃子走去，眼睛卻是警惕地看著地面錯綜複雜的圖案。

冷兀按照楚天所說的，和羅得曼說了一遍。羅得曼眼中閃過一絲狂熱，面上卻是不動絲毫，說道：「表弟啊，你現在的力量不夠，自然看不懂那些，你帶表哥去，我看懂了，一定告訴你。」

他心裏卻道：這敗家子居然這麼殷勤地過來告訴我這些，其中一定有詐。不過雖然他已經心生警惕，但還是禁不起兀鷲一族修行心法的誘惑。

羅得曼將靈禽力提到頂峰，時刻防範著。

楚天聽著後面的動靜，心裏暗喜道：「你們這兩隻傻鳥，就等著死吧！本爵爺可就不陪你們玩了。」

楚天走到圓形櫃檯前，裏面躺著一個盒子，他的眼睛一亮，暗黃色的光澤流轉整個盒

子的表面，盒子上紋路十分清晰。

楚天眼皮一跳，搧動翅膀，將翅膀最前面的幾根羽毛攤開，運足靈禽力，猛地將櫃門劃開。一道純白色光芒透過細縫綻放出來，成一個平面筆直地向冷兀和羅得曼切去。

冷兀就是再蠢也知道事情不妙，慌不擇路地向後退。羅得曼也急急運足靈禽力向後退，以他的能力，躲過去不成問題，關鍵是如果冷兀死在這裏，那肯定會牽扯到他，因此絕對不能把冷兀留下，算了，賣個人情給他。

冷兀在白芒破出時，就已經嚇得連走的力氣都沒了，眼見就要死在白芒之下，卻發現眼前一陣黃光，是羅得曼伸出翅膀幫他擋住了。

冷兀心裏一熱，多好的一個鳥人呀！自己以前怎麼就這麼對他呢，要是能出去，我一定會跟他親如兄弟的。

羅得曼的翅膀有如羅盤一般，交錯著旋轉起來，跟白色光芒碰撞發出金屬觸碰一般的輕微響聲，霎時，整個空間都充斥著各色的光芒。

幸而二樓牆壁上被簾布遮住，強大的不透光效果，使得外面根本看不出裏面的動靜。

圖書館裏的每一排書架都設了結界，根本就不能破壞。羅得曼知道這一點，所以就毫無顧慮地施展自己的力量阻擋櫃子發出的白芒。

不斷交錯碰擊，櫃子發出的光芒越來越暗淡，羅得曼一喜，精神頓時鬆懈下來，本來完美的防禦卻也破了。

櫃子發出的光芒暴漲，羅得曼喊了一聲：「敗家子，還不快閃開！」他自己再也無法施展強大的防禦，只能向後右方閃了過去。

冷兀不由屁滾尿流地向一邊爬去，卻還是慢了一步，整個屁股從側面被切得鳥毛亂飛。冷兀也不敢大叫，憋著個大紅臉，一瘸一拐地爬到書架後，翅膀向後觸摸一下屁股，羽毛全被切光了，露出光禿禿的一片雪白。

羅得曼鬆了口氣，惡毒的眼神盯著楚天看。

白芒漸漸消逝不見，一切都恢復如初，一點跡象也沒有留下。

楚天雖然有些失望沒把他們兩個切開，至少也讓他們嘗到了苦頭。他打開櫃門，就要拿那盒子。

羅得曼自然不會讓楚天輕易拿走，因爲他知道那裏面就算不是他們兀鷲的修行心法，但能讓楚天不惜冒這麼大的危險去偷的，肯定是極其重要的事物。

他翅膀一張，閃耀著寒光的羽毛向楚天襲去。

楚天體內生出感應，向旁邊一閃，拿起盒子滾到一邊，盒子一被取下來，異變陡生。二樓所有書架紛紛移動起來，向一起合攏，冷兀因爲一直靠著書架，頓時被夾住了，掙扎著卻動彈不得。

羅得曼也猛然覺得一股大力將他向前一推，他將翅膀縮回，整個身子恰好被推到對面的書架中間，當所有的書架合攏到一起的時候，圖書館屋頂上猛然現出一幅星空圖，圖中灑落下無數的光芒，整個圖書館頓時變成了一片浩瀚的星空。

楚天的琉影御風變已經進入了突破期，雖然及時施展出來遁到了牆角，也還是漸漸在星空中迷失了方向。

然後，在星空圖的正中央出現了一幅巨大的戰爭畫面，各式各樣的巨鳥在天際飛翔，直沖雲霄，地面上則是氣勢龐大的百獸奔騰的場面。楚天他們三個彷彿也身臨其境，耳邊不時回響起獸吼鳥唳，眼前更有數不清的威力驚人的法寶羽器在空中飛舞，其中就有楚天第一次來神殿時在柱子上看到的神級羽器雷霆解。

羅德曼羽爵驚訝地張大嘴巴看著這一切，結結巴巴地道：「這怎麼可能呢，這是遠古時期的鳥獸大戰時的場景？」

神級羽器雷霆解凌空轟下萬道閃電驚雷，地面上的獸類紛紛化爲焦炭。地面上的獸族中出現一隻身披金色戰甲的豪豬，眼見獸族死傷慘重，立即祭出一件海膽狀的神級獸器。

「戮鳥神光刺！」

那獸器上幻出無數的尖刺，如箭雨一般向空中射去，各種鳥族紛紛被尖刺射落下來。

楚天直看得熱血沸騰，體內的九重禽天變自動生出反應，開始撒布在身上的每一根羽毛上。然後沿著每根羽毛的根部再滲透到皮膚中，頓時將楚天的身體像氣球一樣撐得鼓了起來。

正當楚天驚疑不定的時候，所有的靈禽力猛地收縮，他發現自己的身體整個地放大了一倍，還真的像氣球一樣浮了起來。隨即他感覺到眼前一花，居然脫出了星空圖的範圍，圖書館的景象再次出現在他的面前。原來是他體內九重禽天變的心法受到了鳥獸大戰那種氣勢的激發，進入到第三重狂舞霸身變的境界。

但是羅德曼和冷兀顯然還沉迷在星空圖製造出來的幻境中，一臉的癡迷驚歎之色。楚天悄悄靠近冷兀，從他的口袋中拿走了通行證，而冷兀卻未曾發覺。

楚天估計時間不多了，向樓下走去，可惜他卻沒再看一眼那圓形櫃子裏還有一個跟他手裏一模一樣的盒子靜靜躺著。

楚天拿著通行證開啓了禁制，離開了圖書館，帶著因禍得福的驚喜和九重禽天變得到突破、力量提升的豪變化，很快消失在夜色中。

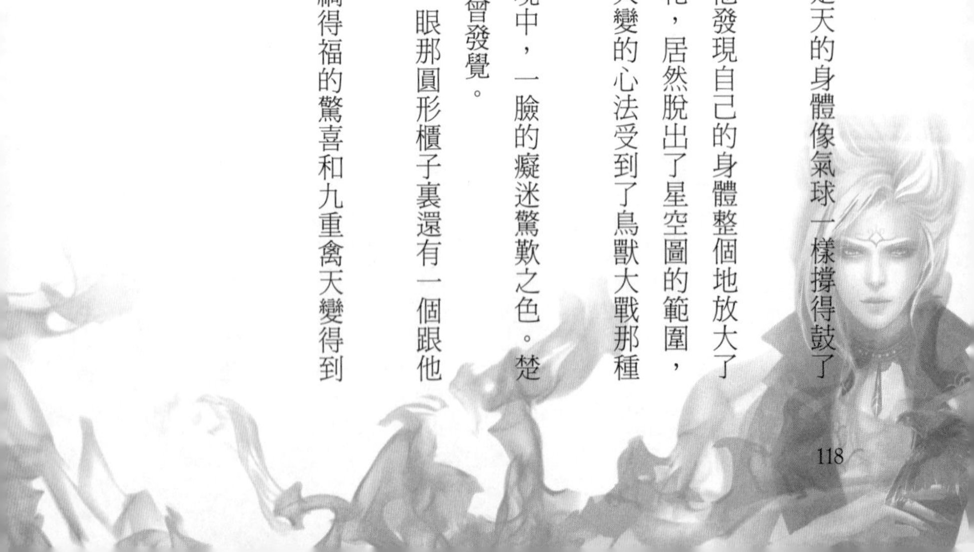

第六章 百變星君

第二天一早，楚天得到了神殿的召喚。他知道肯定是寒梟要發飆了，不過他早有準備，所以大大咧咧地來到神殿。唯一可惜的是，昨夜他偷到的羊皮卷居然不是修煉的心法，而是一張奇怪的地圖。不過他也不是一無所獲，至少他的九重禽天變已經進入第三重境界。

銀羽大祭司德努嘉和寒梟翅爵早已在那裏。德努嘉一臉陰沉，冷冷地望著楚天。寒梟翅爵的臉色也好不到哪裏去，一張胖乎乎的圓臉都快成方形的了。

現在是你們要把老子送去受死，還在這裏擺譜，寒梟翅爵也就算了，你德努嘉憑什麼也一臉不爽地看著我？楚天心裏暗罵。

楚天微微鞠躬道：「見過德努嘉大人和翅爵大人！」

德努嘉不悅道：「免了吧！楚天羽爵，冊封你才兩天的時間，你就造成這麼大的轟動，竟然借著受人景仰的寒梟翊爵的名義在外面胡來亂搞，你這分明是沒將寒梟翊爵放在眼裏！」

老子幫你把寒梟翊爵的名聲搞壞，怎麼說也是幫了你們神權派的大忙了，現在居然還對我大吼大叫的。楚天心裏極其不爽。

銀羽大祭司德努嘉忽然厲聲說道：「我必須以萬能鳥神的名義，對你實行處罰，剝奪給你的封地。」

寒梟翊爵嘴角閃過一絲冷笑，心道：銀羽啊銀羽，你這樣嚴厲的處罰他，那本爵不是又要另外派一名羽爵去血虵沼澤，居然想要釜底抽薪？不愧是個老狐狸！但他還是靜靜站在一邊，冷眼看著楚天。

楚天正待要反駁，耳邊卻聽到一個熟悉的聲音：「難道你想去血虵沼澤送死嗎？還不跪地接受我的處罰？」他心裏一驚，驚訝地看著銀羽大祭司德努嘉。

銀羽大祭司德努嘉仰首望著藍天道：「楚天羽爵，你服不服？」

楚天這才明白，銀羽大祭司德努嘉這麼做，純粹是想把他留下，再讓寒梟翊爵的王權派派鳥去血虵沼澤。這樣的話，不但可以籠絡自己，還能打擊到王權派，真是一箭雙雕。

楚天審時度勢，正要開口說話。

寒梟翊爵卻適時說道：「大祭司閣下，楚天羽爵畢竟是第一次來黑雕城，不懂事也是

情有可原的。本爵是絕對不會因為些許小事來責怪楚天的！」

楚天見狀馬上站起來說道：「翅爵一向都是大仁大義，楚天很是感激他昨天的款待呀！一路上大家都對楚天畢恭畢敬的，買了點東西都不肯收錢，還是我萬分懇求他們才答應去翅爵府上收錢的，真沒想到寒梟翅爵居然受到如此敬仰，楚天好生佩服！」

寒梟翅爵心裏恨得牙癢癢，表面上他依舊是笑著說道：「楚天羽爵過獎了！」

德努嘉心中暗罵楚天不識好歹：本祭司好意幫你，不讓你去送死，沒想到你居然不領情，要不是我想趁機打擊寒梟，你以為我會幫你嗎？

德努嘉冷哼一聲道：「你在娛樂城跟平民爭風吃醋，還打傷他們，簡直有辱你羽爵的身分。」

寒梟翅爵擺擺手，說道：「大祭司誤會了，楚天羽爵怎麼會跟平民爭風吃醋呢？本爵特意派人去查明了事情的真相，是那幾隻鳥一再逼迫，楚天羽爵不得已才那樣的。」

德努嘉歎了口氣，看來今天的目的是不能達成了。寒梟翅爵看著楚天，心裏大喜。

德努嘉突然開口說道：「寒梟翅爵，從格古達紀錄的情況來看，血虻沼澤裏的黑蝰蛟已經開始蠢蠢欲動了，楚天羽爵此次下去危難重重，你不如派些鳥衛照應他！」

楚天大悅，多些兵總是好的。

寒梟翅爵眼裏卻閃過陰狠之色，裝出一副為難的樣子道：「大祭司大人，您也知道，現在黑雕城裏的鳥衛本就不多，就是以前格古達在的時候都沒能給他一些鳥衛，現在更是難哪！」

銀羽大祭司德努嘉嘲笑似地看著楚天：剛才讓你按照我的意思去做，你居然不領情，現在你就等死吧！

楚天硬著頭皮道：「楚天不會讓寒梟翅爵爲難的，只要翅爵能給些兵器就行，屬下自己可以去招收一些兵馬。」

德努嘉正色道：「既然楚天羽爵這麼深明大義，寒梟翅爵不如就照他的意思做吧！」

寒梟翅爵笑著點點頭。

深明你媽個大義，楚天心裏暗恨道。要是老子大難不死，你們就等著瞧吧！

翅爵府的兵器庫。

寒梟翅爵指著裏面收藏的兵器說道：「這裏就是本爵所有的全部兵器，楚天老弟你能拿多少就拿多少去，千萬別客氣！」

楚天看著這翅爵府上唯一一處殘破不堪的房子，裏面全都是鏽跡斑斑的小型兵器，他走進去，一張臉拉下來道：「翅爵大人，這些兵器似乎殘破了點吧？」

寒梟翅爵陰陰一笑，說道：「沒辦法呀，今天那麼多的鳥前來討債，本爵府上雖然窮，卻也不能不認帳是吧？一些好的兵器呢，都只有拿去賣了幫楚天羽爵還帳了。」

楚天雖然知道寒梟翅爵說的這些話都是假的，卻也拿他沒辦法。

楚天說道：「既然這樣，楚天還是不要這些兵器了，格古達都能單人作戰，我爲什麼就不能呢！哈……寒梟翅爵的恩情，楚天日後定當奉還！」最後幾句說得卻是陰冷無比，渾身上下爆發出強大的力量。

楚天自從進入第三重狂舞霸身變的境界之後，首次在外人面前顯示這樣的威勢，連寒梟翅爵都覺得心裏一陣發怵，彷彿眼前這隻鳥根本就不是他認識的那個鄉巴佬。他忽然覺得有必要重新估量眼前這個傢伙了。

這種感覺一閃即逝，臉上依舊是堆滿了笑容，說道：「那本爵就等著楚天老弟歸來！時候不早了，楚天羽爵請早點出發吧，一分遲則一分變哪！」

楚天回到住處，見到特洛嵐他們，將在神殿裏所有的事一一說出。

特洛嵐歎口氣，說道：「我們這就準備一下。我記得你說過，在血虻沼澤你還有一隻天牛軍隊？」

楚天點點頭，說道：「有是有，可是戰鬥力還不怎麼高！對付一些小角色還成，一旦碰到厲害些的恐怕就不行了。」

特洛嵐笑著說道：「這個不是問題，據我所知，血虻沼澤裏的黑蝰蛇大多數還只是一些戰鬥力不高的蛇族，只要我們把那些天牛加以訓練，相信戰鬥力還是相當可觀的。」

楚天眼睛一亮，說道：「可以在寨子裏練兵，提升自己的力量。對了，既然黑雕城派人出去監視血虻沼澤，那麼丹姿城一定也會派人去，如果能遇上的話，倒是可以和他打個招呼，找他要點情報就是了，也許還能問到九重禽天變後面的心法，嘿嘿……」

豔陽高照，帶著點點金黃灑在高大雄偉的大理石建築上，萬里無雲，大風吹過，帶起沙沙的樹葉聲。

楚天一行來到黑雕城通往下界的入口處，那裏藍光閃耀，彷彿流動著的河水。

崽崽天真地問道：「媽媽，我們這就回到寨子裏去嗎？」

楚天點點頭，想起剛上黑雕城時的情景，從來沒想到自己居然在短短幾天之內經歷了這麼多的事，總算是見識到了王權與神權之爭，但也更加堅定了他培養自己勢力的想法。

他笑著說道：「崽崽，想不想你獨眼叔叔呀？」

崽崽笑著說道：「想啊，不知道獨眼叔叔有沒有想崽崽。」

楚天拍了拍懷裏崽崽的小腦袋，說道：「當然想崽崽了，崽崽這麼可愛，獨眼叔叔肯定想我們的小可愛想得覺都睡不好。」

崽崽拍打著翅膀，高興地說道：「好久沒玩獨眼叔叔頭頂上那兩根觸鬚了，崽崽回去一定要玩上個幾天。」

獨眼你慘了，楚天笑得要死。

小可愛支著腦袋，比劃著獨眼的造型道：「崽崽以後也要這樣，像獨眼叔叔一般蒙著一隻眼睛，感覺好帥哦！」

大家都笑了起來，伯蘭絲親昵地拍拍崽崽的小臉，說道：「崽崽，那樣會找不到老婆的，一點都不好哦！」

楚天見伯蘭絲這麼親昵地對崽崽，心裏很不爽，說道：「要是喜歡小孩，自己不會去生個嗎？這麼對我家崽崽，很容易讓別人誤會的。」

伯蘭絲臉色一寒，正要發飆，卻聽得一旁的特洛嵐喜滋滋地說道：「是呀，老婆，我們可以自己生個小鴕鳥啊，一定也很可愛。」

楚天一臉奸笑地看著特洛嵐，特洛嵐正要問怎麼回事，就只見伯蘭絲一下踩在他的爪子上。一聲慘叫，特洛嵐滿臉痛苦和委屈地道：「我說錯了嗎？」

楚天拍拍他的光頭，說道：「說的沒錯，只是挑錯了時機，哈哈……」帶著滿臉的奸笑，他囂張地一甩頭也跟著躍出了瀑布。

楚天等一行人緩緩走出石林，站在峽谷的出口。楚天張開翅膀，仰首望著外面的天空，大吼一聲，說道：「我楚天會回來的！」

楚天指著血虻沼澤的方向道：「那裏將會變成我的第一塊封地！」

不過眼下自然看不到血虻沼澤，放眼望去都是一片青青的森林，天際群起的山脈有如一條條匍匐的巨龍，昂首挺立在森林的邊緣。

大家看過去，森林環繞的中間有一大片灰白色，特洛嵐笑著說道：「當初我們去過血虻沼澤，還宰了幾條獨腳蛇。」

坎落金、坎落黑兄弟落寞地望向右邊一片蒼茫的草原，齊聲輕呼道：「家！」

楚天察覺到他們的異樣，豪氣萬千道：「總有一天，我會帶著你們，返回你們自己的家的！」

坎氏兄弟點點頭，一臉的興奮。

楚天充滿豪情壯志道：「以後我們會有一個更大的疆域，更大的地盤，更大的家。」

伯蘭絲適時地打擊道：「少在這裏胡吹大氣，也不怕大風閃了你的舌頭，還是想想怎麼應對眼前的局面吧！」

楚天一臉不爽，說道：「你能不能別在我幻想的時候打擊我啊！好不容易忘記了這件事，哪壺不開提哪壺。」

崽崽著急地說道：「崽崽想早點見到獨眼叔叔！」

楚天他們一路向血虻沼澤走去。

日漸西落，晚霞映染著天邊的群山，斜陽半遮著臉，怪石嶙峋，上面苔蘚橫生，枯藤遍佈，爬滿了蒼翠的大樹。

伯蘭絲伸個懶腰，指著前面的一條小河，說道：「走了這麼久都累了，我們在河邊休息一下吧！」

特洛嵐接過楚天懷裏一臉疲憊的崽崽，說道：「崽崽，渴了吧？」

崽崽點點頭，小聲地說道：「嗯，崽崽想在河邊玩玩。」

河水清澈，不見一絲雜質，水底鵝卵石遍佈，水草搖擺，波光粼粼。

楚天趴在河邊，將嘴伸進河裏大口地喝著，然後一甩頭，將臉上的水滴甩掉，暢快地說道：「好爽！」

坎落金捧起水才喝了一口，就吐了出來，含糊不清地說道：「毒！」

楚天一擺頭，奇怪地問道：「毒？什麼東西？」

坎落金指著水，說道：「毒，毒，毒。」

伯蘭絲眉頭一皺，抱起水裏的崽崽，說道：「水裏有毒！」

這時候上游飄下來一具已經僵硬的鳥類屍體，楚天一見之下，頓時愣住了，搖擺著屁股，拍打著翅膀，嘴裏嚷嚷道：「完了完了，我中毒了！要死了。」說完鳥眼一閉，倒在河邊。

伯蘭絲一爪踢向他，不屑道：「別裝死，流動的河水裏這麼點毒素，連崽崽喝了都沒事，你一隻醜鳥在這裏裝什麼死。」

楚天猛地跳起來，大惑不解道：這個地方怎麼會有人下毒？而且看起來還是針對鳥族的，難道說沼澤裏的蛇爬出來了？

坎落黑深吸一口氣，轉身對楚天說了一串急促短語：「空氣，味道，跟水，一樣。」

楚天白了他一眼道：「別一驚一乍的，搞得我都緊張了。」

隨即對坎氏兄弟說道：「你們去森林裏找點柴火之類的，再抓幾隻野味來做晚餐吧！天都快黑了，我們就在這裏吃點東西，好好休息一下。」

特洛嵐在四周搜尋了半天，忽然沉聲說道：「這裏應該有蟲族路過。」

伯蘭絲指著地面，說道：「這裏很隱蔽地有細小的三叉形腳印，從延伸的方向看，應該是往樹林裏去了，估計沒走多遠。」

不遠處的大樹後一道寒光一閃即逝，彷彿風吹過的雜草輕輕顫動著。

坎落金、坎落黑兄弟撿了些柴火回來，又打了幾隻小動物，就在一旁生火烤起來。

日落西山，只殘留一點餘暉，微微的紅色讓整個天空看起來顯得有些血腥，而天空下的樹林則顯得有些陰森恐怖。

大家圍坐在生起的篝火旁，楚天逗著崽崽，伯蘭絲、特洛嵐兩鳥卻是面帶憂色地沉默不語。

忽然聽得一陣輕盈的翅膀拍動聲，楚天他們一看，原來是十幾隻紅腳鷸朝這邊飛過來，在半空中排列成整齊的佇列，顯得非常訓練有素。

楚天笑著說道：「不會是坎落金、坎落黑兩兄弟烤的美味太誘人了，把附近的鳥都引到這裏來了吧！」

十幾隻紅腳鷸從空中落下來，當先一隻身穿黑色盔甲，體形頗爲寬大，全身是灰白色的羽毛，灰色的啄，在火光下一雙圓圓的眼睛閃動著光芒，正用懷疑的目光打量著楚天他們。

其後的紅腳鷸均是穿著盔甲，體形各異，但清一色的都是灰喙綠爪。

特洛嵐小聲地道：「這些紅腳鷸都有超過啄衛的力量，不知道來這裏做什麼。」

楚天笑著說道：「他們做什麼又不關我們的事，我們吃我們的東西。」

那隻領頭的紅腳鷸開口說道：「你們有沒有見到什麼可疑的怪物從這裏經過？」

楚天別過頭，想起剛才發生的事，不禁推測道：「可疑的怪物？難道是那些毒物？」

另一隻體型最高大的紅腳鷯一臉懷疑地看著這些陌生的面孔，幾隻鳥也就算了，居然還有兩隻獸族和兩隻不知道什麼東西的怪物在這裏，他怒聲說道：「弟兄們，那些事說不定就是他們幹的，抓住他們！」

楚天驚奇地問道：「你們要找的人已經進林子去了！我們才剛到這裏。」

領頭的紅腳鷯怒道：「還想狡辯，我郝羅來向來都是明察秋毫的，你們還不認罪？」

楚天臉色一沉，站起來走到那鳥的面前，說道：「居然在本羽爵面前囂張，你沒長眼睛啊？」

郝羅來一驚，這才看清楚眼前這隻醜鳥的外形，對像鴕鳥這種上半身成人形的醜鳥，只能當怪物看，可是像楚天這樣的以前見過，確實都是羽爵之類的。

他慌忙跪下，說道：「小的不知道是羽爵大人在此，還請羽爵大人恕罪！」

楚天冷笑一聲，存心想嚇唬一下這隻不知好歹的鳥，說道：「你打擾了本爵吃晚餐，該當何罪？」

郝羅來鳥腿一軟，他顫聲道：「羽爵大人恕罪！」

其餘的紅腳鷯也紛紛跪了下來。

楚天擺擺翅膀，說道：「念在你是初犯，就饒了你，起來吧！剛才你說的什麼怪物，再說來聽聽！」

郝羅來定下心神，說道：「這一帶的幾個偏遠的村落都被發現有大規模的屠殺事件，鎮長派我們調查此事，我們一路追蹤，好幾個村落的鳥族都被殺害，手段極其殘忍。幾個村落裏鳥的死狀都不盡相同，但可以肯定地說他們都是被一夥怪物殺害的。幾乎沒有一隻鳥的屍體是完整的，大部分被分屍了，屍體就像是被鐮刀割開的，還有一些則是胸口一個大窟窿，看起來就像是被一根棍子穿過一樣。而且屍體都呈現出奇怪的綠色，在現場還看見有細細的絲線，我們有幾隻兄弟才一觸碰，都無一例外地死了，太恐怖了。我們一路追到這裏，就遇到了羽爵大人。」

郝羅來的眼神裏透出深深的恐懼，那些死去的鳥的慘狀依舊歷歷在目。

「羽爵大人，我們還要去追蹤怪物，就不耽擱了，免得他們又去屠殺其他的鳥族。」

楚天擺擺手，說道：「去吧，本爵聽得也不舒服，你們一路上小心一點。」

楚天走回到原來的位置，用嘴叼起一塊烤肉就準備吃，眼睛還看著郝羅來他們行走的身影。

特洛嵐沉聲說道：「照他們剛才所說的，儘是一些偏僻的小村落遭到屠殺，從死者的情況來看，不會是鳥類所爲。」

伯蘭絲冷聲說道：「依我的猜測，應該是蟲族做的。」

特洛嵐一驚，說道：「蟲族！不太可能，蟲族都隱匿於地下世界幾百年了，怎麼會突然出現，居然還製造出這麼大的動靜。」

伯蘭絲說道：「從他們的描述上來看，也只有蟲族才會這麼殘忍，細細的帶毒絲線，除了蟲族的蜘蛛之外，好像還沒有其他的種族有吧！」

特洛嵐點點頭，說道：「你這麼一說，倒還真有可能，那就麻煩了，蟲族居然也開始蠢蠢欲動了。」

楚天聽得雲裏霧裏，插口問道：「你們說些什麼呢？什麼蟲族？」

特洛嵐說道：「蟲族一向都覬覦這片大陸，妄圖顛覆我們鳥族的統治，上次我們初遇的時候碰到的蠍族也是其中一支，自從我們鳥族將蟲族從地面上趕到地下世界之後，就只有一些還沒完全進化完成的蟲子留在這個世上，也就是所說的高級蟲人。」

楚天恍然大悟，才準備開口再問，忽覺前面的森林邊緣劃過一道銀白色的光芒。

郝羅來等人等行完禮就沿著河，準備向下游走去，才步入森林，就感覺到迎面撲來強烈的殺氣，他正要出聲示警，只見一道白光閃過，自己的身子一痛，那道白光破體而出後就隱匿不見了。

郝羅來想叫，卻覺得自己根本就無法叫出來，只聽到自己喉嚨裏發出咕嚕咕嚕的聲音，驚愕地看著自己的身體向一邊滑去，他低下頭，卻看到下半身仍站在原處。

周圍幾隻紅腳鷸的臉上皆現驚恐之色，看著郝羅來分離的身體，兩隻紅腳鷸嚇得顫抖著向後退去。

楚天的目力本就不分白晝黑夜的，他只見郝羅來的身子分開，翅膀猶自拍動，頓時知道大事不妙，可是沒等到他反應過來，就有兩隻紅腳鷸的身體顫抖起來，轉瞬斃命。

其餘的紅腳鷸紛紛向旁邊的大樹靠去，他們只覺得一陣劇烈的疼痛從胸口傳來，一根奇怪的東西從他們的胸口慢慢往後縮，很快，他們的眼珠子呈現出慘澹的灰白色，胸口猩紅的鮮血不斷地向外噴出。

楚天目瞪口呆地看著，臉色蒼白，只覺得胃裏一陣抽搐，剛才吃的野味差點都吐出來，腦海一片模糊。

這一過程頂多才十幾秒，連行動最爲敏銳的兩隻飧豹都沒反應過來。空氣中濃濃的血腥味飄散開來，坎氏兄弟鼻子均是一皺。

特洛嵐也才反應過來，驚訝地道：「看這手法竟然是蟲族的暗殺軍團！他們終於也忍耐不住要出來了。」

楚天臉色鐵青，冷峻地一揮翅膀，說道：「我們立即轉移！」

特洛嵐冷峻的臉上露出一絲微笑，說道：「這些蟲族一路上殺了那麼多的鳥，恐怕就是爲了隱藏形跡，既然被我們看到了，當然是不會放過我們！」

楚天一想，反正是碰上了，自己去找他們還不如他們自己出來，他大聲地說道：

「裏面的蟲族聽著，本爵是黑雕城的楚天羽爵，你們現在的行蹤已經被我們發現。趁早出來……」話說到中途，突然眼前刮過一陣冷風，一道黑影從楚天面前飛過，在他沒來得及反應之前，又飛到那一片森林的邊緣。

黑影在空中停頓，他頭頂上高高簇起一團米黃色的羽毛，細長的啄有如刀鋒一般，全身五彩斑斕的羽毛，一隻啄木鳥。

只見啄木鳥身影一閃，空中頓時出現無數隻啄木鳥的影子，一分即合。

啄木鳥身子晃動一下，旁邊兩棵樹上多出了幾個小洞，綠色黏稠的液體猶如噴泉一般噴薄而出。

就在楚天他們疑惑不定的時候，啄木鳥卻猛地旋轉身子，搖身一變，成了一隻灰褐色的蝙蝠，獠牙利齒。

蝙蝠昂起頭向上猛衝，鑽進樹枝裏利爪突撕，只見空中落下一片片飛蛾的碎屍，夾雜著綠色的瑩粉，淒厲的叫聲劃破寧靜的夜空。

伯蘭絲驚訝道：「原來都是蟲族暗殺集團的精銳，難怪如此厲害！」

這時候，一道銀白色的光芒從樹後快逾閃電地劃破虛空，擊向那隻蝙蝠，空氣彷彿就此凝結，很清晰地能看到一陣小旋風纏繞在光芒的周圍。

特洛嵐臉色大變，沉聲道：「沒想到，如今居然還有高級獸族殘留在這片陸地上。」

坎落金、坎落黑兩兄弟突然低低吼叫著，神色既是驚訝又是興奮。

說話間，異變再生。

蝙蝠躲開那雷霆一擊，落下地面變成一隻體形魁梧的藍色大鳥。他的頭頂上如冠般的紅色羽毛高高豎起，耳簇呈現出淡白色，藍寶石一般的眼睛閃爍著深邃的光芒，白色的喙在月光下反射著淡淡的光芒。一身藍色的羽毛順滑無雜色，身穿白色綢衣。只聽得他說道：「什麼時候自詡高貴的獸族，竟然會跟地下的蟲族廝混在一起？」

楚天驚異地說道：「靠，這是什麼玩意兒，居然還能變身？」

伯蘭絲冷峻地說道：「他的力量絕對在我和特洛嵐之上。」

特洛嵐臉色一變，說道：「伯蘭絲，這種變身的功法難道是傳說中的小無相功？」

伯蘭絲一聽，搖搖頭，說道：「應該不可能，小無相功已經失傳了百年！」

特洛嵐的眼中卻閃過一道銳利的光芒，沉聲說道：「我看應該是的，能任意幻化成各種鳥族的身形，除了小無相功，沒有其他！你看他的外貌，跟傳說中最後修煉小無相功傳的藍八色鶇是不是一樣？」

伯蘭絲神色凝重，雙眼精光隱現，驚訝道：「果然是百變星君藍八色鶇，沒想到他居然還活著。」

楚天「噗」地一聲吐了出來。百變星君？開什麼玩笑，小無相功老子就已經鬱悶了，居然還有個百變星君？

大樹後緩緩走出一個身影，起碼有兩米高，身材粗壯，細小的腦袋上一對尖尖的耳朵，一雙銅鈴般的眼冒出旺盛的戰意，低塌的鼻子下厚厚的嘴唇，兩撮小鬍子一顫一顫。

由上到下逐漸寬大，身穿黑色戰甲，一條條溝痕遍佈在戰甲上，右胸上有一團金色的火焰圖案，反射著月光，顯得尤爲詭異。雙手短小，套著兩隻黑色的手套，在夜色下閃爍著金屬般的光芒。強勁有力的雙腿頗爲彎曲，上面綁著呈倒三角的金屬護膝，一條粗短的尾巴翹著。

百變星君豪爽地一笑，說道：「原來是以速度與力量見稱的袋鼠，想當初袋鼠家族也是稱雄一方的豪傑，沒想到後代居然跟蟲族混在一起，真是將獸族的臉都丟盡了！」

袋鼠冷冷一笑，說道：「我是金火軍團特聘教練糊南斯，你又是誰，居然敢殺死我金火軍團的戰士？」

百變星君搧了幾下翅膀，眼神深邃，寒冰一般冷冷看著袋鼠，說道：「你們一路行來，殺了多少無辜的婦孺？我只恨不能在此之前就將你們全部殺光。」

袋鼠眼神一寒，說道：「既然這樣，就讓我送你去跟那些可憐的鳥族相聚吧！」

糊南斯雙拳猛地一震，右拳高高舉過頭頂，渾身爆發出一股直沖天際的殺氣，周圍地面的泥土青草猛地沖天而起，在他的頭頂彙集，夜空之中的雲彩變幻聚攏。

周圍所有的鳥獸都只覺得冰冷的殺氣將他們團團包裹。

楚天只覺周身一重，地皮的泥土紛紛飛起，向袋鼠那邊飛去。他拍打著翅膀，體內九重禽天變心法頓時生出感應，自然運轉，雙眼紅黑兩色變幻不定，臉色冷漠地看著全場。

特洛嵐運起靈禽力護住懷裏的崽崽，驚訝地說道：「裂天拳！已絕跡千年的裂天拳，這可是千年前袋鼠的絕學，傳說練到極致能一拳裂天，一拳破地。」

百變星君離袋鼠最近，卻絲毫不受袋鼠殺氣的影響，他的身子被藍光環繞著，羽毛逐漸向皮膚裏收縮，一顆鳥頭上的羽毛漸漸脫落，長出密密的藍色毛髮，瞬間就長成了隨風飄起的藍髮。臉部也逐漸現出，天庭一點墨黑色如水晶般的圓點，白色劍眉斜飛，幽黑色的眼珠透出深邃睿智的光芒，高聳的鼻樑下的嘴唇略帶嘲笑。

翅膀收縮、羽毛盡褪之後，一雙修長的手臂凹凸有致，爆發著力量感，穿著一件儒雅的白色綢衣，恰到好處地顯示出他完美的身材。

楚天只覺得體內九重禽天變心法已經與場上的氣機完全融合，狂舞霸身變隱隱有進入成長期的趨勢。

第七章 萬載秘辛

百變星君眼神愈發幽邃而冰冷，他仰起頭，冷冷地注視著滿臉嗜殺之氣的糊南斯。

一鳥一獸之間的空間被無限擴大，空氣發出滋滋的聲響，彷彿不堪兩者身上所散發的氣勢，不斷扭曲逃逸。

特洛嵐加強體內靈禽力，一道若有若無的光芒將崽崽罩住，同時對伯蘭絲說道：「真沒想到百變星君的力量居然這麼強，正面敵對裂天拳，居然就像閑庭信步般輕鬆。」

場上，異變再起。

糊南斯聚起拳頭，大吼一聲：「裂天拳！」泥草形成的拳頭挾萬鈞之力集天地之氣打向百變星君。

百變星君嘴角綻出一絲冷笑，臉色卻是凝重，雙眼藍芒大盛，雙手結集手印，頻繁變換，越來越快，到最後只感覺是一道風在蠕動。

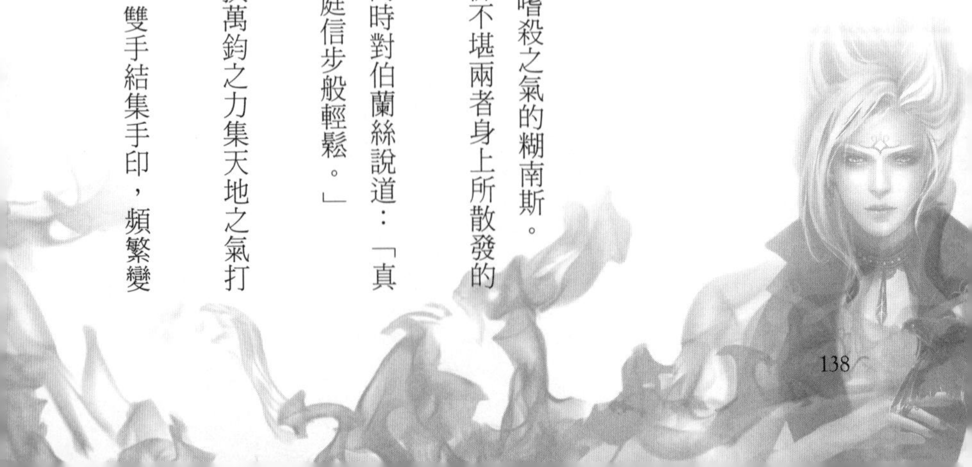

楚天閉上透著熾熱紅芒的雙目，心神進入最佳狀態。體內除了心法之外，彷彿還有另一道暴虐的力量蠢蠢欲動。

糊南斯的身體帶著巨大的拳頭，眼見就要衝到百變星君面前。

百變星君嘴角的笑容愈來愈烈，突然憑空消失不見。

特洛嵐趕緊閉上雙眼，放出靈禽力感受著場上百變星君的蹤跡。

「原來是這樣！」特洛嵐微微一笑，「居然忘了他能變化成任何一隻鳥，難怪他將力量都聚集在爪子上，鳥族速度最快體格最小的蜂鳥，是世上一切速度的剋星，如果我沒感應錯的話，百變星君現在應該受了點傷，但他已經在袋鼠的上方了。」

糊南斯一拳打出，突然就感覺如泥牛入海，所有的力量全部落空，他心裏一驚，但猶自不亂，感覺到百變星君居然來到他的頭頂，驚駭之下想回拳護體，但已經來不及了。

百變星君再次幻化成大鳥形態，鋼爪帶著藍色巨芒，形成一隻巨大的鋒爪抓住糊南斯的兩條手臂，仰天長嘯，翅膀大張，猛地一撕，可憐一代裂天拳傳獸就此裂成兩半。

楚天在百變星君撕開袋鼠的一瞬間睜開眼睛，雙瞳紅黑兩色分明，倏而隱匿。體內靈禽力源源湧出，對於九重禽天變心法的領悟再次登上一個全新的境界。

他感覺到草叢裏似乎有異動，立即施展出琉影御風變俯衝過去，將藏匿在草叢裏的一隻金火軍團戰士抓起，原來是隻螳螂，全身包裹在青色的衣服下，形似忍者，根本就難以察覺到。

楚天一把抓下去，螳螂還未反應過來就已經身首分離，灰白色的身體落在樹幹上。

坎落金、坎落黑兩兄弟憑著獸族的敏銳，以極快的速度向左邊縱身撲去。坎落金的大關刀挾最本能的力量劈向大樹下的一片灌木叢，灌木叢裏一團黏液灑滿了地面，卻是一隻八腳蜘蛛。

與此同時，坎落黑提起手上的狼牙棒以撲天蓋地的威勢砸向樹幹，一棵一米餘粗的大樹就被他一棒砸成兩截，樹心是空的，裏面一隻黑蟲身體模糊，凸出的雙眼透著恐懼。斷落的大樹後傳來一聲怒喊：「臭小子，出手也不知道輕重，萬一砸到我老人家怎麼辦？」卻是那隻百變星君，只見他沖天而起，飛到楚天面前，一雙冷眼似乎能看透一切。

楚天被看得心裏發毛，感覺自己渾身赤裸地站在這隻鳥面前。他無意識地搧著翅膀，說道：「我又不是故意的！」

百變星君像看怪物一樣看了楚天一眼，然後才道：「我知道你不是故意的，咦，小子，你剛才放屁的樣子很奇怪呢！」

眾人只覺這隻鳥時而飄逸如世外高人，時而瘋癲如老頑童，情緒變換不定。

楚天撓撓頭，不解地道：「你說什麼呀，我不明白！」

百變星君一拍楚天的腦袋，說道：「別在我老人家面前裝糊塗，你體內心法完全不同於尋常的心法，顯然另闢蹊徑，我看看，咦，原來是九重禽天變！難怪了！」

楚天的臉色微變，一臉詫異地盯著百變星君。原來還有其他人知道九重禽天變，不知道能不能從他嘴裏問出點什麼。於是急切地道：「我修煉的心法是殘缺的，既然前輩認識，還請前輩多多指點！」

百變星君挑起地上的一塊肉塞到楚天嘴裏，說道：「吃你的肉吧！我老人家對這麼霸道的法門知道得也不多，沒法教你！」

伏在特洛嵐懷裏的崽崽突然說道：「叔叔你剛才好帥哦！崽崽好崇拜你呢。」

百變星君盯著崽崽看了半晌，眼中閃過一絲訝異之色，他伸出手摸了摸崽崽的頭，對特洛嵐道：「這小孔雀怎麼被弄得這麼黑呀？不過毛茸茸的好可愛！你叫我叔叔，讓我感覺自己年輕好多。」

楚天一呆，疑惑地看了看特洛嵐，剛準備問，特洛嵐的臉色已經發生了巨大的變化。

百變星君縱橫世間百年，自然知道特洛嵐想什麼，他摸了摸崽崽的小腦袋，說道：「真是沒想到這麼多年了，你們鴕鳥一族還是這麼盡心盡責。」

特洛嵐頷首道：「家族使命，不敢有違！」

百變星君一晃身，又變成那飄逸孤傲的半人身外形，雙手後負，對特洛嵐說道：「如此說來，你應該是鴕鳥一族的族主吧？居然將坐地裂練到這個地步，已經相當不錯了，那是你妻子？」

伯蘭絲恭身上前，帶著敬意道：「伯蘭絲見過前輩！」

百變星君笑著道：「你們夫妻倆的力量其實已經不在我之下，我只是占了小無相功能幻化的便宜！」

特洛嵐謙虛道：「前輩客氣了，前輩不問世已經百年，這次怎麼會再次出山？」

百變星君說道：「我本來在這片森林裏的一處瀑布下修煉小無相神功，可是幾十年都沒悟到大無相的境界，就出來轉轉，沒想到瀑布下的幾個村落的鳥居然全被殺害，而且死狀像極了蟲族暗殺集團的作風，就一路跟過來了。」

特洛嵐問道：「那前輩可查到什麼？」

百變星君點點頭，說道：「蟲族幾百年不曾出過地下世界，這次居然會有數個小規模的軍團向著同一個方向進軍，看來蟲族將會有大動作了！」

伯蘭絲插口問道：「蟲族再現鳥世，獸族怎麼也摻和進來了？」

百變星君又變回大鳥模樣，搖頭歎息道：「獸族完全墮落了，當年跟我們鳥族大戰的時候是多麼的狂妄高傲，現在居然淪爲蟲族的走狗，幫起蟲族訓練戰士了。唉，其實幾萬年前，這個世界是鳥獸蟲海四族和平共處的，鳥族勢力最爲強大，以萬能的鳥神爲尊，南北大陸之間的鳥族團結一體，逐漸有統一世界的傾向。」

楚天點點頭，說道：「這就叫強勢則欲取天下！」

百變星君看著楚天，誇獎道：「這話說得對！」

特洛嵐夫婦的家族記憶裏沒有百變星君所說的這些，所以他們也是側耳傾聽。坎落金坎落黑兄弟又去找些柴火將篝火升得更旺。

月亮也隱去了身形，廣闊的森林顯得那麼寧靜，篝火旁邊的幾隻鳥獸都靜靜地聽著百變星君說話。

只聽百變星君接著道：「南北大陸之間有海名為折翼海，是為海族的居住地，海寬近兩千公里，除了擁有羽爵以上實力的鳥類能飛越之外，一般的鳥衛根本就不可能逾越。」

楚天一拍翅膀，說道：「那南北大陸鳥族的勢力要聚集在一起就很麻煩了？」才說一半，就感覺不對勁，他鳥眼一掃，原來特洛嵐伯蘭絲都在臉色鐵青地看著他，趕緊拿百變星君當擋箭牌。

百變星君點點頭，說道：「對呀！而恰好在折翼海東邊有一片島嶼，可以供鳥衛飛越中途休息調整。可是海族向來與鳥族貌合神離，霸佔了那一片島嶼，你想啊，大海是海族的天下，鳥族每次落下都會遭到大批的海族戰士攻擊。」

楚天又是一聲驚歎，說道：「鳥衛疲憊之兵肯定抵擋不住以逸待勞的海族戰士，鳥族慘了。」

百變星君一瞪眼，說道：「是我老人家說還是你說。」右手輕輕一動，楚天只覺得嗓子一堵，中了默言，想說話卻沒有聲音出來。

百變星君說道：「鳥衛中雖然不乏高手，但也只能自保，其他疲憊的鳥衛只能眼睜睜地被宰。這樣幾次之後，神權族的鳳凰大祭司一怒之下，率領鳥族中的頂級高手來到折翼海，接著就是載入鳥族史冊的煮海之戰了。」

楚天喉嚨裏發出咕嚕的聲音，非常興奮。百變星君見他這副表情大悅，隨手解開楚天的禁制。

楚天大口地喘了幾下，嘴裏嘟囔著說道：「等老子變強了，一天禁制你個幾百下，看你還囂不囂張。」然後對百變星君說道：「您說的煮海之戰我知道，在黑雕城的神殿石柱上有。」

百變星君爲之氣結道：「我老人家還以爲你準備說什麼，原來是這個，那你還要不要我說呢？」

特洛嵐一把拉過楚天坐在屁股下，對百變星君說道：「前輩請說，保證沒人再打擾你。」毫不理會下面直翻白眼的楚天。

百變星君哈哈大笑，換個舒適的姿勢坐好，滿意地開口說道：「跟海族大戰，獸族蟲族也派有不少的高手前去刺探鳥族的實力。鳳凰大祭司祭起無上的神力，大展神威，以碧

翎煮海弩將整片折翼海都煮得沸騰起來，無論是海族的鯨王還是鯊將、豚將、鱷將都在鳳凰大祭司的天火之下無所遁形、死傷殆盡。但那一戰，北大陸的鳥族也是傷亡慘重，不復以往的輝煌。」

特洛嵐笑著說道：「我家族傳承的記憶上只有關於煮海之戰的模糊印象，經過前輩這麼一講，才算是清楚了。」

百變星君擺擺翅膀，說道：「你們鴕鳥一族的家族傳承記憶最多只能傳下十八代，乃是鳥族有名的祖宗十八代心法，而且這種心法只有鴕鳥一族不同種類的宗主才能傳承下來，說起來也頗爲不易。」

伯蘭絲面帶微笑，可是其中的酸苦顯而易見，她溫柔地坐在特洛嵐身邊，抱起崽崽，崽崽早已趴在伯蘭絲懷裏睡著了。

「宗主又如何，鴕鳥一族現在勢單力薄，再難重現當年的輝煌。」

百變星君看著他們，歎了口氣，說道：「你們作爲鳥族歷史上最忠心的家臣，落到這般田地也真的是世事無常……」話才說到一半，就被特洛嵐打斷：「前輩，過去的事提它做什麼，你接著講後面的事吧！」

百變星君心知以鴕鳥家族高傲的性格不願提及往事，於是他繼續道：「煮海之戰讓海族幾乎滅絕，紛紛逃往其他海域。而獸族蟲族見識到鳥族的神威，心驚膽寒之下紛紛表示願意以鳥族爲尊！從此，鳥族就開始了對這片大陸的統治。」

說到這裏，看了看旁邊蹲坐著的坎落金、坎落黑兩兄弟，問道：「南大陸現在幾乎看不見獸族的蹤跡，這兩隻飧豹也算獸族中的中等貴族了，怎麼會淪落成你們的奴隸呢？」

特洛嵐就把在黑雕城裏的事講給他聽，最後說道：「我只知道獸族最後不是逃往地下世界，就是逃到北大陸嚴寒之地。至於這兩隻飧豹怎麼會在這裏，我也不是很清楚。」

坎落金滿臉的悲傷之色，嘴裏不停地喊著：「殺，殺，殺！」

特洛嵐右手一揮，坎落金臉色逐漸平靜下來。

坎落金嘰哩哇啦說了一連串飧豹土語。特洛嵐聽完解釋道：「他說只記得他們本來很平靜地躲在偏遠的草原上生活，然後有一天許多鳥族發現了他們，於是就開始了不停地捕捉追殺，到他們這一代就只有十幾名同族，而他們現在又被捉住，不知道現在自己的族獸怎麼樣了。」

百變星君歎口氣，說道：「幾萬年的事了，鳥族居然還這麼對付毫無反抗之力的獸族，難道獸族真的不能在這片大陸上生存麼？」

楚天卻從地上爬起來道：「只有強者才能改變這一切！現在坎落金坎落黑是我的手下，我一定會讓他們回到自己夢想的草原肆意奔騰。」

百變星君吃驚地看著楚天，隨即又是歎了口氣，說道：「哪有這麼容易？當年鳥族統一天下長達一萬年之久，獸族的狼子野心經過一萬年的發展，已經是達到頂峰，自然不甘再屈居於鳥族之下，於是聯合勢力稍為薄弱的蟲族企圖奪取鳥族的統治權。」

百變星君接著又歎息了一聲，緩緩道：「那時王權族的鯤鵬大雷神，在南大陸這一片廣闊的地域開始了異常慘烈的屠殺，戰爭開始，獸族的寒犀王、猞猁王、血豹王、羆象王以雷霆之勢席捲南北大陸，鳥族根本就沒棲息之地，大雷神一怒之下，運起無上神力，闖入獸族重地，祭起神級羽器血焰雷電叉接下獸族兩王硬力一擊，殺了幾名獸族將領後全身而退，大大鼓舞鳥族將士士氣！」

楚天鼓足氣力將特洛嵐掀翻，笑道：「大雷神當真是一代戰神，居然有如此膽色。」

伯蘭絲白了他一眼，說道：「你知道鯤鵬大雷神被我們鳥族尊稱為什麼嗎？是最接近於萬能的鳥神的一代戰神。」

百變星君點點頭道：「大雷神一電之威，竟至於斯，當時三族震驚，鳥族一鼓作氣，將獸族屠殺得幾乎全軍覆沒，還好當年煮海之戰北大陸鳥族勢力大減，而北大陸為苦寒之地，鳥族將重兵都放在南大陸，獸族已為自己戰敗準備了後路，一敗之後，獸族殘部逃往北大陸。」

楚天大惑不解，奇怪道：「那獸族既然逃到北大陸，鳥族可以乘勝追擊的呀！怎麼會讓獸族如此輕易地逃掉呢？」

百變星君搖晃著腦袋，說道：「鳥族經過一場大戰已是元氣大傷，再說獸族已是瀕臨滅絕，也就沒有繼續追擊了。經此一戰，我們鳥族深感在陸地上的薄弱，恰好又發現空中有遠古時期留下的幾座天空之城，就聯合運起無上神通將天空之城加以改造，作爲一些高貴的鳥族棲息之所。」

楚天不解地說道：「高貴的鳥族？什麼樣的鳥族才算得上是高貴？這豈不是讓許多其他種族的鳥類寒心！」

百變星君歎了口氣，說道：「首先當然是十大種族的鳥了，然後連帶著他們的旁系種族也去往天空之城。留在地面的鳥也劃分爲一個個不同的流域管轄，也不知道經過多久，他們對於天空之城的記憶也漸漸消除了。」

特洛嵐沒有一絲表情，說道：「這裏自古便是個強者爲尊的世界，到天空之城去的都是最強悍的種族，他們擁有高貴的血統。而鳳凰祭司和鯤鵬王也不是完全拋棄他們，只要力量達到羽爵，自然能去天空之城。」

楚天憤憤不平，這簡直太橫行霸道了，於是問道：「這是哪幾個種族定的規矩？」

百變星君意味深長地看了楚天一眼，說道：「除了鳳凰和鯤鵬，還有天鵝族、鷹族、雕族、鶴族、禿鷹族、鴨嘴獸族、孔雀族，另外還有始祖鳥一族。」

楚天細細一想，這十大種族的確是鳥類中最強的幾個種族，不由說道：「強者爲尊，這句話原本也是不錯！」

特洛嵐說道：「何況所有的威脅都已經不再，陸地的鳥族也能安定生活，倒比住在天空之城更加舒適。」

楚天想起剛才百變星君無意中的一句話，於是問道：「小鴕鳥，第一次看到你們時，你們身上散發出的高貴之氣，說明了你們也是天空之城的人，怎麼沒聽星君提起呀？」

伯蘭絲沒好氣地說道：「你要是再叫我們一句小鴕鳥，我就殺了你！」

楚天嘟囔著說道：「憑什麼百變星君能叫，我反而不能叫了。小鴕鳥，這樣叫多親熱，是吧？特洛嵐。」

特洛嵐一巴掌搧過去，打在楚天的屁股上，得意地說道：「要是你能比我們強，隨便你怎麼叫我們都沒有意見。」

百變星君看著特洛嵐，問道：「你們沒告訴他？不過既然他問了，就告訴他吧！」

特洛嵐恭聲說道：「是，前輩之命，豈敢不從！」

百變星君哈哈大笑，說道：「素聞鴕鳥一族高傲無比，今日一見才知傳聞為虛呀！」

楚天卻在一旁小聲嘀咕道：「屁！在老子面前那可是高傲得很，哀求半天理都不理，現在碰到高手了，當然得夾著屁股說話了。」

伯蘭絲臉色一沉，全身氣勢一漲，壓迫著楚天。特洛嵐雖然知道楚天素來是這個脾氣，卻也氣惱起來。

就算現在楚天已經達到狂舞霸身變成長期，在伯蘭絲強大氣勢的壓迫下，他還是覺得一陣頭暈。

百變星君擺擺翅膀，說道：「算了，小鴕鳥，教訓教訓他也夠了。還是說正事吧！」

特洛嵐止住伯蘭絲，對楚天說道：「我們鴕鳥一族是綠絲屏城孔雀家族的家臣。」

楚天「哦」地一聲，拍了拍腦門，恍然大悟道：「哦，原來是跟班的啊！不對呀，那你們不在綠絲屏城待著，跑出來做什麼？難道是一對癡男怨女私奔來著！」

百變星君差點吐血，一翅膀搧過去，笑罵道：「你這禿鷹，腦子裏都想些什麼呢！真想一巴掌搧進你腦袋裏去。」

楚天哀怨地揉著腦袋，剛來這個世界的時候老子是屁股遭殃，好不容易屁股沒事了，現在又是腦袋遭殃了，可對手偏偏比他厲害不止一個等級。

特洛嵐對楚天當真是哭笑不得，說道：「綠絲屏城現在一片混亂，我們下來是爲了尋找主上的後代，好日後回綠絲屏城。」

楚天張大嘴巴看著特洛嵐懷裏的崽崽，驚訝地道：「原來崽崽是你們主上的後代，難怪你們非要將他從我身邊帶走了！」

百變星君嚴肅地說道：「此事也算是涉及重大，也罷，我就給你們講講當年孔雀一族爲什麼會被貶爲賤籍吧！」

伯蘭絲臉上現出遲疑之色，說道：「前輩，我們作爲孔雀一族的家臣，家族傳承的記憶讓我們知道被貶的經過，這個就不用說了吧！」

楚天嚷道：「我作爲崽崽的老爸，有權利知道這件事的真相！」

特洛嵐面無表情，看了他一眼道：「你知道有什麼用？你不知道或許對你更好。」

百變星君外形一換，又變成飄逸白衣模樣，微笑道：「孔雀一族的貶籍既然發生了，就不要隱瞞，這樣對楚天也不公平！」

特洛嵐跟伯蘭絲對視一眼，說道：「晚輩並不是怕外人知道，實在是不願回想起主上慘痛之事。」

百變星君說道：「當年鯤鵬城雷神之後娶孔雀族主爲王后之時，我就已經隨師父歸隱了，所以那個時代的事我不會以個人觀點去說的。」

特洛嵐恭聲說道：「既然前輩這麼說了，那晚輩自然不再阻止。」

百變星君看著熟睡的崽崽，面現思索之色，半晌才說道：「三千年前，在鯤鵬王權一族領導下，鳥族達到前所未有的繁盛，那時是大雷神的孫子執掌權柄。」

楚天疑惑道：「鯤鵬一族到底是什麼樣的？」

百變星君笑著說道：「鯤鵬作爲我們世界的王，是不允許其他的鳥隨便議論的，一開始是大雷神亞歷山大一世，以後依次就是二世三世。」

楚天心道：這倒是跟地球很相近？當年秦始皇也是這麼搞的。他的臉上露出期待的表情，心裏不由得對這個世界更加期待，以後老子也搞個楚天一世二世的。

百變星君笑著道：「當時的亞歷山大三世愛武成狂，在他即位百年後娶了孔雀一族的族主馬蒂娜爲妻。因爲他自己嗜武，所以就偶爾讓馬蒂娜幫他處理一些政事，偏偏馬蒂娜處理得甚是得體，漸漸地更多的政事就交給馬蒂娜處理。」

楚天露出恍然之色道：「這樣下去的話，就算馬蒂娜不是個有野心的女人，也會漸漸對權力癡迷的。」

百變星君眼中精光一閃，說道：「馬蒂娜在未嫁之前就是孔雀一族的族主，自然懂得權力的作用，亞歷山大三世給她那麼大的權力，她當然不會把到手的權力再放棄。」

特洛嵐的性格平和，還不覺得怎麼樣，伯蘭絲卻面如寒冰，雙眼不斷閃過厲芒，顯然對百變星君的話頗有些不滿。

百變星君：「你們有著家族傳承的記憶，對這些事都很清楚，我所說的絕對不會偏袒任何一方的。只是因爲你們是孔雀一族的家臣，難免會帶著對家族忠心的觀念去看待這些問題。」

說完百變星君不再理會他們，繼續說道：「亞歷山大三世對權力本就不怎麼感興趣，

見有人幫他處理繁瑣的政事，自然是高興不已，也不顧鯤鵬長老們的反對，不斷放任馬蒂娜插手各方面的事，這樣一來馬蒂娜實權在握，也就不甘心只做個王后，受鯤鵬一族長老們的牽制了，於是開始密謀自己篡位。」

楚天驚歎了一聲，這不就是一代女皇武則天了?鳥族的歷史居然也和人類的歷史驚人的相似。

伯蘭絲和特洛嵐眼中同時閃現著奇異的光芒，這一段塵封的歷史從百變星君的口中說出來後，引得他們緊張起來，渾身的氣勢不自覺地散發出來，迫得篝火搖擺不定。

百變星君一沉腰，靈禽力運轉，將兩隻鴕鳥的氣勢逼迫在篝火之外，聽到楚天驚奇的叫聲，不由問道：「楚天，你有什麼見解?」

我有個屁的見解，就是有也不敢說啊，沒看到兩隻鴕鳥殺人的目光嗎?於是楚天乾笑兩聲道：「前輩哪裏的話，我能有什麼見解?您請繼續!」

百變星君眼神深邃看不到底，只聽得他緩緩說道：「馬蒂娜趁著亞歷山大三世閉關修煉期間，開始清除異己，不斷以各種理由殺害鯤鵬族的官員，安排自己的親信擔任要務，這樣一來，她更加肆無忌憚了。」

夜涼如水，銀白色的月光如水銀瀉地，鋪灑在廣闊的大地讓，帶來絲絲涼意。

坎落金、坎落黑兩兄弟忠於職守，不斷地去找來柴火將篝火生得旺旺的。

「終於有一天，馬蒂娜忍不住想要推翻鯤鵬的統治，建立孔雀政權。」

伯蘭絲臉色驟變。特洛嵐與她夫妻百年，心有靈犀，知道妻子心裏肯定難以接受，不由握緊她的手。百變星君看見兩隻鴕鳥的表情，雙眼深邃轉爲溫和，全身散發著淡淡的黃色光芒，嘴裏柔聲說道：「即使鴕鳥家族是這個世界中最忠心的種族，也沒有必要背負沉重的歷史枷鎖！」

特洛嵐和伯蘭絲同時心裏一震，堅持自己的原則就好了，別人怎麼說那麼在乎做什麼呢？兩鴕鳥相視一笑，同時開口說道：「多謝前輩！」

百變星君大笑道：「亞歷山大三世出關之後，立即發覺王后想奪權。」

楚天不由奇怪道：「就算亞歷山大發現了又能怎樣？那時實權早已不在他手裏了。」

百變星君笑著說道：「那你太小看鯤鵬一族了，雖然亞歷山大不管政事，但鯤鵬一族萬年的威望仍在。十座天空之城除了聖鸞城和那幾個混亂中的天空之城外，其餘的都還是忠於鯤鵬王室的，他們只是受到馬蒂娜的矇騙，不知道鯤鵬城的真實情況。亞歷山大三世離開鯤鵬城之後，立即聯合忠於鯤鵬王室的幾大天空之城，迅速反撲，將昔日的王后及其黨羽擒拿，並從此將綠絲屏城的孔雀及其家臣全部貶爲賤籍。」

特洛嵐露出哀傷的神情道：「我們鴕鳥一族就是在那時受到株連，連同主上一起被貶下陸地，永世不得返回綠絲屏城。」

楚天的臉色卻是異常平靜，他想了一下道：「成王敗寇，自古皆然。輸了，這也是意料之中的事。其實歸根到底，還是實力決定一切。亞歷山大三世若沒有強悍的實力，估計誰也不會回應他的號召！所以你們如果想重返綠絲屏城也不是不可能，只要能重新聚集起強大的力量就行了！也許崽崽的出現就是你們最大的契機。」

伯蘭絲和特洛嵐的眼中同時露出期盼之色，其實特洛嵐早已經與綠絲屏城取得聯繫，只是這些卻不能說出來，因此兩人都默默不語。

百變星君正色說道：「經過那一場政變之後，鯤鵬王室的實力大減，王權不再處於絕對的統治地位，一直被壓制的神權開始與王權共同治理這個世界。」

楚天想到在白林鎮、黑雕城時看到的兩權之爭，又想到前世地球上西方中世紀的爭權奪勢莫不是因此而起的，不由點點頭，說道：「神權與王權本來就難以相容，任何一方想要完全將另一方消滅，都不容易啊！」

他心裏卻嘀咕著：「我要想在這個世界獲得至高的權力，還得好好利用神權與王權之爭才行。」

他看了看沉默不語的特洛嵐和伯蘭絲，既然他們是鴕鳥族的族主，應該也可以好好利用一下。

百變星君又說道：「雖然孔雀一族被貶，但隱藏的實力卻還是不容小覷的，綠絲屏城最終應該還是被孔雀主掌著，只不過是從表面轉向隱蔽。現在看起來，整個綠絲屏城雖然還是一片混亂，但是只要當年被貶的孔雀後裔能回去，在神權和王權矛盾激化的背景下，收復綠絲屏城絕不會有任何問題。」

楚天心裏暗道：「不知道兩隻鴕鳥怎麼想的，萬一到時候真的讓崽崽回去的話，豈不是要讓我兒子陷入權力鬥爭的漩渦？按照這老傢伙說的，孔雀一族的潛在勢力不容小看，與其讓崽崽去冒險，倒不如讓我利用孔雀一族來實現我自己的夢想，最多等到崽崽長大了，再把綠絲屏城交給他。」

就在楚天雙眼大放光芒之際，特洛嵐卻一陣苦笑：「哪有那麼容易，我跟伯蘭絲尋遍整個大陸才找到崽崽，現在他還小，還不到時候。」

百變星君點點頭，忽然瞇著眼睛望著楚天道：「小子，我對你越來越感興趣了，你真不簡單啊？不但收養了小孔雀，而且修煉的居然是失傳多年沒有人敢練的九重禽天變？」

楚天心裏一驚，想起寒克萊曾交代這件事不能讓別人知道，於是含糊其辭道：「這心法本就殘缺不全，所以是胡亂練就的，倒是前輩的小無相功，那才是絕頂厲害的心法。」

百變星君見他不願意說，也不強求，淡淡一笑道：「你好自爲之吧，九重禽天變的心法不是那麼好修煉的！看來平靜已久的世界只怕又要出現無窮的變數了！好了，我也該繼續去追查蟲族的蹤跡了，以後有機會再聊。」

楚天還要說什麼，一道藍芒劃過，百變星君已經消失不見，只聽得空中傳來一陣爽朗的笑聲。

已是夜深，楚天趴在篝火旁邊翹起屁股沉沉睡去。坎落金、坎落黑兩兄弟伏在地上警惕地注意著四周的情況。

特洛嵐撥弄著篝火，沉默不語。伯蘭絲則一臉溫柔地靠在他身邊，輕輕地將崽崽身上的雜草撿起。

特洛嵐看著篝火，心裏一陣起伏，家族傳承的記憶和使命讓他去尋找孔雀的後裔，可是如今找到了，卻不知道將來會是怎樣？

楚天正一臉笑容地流著口水熟睡著。特洛嵐看著他，心裏一陣激蕩，「只要實力強大就能掌握自己的命運！」不可否認，剛才楚天的那一番話已經讓他生出雄心壯志了！下一步就看綠絲屏城傳來的消息了！不過即使確定了歸期，眼下最重要的還是等待崽崽長大，看來要儘快讓崽崽學會光幻明王心法了！

第八章 雙鉤異翅蠹

破雲而出的朝陽，穿過層層樹葉灑落點點陽光，整個天際都是一片火紅，初生的力量總是帶著無窮的朝氣。

楚天打著呵欠從地上爬起來，向四周看了看。特洛嵐跟伯蘭絲早已起來，正站在河邊。坎落金兩兄弟則是去森林裏抓野味做早餐去了。

崽崽撅著屁股睡得正香，不停地扭動著身子，嘴裏哼唧著。楚天笑著拍拍小可愛的屁股，說道：「崽崽，別再哼唧了，起來了！」崽崽前後擺動著翅膀，理也不理楚天，依舊在那裏哼唧。

楚天微微一笑，誘惑崽崽道：「快看，這沁蘿果好香啊！」

才一說完，只見一道黑影閃過，崽崽用爪子抓住他的翅膀，眼還沒睜開，就是一口。

一聲慘叫劃破了清晨的寧靜，楚天一翅膀搧開崽崽，抱著被咬的翅膀嚎叫起來。

特洛嵐笑著說道：「這就叫自作孽不可活。」伯蘭絲也滿臉笑意地看著這一幕。

吃過坎落金做的美味之後，楚天他們便開始向血虻沼澤進發。

由於兩隻鴕鳥熟悉路，回血虻沼澤倒也省了不少時間，兩天之後，楚天他們就順利地來到了血虻沼澤的邊緣。

楚天指著遠處，興奮地說道：「看到沒有？用不了多久，整片沼澤就會成爲我楚天羽爵大人的第一片領地，夠大吧！哈哈！」

崽崽拍打著翅膀在空中不斷盤旋，小臉通紅，嘴裏咿呀咿呀直嚷嚷。

特洛嵐放眼望去，坑窪不平的地面上光禿禿地只有少數小樹，枯草遍佈，雖然是在血虻沼澤的邊緣，卻依舊能看到一個連著一個的泥潭翻騰著氣泡。

伯蘭絲眉頭一皺，說道：「你就在這種地方生活？」

楚天得意地說道：「就是在這裏，我收服了自己的第一支親衛隊——天牛近衛軍。不久的將來，我就將成爲血虻沼澤的主人。」

伯蘭絲毫不留情地打擊道：「你還真是樂觀啊，明明是來送死的。你不被殺就該謝謝萬能的鳥神了。」

楚天不以爲然地拍拍胸脯道：「我這叫對未來充滿信心，哪像你，整天一副愁眉苦臉的樣子，難怪特洛嵐會對生活這麼沒信心。」

還沒說完，一道藍色的光芒從面上含怒的伯蘭絲手上揮出。
楚天輕鬆躲過，他可不是以前的楚天了。
特洛嵐笑著說道：「算了，伯蘭絲，別跟他計較了，他那臭嘴你又不是不知道。」
伯蘭絲氣呼呼地說道：「我就是看不慣他那副小人嘴臉！」
崽崽飛到楚天頭頂，跨騎在楚天的脖子上，搖晃著小腿，好奇地說道：「伯蘭絲阿姨，我媽媽那麼高大，怎麼會是小人呢？」
伯蘭絲一愣，繼而不顧形象地笑倒在特洛嵐的懷裏。
楚天被搖得頭暈眼花的，估計再搖一會兒自己會散架，忙用翅膀穩住崽崽，嘴裏說道：「崽崽，你別晃了，老爸頭都快暈了。」
崽崽調皮地蒙住楚天的眼睛，笑著說道：「媽媽，你看不見了，咯咯……」
楚天也笑著說道：「崽崽，你這個小調皮，老爸要是摔倒了怎麼辦？」
崽崽眨巴著眼睛，咧嘴笑道：「要是媽媽摔倒了，我用力抓著你飛起來就沒事了！」
這時，特洛嵐突然向前走幾步，蹲下用手在地面一捋，面色一變，說道：「這裏有蟲族經過的痕跡！」
楚天一呆，急急問道：「有蟲族經過？難道是我們遇到那批蟲族的餘孽？」
坎落金匍匐在地，以手支撐著身子，右耳貼地聆聽著動靜。坎落黑急急向前奔出幾十

步，鼻子不斷地嗅著。

楚天作爲一名大盜，自然對地聽術不會陌生，只是獸族天生的敏銳感官讓他們比人類聽得更遠、更清晰。

崽崽趴在伯蘭絲的懷裏一動不動，瞪大眼睛看著兩隻獸。

坎落金單手彈起，神色凝重地對著楚天道：「蟲族，大批，前面，十里外。」

楚天一聽，頓時急了，他拍打著翅膀飛起道：「十里之外是我的寨子，糟了，獨眼他們有危險。」

特洛嵐沉吟一會兒，說道：「別急，現在蟲族動向不明，我們先摸清楚情況再說。」

一行人小心翼翼地走了幾里地。

特洛嵐指著前面的一座龐大寨子道：「楚天，前面就是你的寨子了吧？」

楚天抬起頭望去，面現疑惑之色，片刻之後才點點頭，說道：「是的，我走時只是略微改建了一下，沒想到現在被獨眼他們擴建到這麼大了。」

話音未落，坎氏兄弟同時焦急地低聲吼叫起來。

特洛嵐沉聲說道：「不用著急，說清楚。」

坎落金指著前面，用生硬的鳥語說道：「蟲！」

楚天衝到最前面，運足目力向前看去，隨即向後退了幾步，神色凝重，說道：「寨子被蟲族圍住了。」

特洛嵐也同時向前看去，吃驚地說道：「是蜈蚣！」

寨子前方一排排整齊而列的赫然正是蜈蚣。只見那些蜈蚣清一色的暗紅色鎧甲，整齊地排列著，雖然是背對著他們，但也能清晰看到他們以四足支地，以四手拿著長及兩米的長矛。

特洛嵐注意到這一點，沉聲說道：「看他們的裝備行爲，應該是個兵團，我們再走近點，觀察清楚！」

楚天擔心寨子裏天牛們的安危，當下帶頭向前潛走而去。

一行人向前潛進了幾里，現在整個寨子清晰可見。

寨子比以前大了一倍不止，從外面看起來就像是一座堡壘，光滑的圍牆白芒流動，反射著陽光。寨子上依舊是透明的亮銀石，在陽光的照耀下，就像是陸地上的一座城堡。

寨子外的空地上塵土飛揚，旋轉著四下流竄。

特洛嵐看了會兒，驚訝地說道：「蟲族竟然能將蜈蚣士兵練到這種地步，還真是出乎意料啊！」

伯蘭絲指著蜈蚣陣營說道：「你們看空中。」

特洛嵐順著手臂看去，看到幾隻黃蜂模樣的怪物正在空中飛舞，一閃就失去蹤影，頓時心裏一驚，問道：「是虎頭蜂！號稱蟲族中性情最兇猛、動作最敏捷的虎頭蜂！」

伯蘭絲點點頭，說道：「虎頭蜂當年可是蟲族最強悍的空中部隊，我們要加倍小心才行！楚天，你現在準備怎麼辦？」到了緊要關頭，她也顯得沉穩起來。

楚天閉目想了一會，等他睜開眼，厲芒一劃而過，斬釘截鐵地說道：「趁著蟲族兵團不知道，我們從後方掩殺過去，趁機衝進寨子。」

特洛嵐眼中一亮，撫掌道：「好主意，伯蘭絲，你護住崽崽，我們攻進去。」

伯蘭絲白了他一眼，說道：「你們可別小瞧蟲族的一個兵團，能將這麼大的寨子困住，絕對不簡單。」

沒想到你這婆娘倒還算識大體，那老子以後就在心裏少罵你幾句好了。楚天點點頭，說道：「坎落金、坎落黑，跟在我們左右向寨子裏衝，我們這麼一鬧，寨子裏的獨眼肯定會知道，到時迎接我們進去就好了。」

商議妥當，楚天當先向蟲族陣營衝去，緊隨其後的是伯蘭絲、崽崽以及兩隻飧豹，斷後的是特洛嵐。

楚天將九重禽天變第三重心法狂舞霸身變運轉開來，整個身體驀地脹大一倍，周身緊貼皮膚處一層淡淡的金光若隱若現。

伯蘭絲運起靈禽力將崽崽護住，全身隱在深藍色的戰甲散發的光芒之下，但還是沒有動用體內的羽器。

坎落金手持大刀，斜拖在地，走在左邊。坎落黑扛著狼牙棒，大步走在右邊。兩隻飧豹全都憑著獸族的本能警惕地注意著四周的情況。

特洛嵐臉色如常，身上的黑色戰甲泛著一層白濛濛的寒光，左胸上的珠子光華流轉，不斷地吸收著灑下的光芒。

待到接近最後一排的蜈蚣，楚天翅膀一展，將靈禽力注集在翅膀前端的羽毛上，霎時翅膀上白芒暴漲幾尺，形如刀鋒，以極快的速度劃出一道白色的半月形光芒，斬向前面的幾名蜈蚣士兵。

蜈蚣士兵只覺背後如寒風掃過，出於本能他們低頭躲閃，將手上的長矛格起一擋。

楚天九重禽天變已達到第三重狂舞霸身變的成長期，力量已經超過羽爵，這一擊又是蓄力充足，眼見那幾個士兵不能抵擋。

突然，異變陡生。

一道從地面炸開的黃色光芒，將那幾個蜈蚣士兵罩住，在間不容髮之際，那幾個士兵突然鑽入地下，消失不見。

楚天大吃一驚，罵道：「爺爺的，這是什麼蟲族，居然還能遁地。」

伯蘭絲在後面冷冷地說道：「先不管這麼多，衝進去再說。」

特洛嵐在最後，面無表情地道：「要是我預料不錯的話，這應該就是蜈蚣家族的中級蟲器天龍徹地珠。」

楚天向前衝出幾米，只覺得爪下一陣罡風吹起，本能地展翅飛起，雙爪激起一尺來長的白芒。地裏鑽出幾隻蜈蚣士兵，四手舉起長矛，以圍攻之勢刺向楚天。

楚天冷哼一聲，騰空振翅，雙爪交錯，兩個巨大的白色爪影將蜈蚣的頭部捏得粉碎。

伯蘭絲輕喝一聲：「楚天，小心！」身上深藍色戰甲向外猛漲，一道銳藍的光芒擊向楚天背後。

楚天只覺背後一道尖銳氣息襲來，他冷笑一聲，蛻焱金剛變集中到背上，準備硬接。

伯蘭絲發出的藍芒形成一道平平的光幕擋在楚天的背上。一隻虎頭蜂戰士翹起屁股上的刺釘在光幕上面，那虎頭蜂戰士碩大無比，額頭上有著如老虎一般的「王」字花紋，此刻正以兇狠的眼神盯著楚天。他身著虎紋盔甲，手上緊緊拿著一根奇異的短棒，尾上的黑刺放著黝黑的光芒。

伯蘭絲小心地護住崽崽，面色冷峻道：「虎頭蜂兇狠無比，最擅長的就是空中偷襲，大家都小心點！」

崽崽新奇地指著楚天背後的光幕，大聲地說道：「媽媽，伯蘭絲阿姨幫你擋下了一根好大的刺！」

楚天一得間隙，馬上振翅飛開，突然眼神陰冷道：「老子最討厭的就是針了，你居然敢用它來刺你老子？去死！」

蛻焱金剛變運轉，身體又是暴漲幾分，翅膀上黑色的羽毛覆蓋上了一層淡淡的黃芒，如根根倒刺豎起。

崽崽委屈地大聲說道：「媽媽，你是我的老子，又不是他老子，這醜東西比我們兩個加起來還醜，你幹嘛要做他老子？」

特洛嵐大笑，黑色戰甲的光芒猛漲，將坎落金、坎落黑兩兄弟一起護住，衝到楚天身邊。伯蘭絲身上藍光一閃，說道：「你自己小心，這次蟲族還真是下了點本啊，弄出這麼大的陣勢來對付寨子。」

特洛嵐向前方看了一眼道：「現在寨子裏應該聽到這邊的動靜了。」

楚天點點頭，說道：「現在離寨子還有點距離，就是看到了也不能出來接我們。不知道獨眼怎麼樣了，先向前衝！」

就在此時，一隻巨大的蜈蚣呼嘯著破地而出，掀起萬重塵煙，只見他幾十條機械般的長腿在空中來回蠕動，頭上的顎一張一合，散發出一股濃烈的腥臭之氣，在他的頭頂一米高的地方，有一顆拳頭大小的珠子正不斷地綻放著黃色的光芒。將特洛嵐發出的藍芒如摧枯拉朽般層層剖開。

那巨型蜈蚣發出一陣桀桀的怪笑聲，張開嘴巴說道：「你們是何人?居然敢來管我們蟲族百腳天龍兵團的事？」

伯蘭絲沉聲說道：「看來這隻就是蜈蚣軍團的首領了，特洛嵐，你小心應付。」

特洛嵐抬起頭長笑幾聲，看著這隻長達四米以上的蜈蚣，眼睛裏藍光一閃，右手虛空抓起一團藍色球狀光芒衝向那隻蜈蚣的頭部道：「區區幾隻小蜈蚣，竟然敢出來鬧事！」

巨型蜈蚣頭頂上珠子一閃，將特洛嵐的攻勢瞬間瓦解，怒形於色道：「本座乃百腳天龍軍團的團長愛德格，你們這些不知死活的無知鳥類，讓本座送你們去見你們的鳥神！」

楚天大聲說道：「老子就送你去見你們的蟲妖！」

特洛嵐笑罵道：「楚天，你幹嘛搶我的台詞，沒事的話不如去護著崽崽，別在我這裏瞎攪和！」

楚天大笑，振翅飛起，以極快的速度飛向伯蘭絲。

愛德格見兩隻鳥居然無視他的存在，不由心頭火起，怒哼一聲，如龍般騰空而起，巨尾掃向特洛嵐。

楚天大喊道：「他爺爺的，獨眼，老子回來了！」

遠遠地就聽到寨子裏回答道：「老大，你終於回來了，老獨我終於撐到你回來了！」

特洛嵐長嘯一聲，靈禽力運轉，黑色戰甲升起一股玄黑之氣，雙手上藍芒頓現，隔空一拳迎上愛德格的巨尾。

愛德格不敢硬接，急急向旁邊避開，嘴裏冷聲說道：「難怪這麼猖狂，原來擁有這麼強橫的實力，本座就來會會你。」

只見他頭頂的珠子黃芒大盛，愛德格身子一矮，只一瞬間就遁地不見。

楚天好奇地問道：「那顆珠子看起來很玄，是個什麼東西呢？」

伯蘭絲隨手掃出一道藍芒，冷冷地說道：「這就是剛才特洛嵐所說的天龍徹地珠了，看樣子應該是一件中級蟲器，蜈蚣借著它可以隨時遁到地下。」

要是老子有這麼一件法寶的話，遁地自如，豈不是可以覽盡天下美女沐浴更衣，還可以拿盡天下錢財？楚天奸笑道：「不行，這麼好的一件法寶，怎麼能浪費在蜈蚣蟲族的手裏，我這就去把它給搶過來。」

伯蘭絲嗤之以鼻，說道：「真是一隻蠢鳥，你可知道，各族的法寶是按照他們的身體結構以及體質煉成的？除非你煉成了百變星君的小無相功，能萬相由心，或者是達到萬物皆能化爲己用的境界，不然根本就不可能使用蟲族的法寶！」

楚天心裏對伯蘭絲的說法已經認同，但卻聽不慣她的語氣，只好冷哼一聲表示不滿。

坎落金、坎落黑兩兄弟一言不發就向寨子衝去，離寨子大門不過二十步。

楚天對著伯蘭絲說道：「你帶著崽崽跟在坎落金他們身後。崽崽，你沒事吧？」

半晌卻聽不見崽崽回答，楚天心裏大急，怒道：「伯蘭絲，你是怎麼保護崽崽的？」

伯蘭絲更是理都不理他，楚天怒極，衝到伯蘭絲身邊一看，原來崽崽已經趴在伯蘭絲懷裏睡著了。

楚天訕訕地說道：「這個小崽子！」說完急急忙忙奔向兩隻飧豹旁邊。伯蘭絲嘴角彎起一絲笑意，摟緊懷裏的崽崽，跟在楚天後面。

特洛嵐冷笑著說道：「愛德格，你們蟲族都躲藏了萬年，好不容易出來一次，怎麼又成縮頭烏龜了呢！」

土裏一陣蠕動，黃芒閃過，泥土紛紛炸開，天龍徹地珠破土而出，緊接著愛德格衝了出來，在珠子上站定。只見他頭上滿是絨毛，一雙陰森的眼睛透出殘忍的光芒，低陷的鼻子下厚厚的嘴唇微張，露出滿嘴黃牙，伸出的兩顆獠牙呈冷青色。原來竟是上半身轉化成人形，看來實力不弱。

黃金戰甲延伸到肩上，粗壯手臂上青芒隱現，下半身卻仍舊是蜈蚣原身模樣，天龍徹地珠就在他那搖擺不定的尾巴周圍旋轉著。

特洛嵐笑著說道：「知道沒腦子的身體不好用了？不過就算你再換幾個外形也沒用，

蟲族始終只能在偉大鳥族的爪下生存，這是自然法則，誰也打不破的。」

踩在珠子上的愛德格兩眼都快噴出火來，猛地收回珠子，落在地面上。

楚天他們已經衝到寨子門口，寨子打開，獨眼衝了出來，大聲說道：「老大，先進寨子再說！」

楚天忙喊道：「大家快進寨子！」

特洛嵐斜眼看到楚天他們安全進入寨子，大聲笑道：「暫時不陪你玩了！」一說完，靈禽力運轉，快速地衝進寨子。

「轟！」寨門關閉。愛德格卻仍在外面怒吼不斷。

獨眼面容憔悴，眼眶深陷進去，身上的黑色蛇皮盔甲也是殘破不堪，楚天一把抱住獨眼道：「我回來了！」

獨眼嘶啞的聲音緩緩傳出來道：「老大，終於堅持到你回來了，我去集合手下的弟兄們來見你！」

楚天點點頭，只聽獨眼發出一陣急促的翅膀振動聲，正是天牛獨特的傳訊方式，不一會所有的天牛戰士在練兵場集合。

楚天站在練兵場的平台之上，掃視著下面的天牛戰士，十幾天不見，所有的天牛戰士

身上散發出的氣勢已經不是當初他離開時所能比擬的，一個個臉上都是沉穩的表情，身上的蛇皮盔甲破爛不堪。

楚天沉聲說道：「獨眼，你們怎麼會被蟲族圍攻？」

獨眼面現悲傷，說道：「自從老大你走了之後，有一個兄弟無意間在附近一個隱蔽的山谷中，發現了一個能使蟲族脫胎換骨的蟲池。所以，為了增強弟兄們的戰鬥力，我就每天帶著大部分的弟兄們去泡蟲池，只留下少數的兄弟守寨子，可是沒想到，幾天前，那些蜈蚣卻乘機佔據我們的寨子，留守的兄弟們拚死反抗，結果傷亡慘重，還好我們及時趕回來，才將寨子奪回來。不過卻也折損了好幾十個兄弟！」

楚天神色冷峻，大聲地說道：「弟兄們，你們之所以受挫，不是你們力量不足，而是你們太掉以輕心，才會讓百腳天龍兵團有機可乘，我相信我們天牛近衛軍是最強的。」

獨眼拍著翅膀，大聲地吼道：「老大，說得對，我們不會輕易認輸的！」

下面的天牛戰士齊聲說道：「絕不認輸！」

楚天笑著說道：「好，現在大家各歸各位，獨眼，你跟我們進來商討敵情！」

眾天牛有秩序地離開。

楚天引著獨眼來到特洛嵐他們面前，說道：「這位是翅爵級別的高手特洛嵐，旁邊的是他的妻子伯蘭絲，也是個很強悍的雌鳥。」說完不顧伯蘭絲殺人的眼神，拉著獨眼進入練兵場一側的房間裏。

獨眼邊走邊撓腦袋，嘿嘿一笑道：「那我應該怎麼稱呼他們呢？他們是你的朋友，又是頂級高手，怎麼說我也要恭敬點嘛！」

特洛嵐在後面笑著說道：「不用這麼客氣，我們只負責照顧崽崽的，跟你們老大的交情並不太深！」

獨眼愕然看著楚天，驚訝道：「老大，我還以爲他們是你的下屬，沒想到居然是崽崽的保姆？」

楚天嘲弄地看了特洛嵐一眼道：「獨眼，先不說這個了，你有沒有弄清楚外面的那些蟲族是從哪裏冒出來的？他們爲什麼要佔據我們的山寨？」

獨眼歎了口氣，說道：「我也是幾天前才搞清楚，自從奪回了山寨後，就不斷有暗殺高手潛伏進來，有一次被我抓住了一個活口，一審問才知道，原來他們是來和沼澤裏的蛇族結盟的！看中了我們的山寨，想霸佔下來，好和蛇族結成犄角之勢，共同入侵鳥族！」

伯蘭絲臉色一寒，說道：「血虻沼澤裏那些黑蝰蛟的力量還是未知數，但卻絕對是鳥族的一大勁敵啊！」

楚天無所謂地說道：「關我鳥事，他最多去打黑雕城，又不會來打我們！」

伯蘭絲冷冷地瞪了他一眼，說道：「你不是鳥啊？居然說不關你事？」

楚天心裏一驚，糟了，說漏嘴了。他連連點頭，說道：「我錯了。」

這時，一直守在門口的兩隻天牛突然撲了進來，嘴裏喊道：「老大小心！蟲族的刺客又來了。」

特洛嵐最先反應過來，手上藍芒暴漲，以極快的速度一拳轟向地面。

兩聲慘叫過後，兩隻天牛戰士神色痛苦地低下頭，他們的胸口黏著兩個蟲族戰士，背後出現閃著妖豔光芒的彎鉤，上面沾滿了鮮血。

又是一道銳芒從伯蘭絲腳下飛速鑽出，一點黃芒閃耀而過，劃過崽崽的翅膀。

崽崽痛叫一聲，輕聲呻吟起來。

楚天怒喝一聲，翅膀一揮，那件從兵器鋪裏得到的泥塑羽器帶起一道銀白色的光芒，成刀鋒狀急速奔向兩隻蟲族戰士。

伯蘭絲發覺崽崽受傷後，雙眼透出層層殺機，一道藍色光芒緊隨在黃芒後不斷剖開地面，一條細細的裂痕在房間裏延伸。

特洛嵐將獨眼拉開，手上藍光炸開，襲向兩隻蟲族戰士。那兩隻蟲族戰士發出詭異的笑聲，猛地往地下一縮，消失不見。

伯蘭絲冷漠地說道：「你們蟲族就算是殺盡寨子裏的天牛，我也不會太在意，但是你們傷害了崽崽，結果就只有一個，那就是：死！」

楚天只覺得一道黑影閃過，特洛嵐已經來到伯蘭絲身邊，神色憤怒地看著地面，冷酷地說道：「伯蘭絲，我們用坐地裂！」

伯蘭絲點點頭，對楚天說道：「楚天，帶著獨眼退出去！我怕等會兒誤殺你們。」楚天心裏一冷，點點頭，拉著臉色慘白的獨眼飛出房間。

整間屋子裏充斥著伯蘭絲的憤怒，三隻蟲族戰士無法突破兩隻鴕鳥所布的靈禽力之網，又被伯蘭絲強大的靈禽力所迫，已經昏迷過去。

楚天見狀，大聲說道：「先別殺他們！要從他們口中問出蟲族到底有什麼陰謀才行，殺了他們，萬一下次又有刺客來暗殺崽崽怎麼辦？我們就算再怎麼護住崽崽，也不可能每時每刻都不睡覺地保護他！」他知道只有拿崽崽的安全，才能打動伯蘭絲放棄殺這三隻有用的俘虜。

果然，伯蘭絲眼中厲芒變幻不定，最終還是趨於冷漠，將爆發在外的靈禽力收回。三隻蟲族戰士頓時失去依託，重重摔到地面。

楚天衝進來，看著躺在地上的蟲族戰士，說道：「這兩種蟲子都很厲害嗎？看你們剛才這麼輕易地就解決了他們，應該不會是什麼高手吧！」

地上的三隻蟲族戰士其中的兩隻穿著一樣，都是一襲黑衣，蒙住臉部，只留下一雙三角形的眼睛。另一隻則穿著跟泥土一樣顏色的緊身衣，嘴巴尖而長，手上拿著一柄細細長長的黑色棍子，頭頂有一根金黃色的尖刺。

特洛嵐臉色冷漠，說道：「若是光明正大地打殺的話，他們的確不是什麼高手，最恐怖的就是他們能利用自己的種族異能鑽土穿石，隱匿在地底石間，讓我們防不勝防。」

暈，那我以後還要不要睡覺了，萬一我要是上個廁所洗個澡什麼的被這幾隻蟲子給盯著看怎麼辦，想想老子就發毛。楚天掀開雙鉤異翅蠹的面罩，差點沒被嚇死，說道：「他爺爺的，看你這種樣子，還去做什麼刺客搞什麼暗殺啊，直接走出去都能嚇死別人。」

崽崽盯著雙鉤異翅蠹，拍拍胸口，大聲地說道：「媽媽，你還不把他們給蓋上，老子沒被刺客殺了，倒會被這兩隻醜蟲給嚇死。」

楚天搖搖頭，看著兩隻雙鉤異翅蠹凹進去的臉，上面的斑紋錯綜複雜，不由一陣噁心，說道：「崽崽，老爸掀開面罩已經夠嚇人的了，你還叫我再蓋上……我蓋上，我蓋上！」話還沒說完，一觸及到伯蘭絲殺人的眼神忙又改口。

獨眼站在門口，周圍圍滿了聞訊趕過來的天牛戰士，正在那裏交頭接耳地說個不停。

楚天心裏一陣煩悶，走到門口，大聲地說道：「這邊的事都解決了，現在所有的天牛戰士在巡邏的同時也要小心地面的情況。好了，你們各歸各位吧！獨眼，進來，我們還有事要商討。」

第九章 力挽狂瀾

伯蘭絲對崽崽設下一道安眠心訣，柔和的藍光罩著崽崽，不一會崽崽就甜甜地撅著個屁股睡著了。

楚天驚訝道：「這是什麼心法，特洛嵐，最近我老是失眠，晚上幫我也弄一下啊！要是能有治療腰酸背疼的異能，我可跟你說，別藏私……啊！」

伯蘭絲毫不留情地一翅膀搧過去，將楚天搧到牆上，冷冷地說道：「就憑你的身分也配我們使用安眠心訣？」

特洛嵐笑著說道：「就是對你用了也沒什麼用的，我們的這種心法只對崽崽有用。」

伯蘭絲將崽崽托向空中，小可愛就躺在藍色的光球裏。

特洛嵐神色一斂，說道：「好了，現在就想想怎麼應對吧！」

獨眼掀起身上的蛇皮軟甲，指著其中一處洞傷，心有餘悸地說道：「這是被虎頭蜂戰

士所傷的。我們的對空力量還是太弱了，根本就不能抵擋速度極快的虎頭蜂攻擊。」

楚天面帶不信之色，看著獨眼的洞傷，說道：「獨眼，你當時肯定是在毫無防備的情況下受傷的，這又不能說明虎頭蜂有多厲害。」

獨眼沒好氣地白了他一眼，說道：「我當時是全力對付三隻虎頭蜂，他們只是普通的虎頭蜂戰士。你是沒見過他們不要命的瘋狂攻擊，除非你將他們一擊而死，不然他們就會不停歇地攻擊。」

伯蘭絲在一邊冷冷地說道：「楚天，你是不是要試驗一下獨眼所說的話呢！」

老子又不是有病，自己找刺激啊，去試虎頭蜂尾後的刺？楚天在心裏嘀咕，想起以前在黃蜂家族的時候被一群黃蜂翹起尾後刺一陣猛趕，屁股後面彷彿有一根大刺正在躍躍欲試，他不由身子一顫，屁股一陣抽搐。

特洛嵐見楚天不說話，自己繼續說道：「我們衝進來的時候，也都看到了，蜈蚣士兵毫不足慮，現在讓我們頭疼的就是不怕死的虎頭蜂戰士，還有這些使用暗殺的。」說著冷冷地看著地面上輕輕蠕動著要醒來的雙鉤異翅蠹。

楚天向後猛退一步，警惕地說道：「特洛嵐，他要醒了，你還不小心點！」

伯蘭絲翅膀一斂，眼中寒光閃過，冷冷地說道：「醒了又能怎樣？」

老子好心提醒你，搞得倒像是我要害你一樣。楚天心裏問候著伯蘭絲，嘴上卻奉承著說道：「那是，在高貴厲害的伯蘭絲面前，想必這兩隻蟲子也不會有什麼作爲的。」

獨眼說道：「蜈蚣士兵的攻擊力相比我們天牛戰士還是頗有不足，但他們借助蟲器天龍徹地珠遁地而行，令我們防不勝防。」

伯蘭絲搖搖頭，說道：「蜈蚣士兵遁地而行倒不難對付，一般的蜈蚣遁地的話他們也難找準我們的方位，只要他們露頭就容易了。」

特洛嵐沉吟半晌，說道：「看來還是虎頭蜂最難對付了，天牛戰士在空中的話，根本就不是虎頭蜂戰士的對手。」

伯蘭絲看著浮在藍色光球裏的崽崽，說道：「目前還不知道蟲族兵團裏有多少虎頭蜂戰士，我們三個恐怕是難以應付。」她雖然高傲，但絕不會自滿。

楚天連連擺手，說道：「你們可別叫我去對付那些翹著刺的虎頭蜂。我這屁股現在還在顫抖。」才剛說完，就意識到自己說錯話，忙閉嘴不言。

特洛嵐奇怪地問道：「對付虎頭蜂跟你屁股有什麼關係嗎？」

楚天不答。獨眼見狀，也不理會楚天朝他連連使的眼色，憋著笑說道：「那是他在黃蜂女皇那裏被一群黃蜂刺得不成樣子。當時我看到他的時候，哈哈……」獨眼把那天的事詳詳細細地跟特洛嵐他們說了。

楚天憋著張紅臉，怒道：「老子當時是迫不得已才被螫到的，笑什麼笑，不許笑。」

特洛嵐看著楚天，拚命地忍著，但臉上肌肉抽搐，終於忍不住大笑起來，指著楚天說道：「楚小鳥，原來你還有這麼一段歷史啊！哈哈……笑死我了！」

伯蘭絲早就笑得趴在特洛嵐的懷裏，上氣不接下氣地說道：「我們要商討怎麼應付這場危機的，別笑了，哈……」

楚天恨恨地瞪著獨眼看，笑，笑，笑死你們兩隻死鴕鳥。獨眼被楚天的眼神蹂躪著，囁囁地說道：「老大，我只是一時說漏嘴了。」

笑過之後，特洛嵐正色說道：「伯蘭絲，你記不記得我們第一次經過血虻沼澤的時候，遇上的鳲鳩婆婆呢？」

伯蘭絲又恢復冷漠而高貴的面孔，看著特洛嵐說道：「你說的是那個森林巫婆？」

特洛嵐笑著點點頭，說道：「就是她！我想我找到了對付外面蟲族兵團的虎頭蜂戰士的方法了。」

楚天聽得雲裏霧裏，插口說道：「森林巫婆？特洛嵐，你們在打什麼啞謎呢！」

特洛嵐說道：「我記得跟伯蘭絲第一次來這附近森林的時候，碰到了森林裏的巫婆鳲鳩婆婆，她可是個很厲害的巫婆，我們見到她的時候，她正在用一些虎頭蜂做試驗。」

伯蘭絲臉上也露出回憶的神色，接過特洛嵐的話題，說道：「那時我們兩個的力量大概剛到翅爵級別，因爲家族傳承的記憶裏沒有關於這種能人異士的記載，一時好奇就躲藏在附近看她在做什麼。」

楚天隱隱猜到其中的關鍵，不再插話，靜靜地站在一邊聽伯蘭絲他們說話。

只聽得伯蘭絲繼續說道：「鳲鳩婆婆看起來很恐怖，我們能感應到她體內的靈禽力偏於陰柔詭異，就不敢太過靠近，只能遠遠地運起家族獨有的種族異能去偷聽她說話。我們聽到鳲鳩婆婆在那裏嘮叨著說，『唉……現在的虎頭蜂可是越來越難找了，老身記得以前是有很多的，怎麼現在就沒了呢？』」

特洛嵐搭著伯蘭絲的肩膀，陷入回憶之中，輕聲說道：「鳲鳩婆婆一說完，就聽到她手裏還沒死的虎頭蜂怒聲說道，『你這隻死巫婆，我們虎頭蜂家族在這片森林裏過得好好的，現在被你抓的抓，殺的殺，你到底有什麼居心，要這麼對我們虎頭蜂家族。』」

難道這隻鳲鳩老巫婆竟然對虎頭蜂有什麼特別的愛好？楚天心裏納悶，插口道：「一隻鳲鳩竟能滅一個虎頭蜂家族？這也太不可思議了吧！」

特洛嵐歎道：「當時我們聽了很是震驚，蜂族一向都是以不要命而在蟲族聞名的，尤其是其中的虎頭蜂，更是變本加厲地拚命，就是我們，能不惹還是不惹的為好，現在居然有鳥能把一個虎頭蜂家族給滅了。」

伯蘭絲接過話頭，說道：「已經有百年了吧！那時我們就想難道是那隻鳲鳩婆婆的種族異能就是針對虎頭蜂的？更加忍不住心裏的好奇，將竊靈心法運到極致，仔細地聽鳲鳩婆婆說話。」

楚天擺擺翅膀，小心翼翼地說道：「你們能不能講重點？現在時間可是很緊張的。」

特洛嵐點點頭，柔聲說道：「好啦！我們別再沉浸在過去了，挑重點的說吧！」

伯蘭絲冷聲說道：「當時鳲鳩婆婆並沒有回答虎頭蜂的問話，只是自言自語地說道，『原來你們不知道，可老身心裏清楚得很，老身都不知道自己是什麼時候開始對虎頭蜂感興趣了，哦不！現在應該說是有特殊的癖好吧！老身總想著把虎頭蜂全部給抓過來。』她的聲音充滿了惡毒，陰沉無比，我跟特洛嵐兩個聽了之後，當時心裏也是一陣寒冷，彷彿她跟虎頭蜂有什麼深仇大恨一般。」

特洛嵐接口說道：「我們當時推敲了一番才明白其中原委，原來森林裏本來是有很多被我們鳥族驅趕到邊境地帶的虎頭蜂，他們在這裏生存，可是卻在無意中碰到鳲鳩婆婆，結果就不斷地被老巫婆殺死或是抓住。看來那老巫婆對虎頭蜂還真是有特殊的癖好啊！」

楚天一臉愣然，結巴道：「那鳲鳩還真的對虎頭蜂……真是大千世界無奇不有啊，又可以說是一物降一物，還可以這麼說……」他正待要說一大通，卻被伯蘭絲瞪回肚子裏。

特洛嵐笑著說道：「楚天，你就別在這個時候向我們賣弄你肚子裏的那點貨了，我們等一會兒就到森林裏去找鳲鳩婆婆，希望能幫寨子渡過這個危機。」

楚天點點頭，說道：「那好，事不宜遲，我們把寨子裏的事安排一下就去。」

獨眼說道：「我這就去召集所有的兄弟，讓他們在我們走的這段時間守好寨子。」

伯蘭絲搖搖頭，說道：「你就不用去了，還是守在寨子裏吧！去了也沒什麼幫助，再說這裏還要有指揮的才行。」見獨眼還在猶豫，伯蘭絲向楚天示意。

楚天拍拍獨眼的肩膀，說道：「還是聽伯蘭絲的吧！我們走了之後，你們在寨子裏守好這三隻蟲族殺手，還要你們拷問呢。」話才說完，兩隻雙鉤異翅蠹同時離地而起，手上突然出現一個彎鉤似的武器，發出淡淡的黃色光芒，浮在他們的手上。

兩蟲將手上的彎鉤猛地一甩，抛向空中，彎鉤浮在空中，一時間黃光大盛，霎時，整個房間充斥著萬千道黃色光芒，他們則向門口飛去。

特洛嵐冷冷一笑，雙手立即變成翅膀，驀地在他身後出現一雙銀白色的翅膀，他居然動用了高級羽器虯鼉翼，陰沉地說道：「居然還有高級蟲器鐵鼂蟲鉤，看來你們的身分不低啊！」

伯蘭絲翅膀上藍芒勃發，翅膀上的羽毛根根豎起，彷彿擁有自己的靈魂一般，虛幻著脫體而出，霎時，萬千幻化出的碧色羽毛如孔雀開屏，閃耀著無窮光芒，光華一閃，蓬地房間裏一亮，一柄巨大的閃爍著碧芒的羽刀瞬間組合而成，橫在門口，她冷冷地說道：「想走?先過了我的碧波粼羽刀吧！」

碧波粼羽刀是伯蘭絲所擁有的高級羽器，能斬殺敵人於十里之內。

楚天體內九重禽天變自如運轉，一雙翅膀泛著黃光將身子遮住，但也只能勉強地使自己不受到蟲器的攻擊，露出雙眼看著地上的一點金剛鑽，急聲說道：「獨眼，你躲在我身後！」

獨眼只覺得自己的身體不由自主地向浮在空中的鐵贔蟲鉤移去，心裏一驚，顧不得去擋將要刺向自己尖銳的黃色光芒，搧動翅膀就向楚天身後飛去。眼見光芒要穿體而過。

特洛嵐背後銀白色的羽器虯鼉翼微微顫動著，隨著他翅膀的擺動而向側面延伸著將浮在空中的高級蟲器鐵贔蟲鉤籠罩。

伯蘭絲眼睛藍光大盛，羽刀一橫，劈向兩隻雙鉤異翅蠹，同時翅膀一甩，幫獨眼擋住即將穿體而過的毫光。

楚天看得真切，大聲說道：「伯蘭絲，多謝你救我兄弟！」趁著伯蘭絲擋下的瞬間，他將獨眼拉到自己身後。

伯蘭絲微微一笑，說道：「就是我們衝進來時救了你一命你都沒謝我，現在居然爲了隻弱小的天牛跟我說謝謝。不過你謝錯了，我是爲了崽崽才救他的。我可不想崽崽醒過來看不到這隻天牛。」

楚天笑著說道：「那我就代崽崽謝你！」

特洛嵐嘴角彎起一絲殘酷的微笑，說道：「伯蘭絲，地上的一點金剛鑽留著就行了，這兩隻蟲屢次冒犯我們，殺了！」

伯蘭絲看著懷裏熟睡的崽崽，說道：「凡是對崽崽有一點傷害的，都只有死！」她眼中殺機一現，碧波粼羽刀碧芒一漲，毫不留情地將兩隻蟲族殺手橫斬爲兩截。

獨眼躲在楚天的身後，滿臉震驚地看著兩隻鴕鳥，喃喃自語道：「居然這麼厲害，老子算是長見識了！」

楚天小聲地說道：「我剛才探視過了，這還只是他們的七成力量，要是完全爆發，我們都會被殃及的。」

獨眼臉上驚訝之色更盛，結巴道：「這……這才七成，天哪！什麼時候我要是有他們七成厲害就好了。」

沒出息，老子想的是把他們兩隻鴕鳥狠狠地踩在腳下，每天痛扁十次。楚天心裏是這麼想著，嘴裏卻說道：「獨眼，只要你好好修煉，就一定能行的。」

伯蘭絲收回碧波粼羽刀，朝躺在地上的一點金剛鑽冷冷地說道：「醒了就起來，若是想逃走，儘管試試！」

特洛嵐的翅膀又幻化成手臂，虛空一抓，將兩柄鐵贔蟲鉤抓在手裏，笑著說道：「這就是蟲族的高級蟲器鐵贔蟲鉤？照我看也不怎麼樣啊！」他手上藍光一閃，將鐵贔蟲鉤罩在其中。

楚天翅膀合攏，走到一點金剛鑽面前，一爪子踩上去，賊笑著說道：「死蟲子，你還裝死？剛才寒芒怎麼沒殺了你！」

一點金剛鑽睜開眼睛，眼裏透出恐懼之色，臉上的肌肉不停地抽搐著，嘴裏嘰嘰咕咕地說了一大堆楚天聽不懂的話。

楚天腳下用力，不耐煩地說道：「你唧唧歪歪地都說些什麼呢！老子聽不懂。」

伯蘭絲說道：「楚小鳥，他講的是蟲語。獨眼，你是蟲族的，應該能聽懂，你去跟他說。」

楚天怒道：「伯蘭絲，跟你說了多少遍，不准叫我楚小鳥，我叫楚天。」

伯蘭絲臉上笑意盈盈，柔聲說道：「你是不是要我先將你打得連自己都不認得了，再叫你楚小鳥啊！」

楚天臉漲得通紅，又不敢發作，聽到獨眼在身後偷笑，不由怒道：「獨眼，你爺爺的，還不過來聽這隻蟲子說什麼。」

特洛嵐笑著說道：「先等等，伯蘭絲，先把他體內的力量全部封了再說。」

伯蘭絲一甩翅膀，羽毛豎起，發出幾道藍光，射向地面的一點金剛鑽，說道：「好了，獨眼，現在可以了。」

楚天放開爪子，說道：「就讓獨眼問他的口供，我們現在就去找鳩鳩老巫婆，這邊有獨眼跟坎落金兩兄弟，應該能守一陣子的。」

特洛嵐點點頭，說道：「這樣也好，我們這就去吧！」

楚天對獨眼說道：「獨眼，我們走了之後，你率手下的天牛弟兄一定要守好這裏，還有，我新收的兩隻獸族飱豹力量不凡，我要他們協助你守好這裏，一定要等我們回來。」

獨眼點點頭，臉色鄭重地說道：「老大你就放心地去吧！」

楚天一巴掌搧過去，笑罵道：「老子又不是去死，你搞得這麼嚴肅幹嘛？」

楚天才一出門，只覺得面部一寒，緊接著眼前碧芒大盛。他連忙振翅飛起，同時爪下靈禽力運轉，淡淡的黃色光芒銳長，虛空之中出現一雙大大的爪影，不停地橫撕豎抓。

只見遠處一隻體形頗大的怪物拍打著翅膀，銅鈴般的大眼透出殘忍的光芒，凹凸不平的臉呈蠟黃色；露出兩顆獠牙的嘴巴時不時張開，噴出一團黑氣；胸膛盤根起伏的塊狀肌肉強橫，胸前一對對觸手張牙舞爪，身著深黑色戰甲，每一根觸手上的護手均帶倒刺。

頭頂上一道碧色彎月，發出淡淡的青色，煞是好看。只是一瞬間，碧色彎月蓬地發出無數道新月般的碧芒，遮掩了天地。

碧芒形如新月，如雨般鋪天蓋地。霎時，到處都是炫目的碧芒，將陽光都遮蓋住。在空中停頓一下，然後帶著呼嘯之聲向楚天他們飛來。

只聽得那怪物怪笑道：「本座是蟲族巨型龍虱兵團的格夫列將軍，你們三隻鳥人居然有膽硬闖我們偉大蟲族的軍團，可是欺負蟲族無蟲嗎！今日就叫你們死無葬身之地。」

伯蘭絲冷冷地說道：「居然是蟲族龍虱家族，看來力量還真是不弱啊！」

楚天疑惑地問道：「這麼醜的蟲子用的月亮形的兵器是什麼呢？」

特洛嵐大聲說道：「這是蟲族龍虱家族的高級蟲器，看來我們衝進山寨的時候阻擋的百腳天龍兵團，只是蟲族派遣出來的其中一個兵團而已。」

楚天定下心神，靈禽力鋪展，仔細地探查著周圍的情況，這一探，他不由吃驚不已，大聲地說道：「特洛嵐，怎麼會有這麼多的蟲子？而且還不止一個種族的。」

伯蘭絲幻化出一雙藍色的大翅膀，運轉自如，羽毛根根覆著碧芒，猶如利刃般剖開奪目亮麗的新月碧芒。

特洛嵐早已幻化出虯竈翼，不停地衝殺著，說道：「屏住呼吸，飛蛾家族的中級蟲器千面盜毒也現世了。」

與此同時，龍虱將軍格夫列身旁嗤地出現一隻滿臉妖豔的飛蛾，臉上層層白粉向下掉，披散著的頭髮枯黃且長，直達腰際，身穿橙色戰甲，將身材映襯得玲瓏凸現，搧動著翅膀，杏眼之中滿是殺氣，冷冷地注視著楚天他們。

在她搧動著的翅膀交集處，一個黑色的圓球不斷圍著她旋轉，散發著淡淡的黑光。

只聽她尖銳的聲音響起：「本座是蟲族大地老虎軍團的勞瑞恩將軍，你們都留下自己的命吧！咯咯……」

在寒氤千葉箭發出無數道新月之後，圓球越轉越快，氤氳出一團團黑霧，空氣中瀰漫著一股淡淡的腥臭味。

雖然是塵土飛揚，但依舊可以看到空中一道道薄如蟬翼的刀狀白芒飛來，上面覆著有如實質一般的灰色，同時空中新月狀的碧芒也暴增，穿梭在刀狀白芒間向楚天他們衝來。

一排排張牙舞爪的龍虱士兵面色猙獰地向他們衝來，大大的頭顱彷彿沒有脖子般跟胸腔連在一起，翅膀鼓動卻並不飛起。地面的塵土被他們衝擊得漫天飛舞。

特洛嵐首當其衝，最先殺進龍虱陣營。只見他翅膀翻飛，片片羽毛如刀鋒般切向龍虱士兵。

楚天眼尖，發現空中隱約有翅膀搧動，大聲道：「特洛嵐，小心空中的蟲族士兵。」

伯蘭絲沒有再向前衝，一隻翅膀護著崽崽，另一隻翅膀一甩，碧波粼羽刀現身，斜斜地護在崽崽面前，臉上露出少有的嚴肅之色，說道：「這是飛蛾，先以龍虱士兵擾亂我們的視線，再以最擅於偽裝的飛蛾出其不意地攻擊我們，看來這次我們是很難衝出去了。」

楚天只能勉強擋住龍虱家族的中級蟲器寒氤千葉箭的攻擊，雙爪不停地幻化出爪影隔空抓向地面的龍虱士兵，不多時便漸感體內靈禽力缺少。

獨眼透過寨子裏的孔眼看著外面的情況。龍虱士兵在特洛嵐的強大攻勢之下雖然死傷慘重，卻仍然前撲後繼，只見增加，絲毫未見減少。地面不時地泛著黃光，看來是百腳天龍兵團的蜈蚣士兵伺機偷襲。四面八方都有飛蛾士兵，在灰黃色的塵土裏只能隱見身形。

他幾次都想衝出去幫忙，但一想到楚天說過的話，不由按捺住心裏的衝動。

伯蘭絲用碧波粼羽刀護住崽崽，幻化出來的翅膀卻不斷地擊殺著空中的飛蛾，大聲地說道：「特洛嵐，先退回來，蟲族士兵太多了，恐怕難以衝出去。楚天，你小心，空中可能不止一種蟲族士兵。」

楚天咒罵道：「他爺爺的，怎麼會有這麼多的蟲子，什麼？還有其他的蟲族空中力量？那老子豈不是要死在這裏？」

特洛嵐且戰且退，不多時翅膀上全是鮮血，他退到伯蘭絲身邊道：「崽崽沒事吧？」

伯蘭絲點點頭，說道：「崽崽沒事，可是我怕我們堅持不了多久，蟲族這次居然派出這麼多的軍團，我們還是要先退回寨子再作打算。」

特洛嵐的翅膀上黑芒大盛，又暴漲數尺，自動地將新月碧芒跟刀狀白芒格擋在外，嘴裏笑著說道：「也只能這樣了！」看了看疲於應付的楚天，臉色一變，說道：「又是雙鉤異翅蠹。」

伯蘭絲回過頭，見空中一片黑影衝向楚天，忙把翅膀一動，碧波粼羽刀夾雜著尖銳的呼嘯聲斬向楚天背後。

特洛嵐翅膀上靈禽力運轉，根根羽毛上均是覆滿藍芒，張開的翅膀上猶如刀片一般的羽毛倒豎著。一大一小兩雙翅膀自如地斬殺著衝上前的龍虱。

伯蘭絲解過楚天之圍，碧波粼羽刀突然向地底飛去，破開地面，只聽得慘叫聲不斷地從地底發出，她冷笑道：「蟲族兵團現在真的是越來越強橫了，地面、地底、空中三路配合，想不斷殺敵人都難啊。」

楚天運起體內所剩無幾的靈禽力，如電般飛到特洛嵐他們旁邊，喘著氣說道：「不行，蟲族士兵太多了，我們根本就無法衝出去。」

特洛嵐擋著蟲族蟲器的攻擊，眼神冰冷，說道：「蟲族的蟲器倒是個不小的威脅。這麼多年來，蟲族能將軍隊練到現在這種地步，真不容易哪！我們先退回寨子再說。」

楚天回頭看了看，翅膀斬開一隻龍虱士兵的身體，無奈地說道：「恐怕我們想退回去都難啊！你們看後面。」

不在少數的雙鉤異翅蠹士兵、虎頭蜂士兵獰笑著正向這邊衝過來，地底黃光時現，蜈蚣士兵在地底圍著他們。

特洛嵐眼睛裏藍光大盛，恨聲說道：「居然斷了我們的後路，我特洛嵐就不信衝不出去。」說完，猛地發力，幻化成原身，蚪鼊翼又漲大少許，翅膀上的羽毛藍芒銳增，發出

嘶嘶的聲音。

伯蘭絲的碧波粼羽刀破土而出，圍著伯蘭絲周身旋轉斬殺著蟲族士兵，上面碧芒同樣大盛，夾雜著蜈蚣的血液，顯得霸氣而恐怖。

楚天依照學自特洛嵐他們的靈禽力運轉方法，一擊一殺之間儘量地不浪費靈禽力，一時間他翅膀上的黃光漲大，彷彿是凝結在羽毛上。

饒是如此，楚天也應付得極其吃力。幾隻蜈蚣覷準機會破土而出，幻化成原形，前足似鉤狀，閃著點點暗芒，顯然蘊有劇毒。同時空中幾隻虎頭蜂成合圍之勢向楚天攻來。

楚天心裏暗想：「完了，老子都還沒來得及享受鳥人世界的美女，就要死在幾隻蟲子手裏了。」正要拚起餘力做最後一搏，突然空中一片炫麗的白色雨針劃破昏暗的天空，直直地向蟲族士兵飛來。

白色針芒貫穿圍攻楚天的蜈蚣以及虎頭蜂的身子，霎那間，蟲族士兵就像是篩子一樣，不甘地睜大兩眼死去。

楚天驚異地抬起頭，只見半空之中出現一隻全身雪白的仙鶴，他兩鬢雪白，長眉星目，一襲白衣飄然而動。在他身後，數十隻灰色大雁肅然飛著。那些大雁均是人頭鳥身，清一色地都穿著白色盔甲，一望即知都是中層高手。

楚天一見，不由大喜，高聲說道：「寒克萊前輩，多謝你出手相助，來得正是時候，不如再助我一臂之力。」

特洛嵐沉聲說道：「這隻仙鶴的力量已經達到焚煞後期，是個高手啊！楚天，你怎麼會認識他呢？」

楚天頭也不回地說道：「現在還不是說這個的時候，等殺退蟲族再說。」

空中，長眉仙鶴寒克萊優雅地微笑道：「我此次前來正是爲了這群多年來一直隱匿於地底卻突然現世的蟲族兵團的，不想卻碰到楚天小友！」不容楚天再說話，他輕喝一聲：「布鶴雁天心陣！」眾大雁齊聲應答，轉眼即以寒克萊爲中心擺成六芒星狀的奇怪陣形。

楚天看得奇怪，不由問道：「鶴雁天心陣？這是什麼陣法？」

伯蘭絲冷聲說道：「鶴雁天心陣是鶴族獨有的陣法。鶴族陣法在鳥族中最爲厲害，他們的種族異能天生就能布陣破陣，這種陣法能增加所有陣中鳥人的攻擊力量。」

楚天還要說，幾隻虎頭蜂已衝過來，狠狠地刺向楚天。特洛嵐翅膀一擺，將他們攔腰斬斷，說道：「現在鶴族高手到了，我們就配合他們滅了這些蟲族軍團。」

寒克萊大聲說道：「楚天，你們先殺地面的龍虱士兵，空中的就由我們來解決。」楚天高聲應道：「好！」

伯蘭絲碧波粼羽刀又一次斬向地底，凡是碧芒閃過之處，地面不斷裂開，鮮血冒出，無數聲慘叫宣告著蜈蚣士兵的死傷之重。

特洛嵐說道：「我先去滅了龍虱家族的寒氤千葉箭和飛蛾家族的千面盜毒。」說完，用力一掙，滿臉狂傲之色，幻化出來的虯竉翼倏地前後搖擺起來，看起來就像是兩柄巨大的刀，刀鋒之上覆著清晰可見的銀白色光芒。

伯蘭絲看著特洛嵐的背影說道：「你自己小心！」碧波粼羽刀收回，自如地轉動著護在崽崽身邊。

寒克萊大喝一聲，說道：「大膽蟲族，居然敢公然進攻我鳥族領域，可是欺我鳥族無人！」聲音如殷雷滾滾，蓋過全場的打鬥聲。

蟲族此次派出的兵團中少有能聽懂鳥語的，是以根本沒有蟲族將領出來答話。只是眾蟲族士兵見又多了不少的鳥人，馬上分散出大部分空中飛行的士兵去對付新來的寒克萊。

楚天大笑道：「前輩看來還是很受這些蟲子的歡迎嘛！你一來，幾乎所有的蟲子都去你那裏了。」

寒克萊大笑道：「沒想到多日不見，楚天小兄弟說話厲害不少啊！等一下敘舊不遲，先看我如何破敵。」

老子當時是怕你了才不敢亂說話，現在可不同了，我起碼也是個羽爵，開個玩笑總是可以的吧！楚天心裏暗暗想著，笑嘻嘻地說道：「如此就有勞前輩了，我也樂得休息。」

第十章 仙鶴神針

空中。

寒克萊一聲清嘯，全身紫光大漲，以他爲中心向四周的大雁擴散，同時周圍的大雁身上則透出柔和的白色光芒，迅速地吸收著紫光，方圓十里之內都是紫白色的光芒。

六芒星猛地漲大，光芒迎上湧著殺氣的龍虱士兵。

楚天驚訝地看著天空，所有的龍虱士兵都是扭曲著身體，臉上肌肉抽搐著，雙眼露出驚恐的神色。他奇怪地自言自語道：「怎麼還沒打就成這個樣子了？」

伯蘭絲看了一眼空中，冷冷地說道：「鶴族的鶴雁天心陣只針對那些對他們動了殺機的敵人。紫白色能加倍吸收他們的殺氣，轉換成陣法反擊的力量。」

楚天咂舌道：「這也太厲害了吧！要是我手下的天牛戰士能練成這種陣法，那我豈不是爽死了。」

伯蘭絲嘲弄地看了一眼楚天，見他正一臉奸笑地看著寒克萊，心裏一陣無奈，這楚小鳥，難道不知道鶴雁天心陣只能由鶴族及其下屬大雁才能練的嗎？不過她可懶得理會楚天，轉過頭又專注地看著特洛嵐。

特洛嵐眼中藍芒有如實質般射向格夫列，虯鼉翼配合著眼神爆發出驚天的氣勢，勢如破竹般斬過去，空氣滋滋作響，燃放出一排排小小的火花。

格夫列肝膽欲裂，頭頂的寒氤千葉箭也因爲他的恐懼而光芒逐漸黯淡下來，虯鼉翼斬到。勞瑞恩身形才動，正要解救格夫列，迎面一股鮮血噴洩在她的臉上。

格夫列被斬爲兩截。

論實力來講，格夫列雖然比特洛嵐要弱，但也不會一招就死在特洛嵐的高級羽器虯鼉翼之下。一則他未戰先怯，實力發揮不出六成；二則虯鼉翼爲所有光芒殺傷類武器的剋星，不但能將所有攻擊的光芒吸附，更能將攻擊附體返還出去。

伯蘭絲露出一臉的微笑，看著滿臉剛毅的特洛嵐，眼裏只有無限的溫柔。好像是感應到伯蘭絲的溫柔，特洛嵐也看著伯蘭絲，眼中藍芒退去。

勞瑞恩怎會放過這麼好的機會，披散的頭髮驀地根根豎起，上面縈繞著淡黑的霧氣，橙色戰甲上覆著的靈甲突然張開，雙手護甲上多了兩片半弧形的刃，漆黑的刃身現出一條橙色的線條，與她的戰甲融爲一體。

勞瑞恩振翅打向特洛嵐的胸口，刀刃暴漲數尺，幽冥光泛現，速度快如疾風，臉上浮出一絲冷笑：「與蟲族作對，去死吧！」

伯蘭絲右翅一展，碧波粼羽刀破土帶起掀起層層土浪斬向勞瑞恩。若是勞瑞恩不閃躲，這一招必定會要了她的命。

特洛嵐卻不慌張，朝著伯蘭絲微微一笑，蚪鼋翼自動護體，在空中劃出一道銀弧，恰擋在胸前。

勞瑞恩手上弧刃停在特洛嵐蚪鼋翼之前，動彈不得。特洛嵐一臉冷漠地看著她，彷彿是看著一個待宰的獵物。勞瑞恩突然露出詭異的笑容，一字一頓地說道：「無知的鳥人，你不知道千面盜毒是毒器嗎？」

刀刃上黑芒散去，飄在空中，形成一隻小箭，射向特洛嵐的腦袋。隨之她只覺得後面寒氣透體襲來，刀刃瞬間收縮，千面盜毒幻化的靈甲驀地在背後凝結成盾。

特洛嵐臉上冷漠之意不變，嘴裏冷冷說道：「卑鄙的蟲族，你難道不知道高貴的鳥族羽器能自動護主的嗎？」蚪鼋翼剩下的一邊翅膀銀芒大盛，擊斷小箭後立即削向勞瑞恩。

這一切只在瞬息之間完成。碧波粼羽刀剖開盾插入勞瑞恩的脊背，特洛嵐的蚪鼋翼將她斬為兩段。

特洛嵐快步跑回伯蘭絲身邊，蚪鼋翼收回，護在兩人周圍。伯蘭絲翅膀一擺，碧波粼羽刀歡快地旋轉著。

鶴雁天心陣之下，龍虱士兵還未靠近大雁就紛紛落地慘叫不已。一部分雙鉤異翅蠹與飛蛾依然是毫不畏懼地衝上去，身形隱在紫白色光芒中。

楚天大聲說道：「怎麼回事，這些雙鉤異翅蠹居然一點事都沒有，還有飛蛾，怎麼都沒事？居然還能這麼生龍活虎地殺上去。」

特洛嵐笑著說道：「鶴雁天心陣有個缺點，就是機動性差，對付靈活度不夠的一些蟲族士兵還行，一旦碰到靈活多變的戰士，就不能很好地發揮出作用了。」

伯蘭絲接口說道：「這隻仙鶴應該觀察過全場的形勢，他既然擺出這個陣，就一定有對付他們的方法，我們看著吧！」

寒克萊雙眼精光內斂，只聽見他輕喝一聲：「褶光！」紫白色的光芒結成一個半透明的平面，陽光穿過平面，變成純紫色的利箭，射向空中的雙鉤異翅蠹戰士。

特洛嵐微微頷首，不待楚天發問就說道：「鳥族各大家族中，鶴族擅長陣法，能通過陣法借自然萬物之力爲己用。」

暈，幾隻鳥居然還能用陣，老子一個人都沒這麼強悍，楚天心裏暗暗鬱悶，說道：「鶴族居然這麼強！這次監視血虻沼澤不會像我們想的那麼兇險了。」

利箭毫無阻隔地穿過雙鉤異翅蠹戰士身上厚厚的盔甲，然後在戰士的背上擴散開來，中箭者痛苦地掙扎著掉落在地。

特洛嵐看著寨門前的一群虎頭蜂戰士，冷笑著說道：「聽說虎頭蜂戰士一向悍不畏死，怎麼今天沒見到全體過來攻擊呢？」

楚天嘿嘿一笑，說道：「這個還不簡單，你看看這場上，這麼多的同族屍體，血流成河，就是我也只能閃了，何況是一群沒腦子的虎頭蜂！」

將近一個小時的打鬥，埋伏在寨門外面的蟲族兵團幾乎被消滅殆盡。地面被伯蘭絲的碧波粼羽刀斬出一條條縱橫交錯的溝壑，遍地都是蜈蚣士兵的屍首。大地老虎軍團更是全軍覆沒，主帥勞瑞恩死在兩隻鴕鳥的羽器之下。雙鉤異翅蠹戰士則在最後一次衝擊之中完全被鶴族的鶴雁天心陣殺光。

伯蘭絲露出沉吟之色，說道：「恐怕沒這麼簡單，虎頭蜂這麼做，一定是要避免無謂的犧牲。」

楚天不屑地說道：「他們能有那麼聰明就好了，依我看啊，他們肯定是怕了。」

空中寒克萊說道：「撤陣！」所有的大雁斂去周身的白色光芒，紫芒同時收縮到寒克萊體內。

楚天高聲喊道：「前輩請下來一敘！」

伯蘭絲懷裏的崽崽，在藍芒之中依舊是甜蜜地熟睡著，嘴裏還不停地吧唧著。

寒克萊朗聲一笑，翅膀幻化成手臂，飄然落地。

他來到楚天面前，面現驚訝之色，說道：「楚小友，沒想到這才幾個月沒見，你的靈禽力居然能有這麼大的進展，九重禽天變已經練到第三重吧！」

楚天心裏暗暗佩服，居然能一眼就看出來，恭敬地說道：「這還得多謝前輩的厚愛，將奇學傳於晚輩。」

寒克萊微微一笑，拍拍楚天的肩膀，說道：「這門心法恐怕這世上也就只有你一個能學了。」不待楚天再說，他看著旁邊兩隻神色高貴的鴕鳥問道：「楚小友，這兩位是？」

楚天笑著說道：「忘了爲前輩介紹了，這兩位是……」他正要介紹，特洛嵐笑著搶先說道：「在下特洛嵐，這位是內人伯蘭絲。」伯蘭絲優雅地向寒克萊頷首示意。

寒克萊眼神掃過兩隻鴕鳥以及伯蘭絲懷裏的崽崽，心裏驚道：「久不出世的鴕鳥一族居然跟楚天在一起，伯蘭絲懷裏的小鳥能讓鴕鳥這麼在乎，但看起來不是他們的子女，莫非……」

他雖然吃驚，卻是絲毫不露聲色，說道：「在下寒克萊，忝爲丹姿城神殿翅爵，有幸得遇兩位。」

特洛嵐面帶微笑，說道：「翅爵大人過謙了！」

楚天笑著說道：「前輩，晚輩現在是黑雕城派下來監視血虻沼澤動向的羽爵，不知道丹姿城可曾派鳥下來？」

寒克萊笑著說道：「我們還真是有緣哪！本爵就是丹姿城派下來履行監視一職的翅爵，這些都是隨本爵下來的神殿戰士。」

楚天興奮道：「這樣就太好了，晚輩還正愁沒有經驗豐富的高人領導呢，現在有了前輩，那就放心了。」

寒克萊見兩隻鴕鳥跟楚天走得很近，而且楚天能在短時間內得到黑雕城神殿冊封的羽爵一職，心裏自然要對楚天重新估計，聞言笑道：「楚小友這是哪裏話，有兩位鴕鳥一族的高手在此，本爵哪裏還敢居大啊！」

特洛嵐說道：「翅爵大人客氣了，今天多謝翅爵大人拔刀相助。」

寒克萊擺擺手，說道：「特洛嵐兄可千萬別這麼說，本爵只是恰好路過，順便清理了些蟲族餘孽而已。」

楚天突然想到九重禽天變自己已經練到第三重了，後面的卻沒有心法，而寒克萊也說了他練完就可以找他，不由急急打斷兩鳥，說道：「前輩，不知當日你說的等我練完第三重，就繼續傳我後面的心法，可是真的？」

寒克萊笑著說道：「這是自然，我這就傳你第四重與第五重心法，第四重爲淆隱靈融變，五重是辟元耀虛變。」

特洛嵐與伯蘭絲相視一眼，特洛嵐微微點頭，說道：「兩位有事請慢慢聊，我們就先回寨子了。」

寒克萊笑著說道：「兩位請自便！本爵還有些事要與楚小友說。」

楚天可是迫不及待，連聲問道：「前輩，請快說心法呀！」

寒克萊面色一整，說道：「本爵也只知道九重禽天變前五重的心法，後面的就已經失傳了，至於第六重之後的，就只有靠你的機緣了。」

楚天心裏雖然失望，但隨即又想到自己才練到第三重就擁有了超過羽爵的力量，就算只有五重也不錯啊！連連點頭，說道：「晚輩知道了，前輩請快點告訴晚輩心法吧！」

寒克萊將四五兩重心法盡數告知楚天，最後鄭重地說道：「你能學這個心法也算是創了萬年來的一個異數了，也不知是好是壞。」

楚天迫不及待地依照心法就練了起來。寒克萊吩咐眾大雁在四周為楚天護法，自己則冷冷地注視著發生在楚天身體上的一系列變化。

楚天的翅膀完全張開，一爪離地彎曲，頭部仰天，擺出一個奇怪的姿勢。

不多時，他身上就泛著一層藍光，慢慢地向胸口的一團閃亮的藍球彙集，漸漸地，藍光越集越多，藍球也開始慢慢地溶進楚天的胸口。

楚天臉上舒適之色漸起，雙眼紅黑兩色交替變幻，其中隱隱現出藍色，雙翅上的羽毛根根豎起，羽毛上覆著的光芒銳長，發出嘶嘶的輕鳴聲。

陽光似乎也感應到楚天身上的變化，一道從天而降的藍芒將他罩在其中。

寒克萊滿臉驚訝地看著楚天身上發生的變化，面部的輪廓完全成人的臉型，充滿陽剛之氣；胸膛上的羽毛完全隱匿，肌肉棱角分明，恰到好處；翅膀上的羽毛漸漸褪去，取而代之的是一雙充滿力量感的手臂。

楚天運功完畢，舒服地伸了下手臂，空中藍芒頓時消失。他看著一臉驚奇的寒克萊，眼中紅黑兩色交替閃現，透出一股霸道的氣息。

寒克萊被他淩厲的眼神掃得心裏一驚，體內靈禽力自如運轉，抵抗著來自楚天的壓力，說道：「恭喜楚天小友力量更進一層。」

楚天伸出手臂一看，心裏驚喜莫名，大喜道：「前輩，這是怎麼回事，我怎麼成這個樣子了？」

寒克萊當然不知道楚天心裏想的是自己離人越來越近了，只當是他對現在的身體外形感到不適，不由笑著說道：「楚小友現在的力量已經達到翅爵的等級了，所以才會出現這麼多的變化，真是可喜可賀啊！」

老子終於快成人了，楚天對寒克萊充滿感激，聞言連忙說道：「這一切都是蒙前輩成全，晚輩感激不盡！」

寒克萊心道：「能在這麼短的時間內就領悟九重禽天變的要旨，這小子當真不能小覷了！以他現在的實力再加上身邊的鴕鳥所代表的勢力，若能拉攏過來，對我們仙鶴一族肯定是大有好處。」

一念及此，寒克萊從懷裏拿出一枚族徽，說道：「這是我仙鶴一族的族徽，現在本爵就將它送給楚天小友，你可別小看這枚族徽啊！它代表你是丹姿城仙鶴一族的貴賓了。」

楚天接過族徽，上面是藍底綴金色靈芝的盾形紋章。心裏想道：「竟然對我這麼好了，看來我現在是走運了。也好，我如果能得到丹姿城仙鶴一族的支援，對我以後的發展會大有幫助的。」

他裝出惶恐的樣子，顫巍巍地說道：「晚輩何德何能，能得前輩垂青，先前賜我心法，現在又贈我族徽。日後前輩若有任何吩咐，晚輩萬死不辭！」

寒克萊眼中得意之色一閃而過，笑著拍拍楚天的肩膀，說道：「楚小友過謙了，你現在可是跟本爵差不多的實力了，以後不要總是前輩前輩地叫，顯得生疏。如果不嫌棄就叫我一聲寒克萊大哥吧！」

楚天點點頭，說道：「寒克萊大哥，我們現在先去寨子再做打算吧。」

寒克萊微一沉吟，說道：「這樣也好，現在血虻沼澤附近的蟲族軍團十有八九已經被我們滅掉，剩下的就只有令人頭疼的虎頭蜂了。」

楚天奇怪地問道：「虎頭蜂還敢再回來？」

寒克萊歎了口氣，說道：「依我看，虎頭蜂是不會這麼輕易就放棄的！恐怕他們還會有進一步的行動啊！」

邊說邊走，不多時便進了寨子。

一路上楚天暗暗觀察，發現所有的虎頭蜂只是遠遠圍觀，並不上前攻擊，心裏對寒克萊及伯蘭絲的看法頗是不以爲然。

特洛嵐見到楚天現在的模樣，心裏暗暗吃驚，想道：「這九重禽天變的心法居然能在這麼短的時間內將力量提升得這麼快，而丹姿城的這位仙鶴翅爵居然將心法傳給楚天，看來我還是低估了楚天的實力了，崽崽跟著他，說不定還能在以後回綠絲屏城的時候得到莫大的援助呢。」

想到這裏，他看著伯蘭絲，正好對上伯蘭絲詢問的眼神，他微微點頭，笑著說道：「恭喜楚天了，現在的實力達到翅爵的等級了。」

那是，也不看看老子是什麼鳥？楚天真想抽自己一巴掌，怎麼現在心裏老想著自己是鳥了呢。他笑著說道：「這還得謝謝寒克萊大哥的成全啊！」

獨眼要不是看到這麼多的高手在，恐怕早就擁上前了，也直到現在他才能說上話：「老大，怎麼你又變了個樣子啊？」

楚天按捺不住心裏的狂喜，笑著說道：「獨眼啊！我現在的力量已經達到翅爵的級別了，形體就出現了現在的變化。」

獨眼撓撓頭，憨憨一笑道：「什麼時候我也能像老大一樣就好了，那我就能爲老大多分點憂了。」

楚天心裏大是感動，他重重地拍拍獨眼的肩膀，說道：「獨眼，會的，你一定會像我一樣的！」

崽崽早已醒過來，看到楚天走進來，斜著腦袋，咬著翅膀自言自語道：「奇怪了，怎麼我睡一覺，媽媽就變得好看了呢?那我再睡會兒，說不定崽崽也會變漂亮的。」

眾鳥皆大笑。楚天抱起小可愛，親了一口，說道：「崽崽，你可不能變漂亮了。」

崽崽撓撓頭，奇怪地問：「爲什麼?媽媽只准自己變好看，卻不要崽崽也好看，老子氣死了！」

楚天捏捏他的小臉，說道：「崽崽不准再在你老子面前稱老子，老爸告訴你啊，崽崽現在已經夠漂亮了，要是再漂亮那可怎麼辦呢?」

特洛嵐見寒克萊滿臉不解之色，笑著說道：「崽崽剛出生的時候見到的是楚天，現在就認了楚天做媽媽。」寒克萊大笑。

楚天正色問道：「寒克萊大哥，我們滅了蟲族的軍團，現在應該怎麼做?」

寒克萊沉吟半晌，說道：「血虻沼澤現在情況不明，我看我們先在這裏稍作休整。別忘了百足之蟲雖死不僵啊！」

特洛嵐點點頭，說道：「不錯，虎頭蜂軍團現在是蟲族派來的軍團中唯一一支實力完整的軍隊，我們不得不防啊！」

楚天不以爲然地說道：「不就是虎頭蜂軍團嗎？有什麼好怕的。獨眼，你吩咐弟兄們四處偵查下，看到有虎頭蜂出沒就回來稟報。」

寒克萊苦笑一聲，誰都看得出來楚天現在是意氣風發，眼中透出的不僅僅是狂傲之色，還有對蟲族的不屑一顧。

特洛嵐叫住獨眼，說道：「獨眼，你叫手下的天牛戰士最好是幾個一組出去查看。」

獨眼點點頭，就準備離開去召集所有的天牛戰士。

楚天大聲說道：「坎落金坎落黑兩兄弟呢？怎麼沒見他們過來？」

獨眼說道：「坎落金他們在幫忙修理寨子，老大，你什麼時候收的他們？嘖嘖，這力氣可不是一般的大。」

楚天笑著說道：「你老大我收的手下還能不行，你叫他們過來。」

崽崽在楚天的懷裏說道：「媽媽，你胸前現在沒毛了，崽崽趴著不舒服。」

楚天拍拍小可愛的臉蛋，說道：「崽崽，老爸現在力量又增強了，只是還不能很好地掌握怎麼變回去，等老爸熟練了，就變回去，崽崽一定會趴得很舒服的。」

崽崽摟著楚天，吧唧一口，親昵地說道：「崽崽就知道媽媽對崽崽最好了。」

特洛嵐與伯蘭絲相視一眼，眼神既是無奈又是欣慰，他們現在總算是相信不管楚天怎麼變，都會一直對崽崽好的。

獨眼帶著坎落金兩兄弟來到楚天面前，說道：「老大，我都吩咐下去了，除了十幾個在修理寨子的兄弟之外，其他的都分批出去察看了。」

楚天笑著說道：「好！」隨之恭敬地對寒克萊說道：「寒克萊大哥，這兩位是我在黑雕城收的手下，你看看怎麼樣？」他這樣做，主要還是因為寒克萊能傳給他適合自己修煉的心法，說不定也能幫著兩隻飧豹開發出種族異能。

寒克萊打量著兩隻飧豹，半晌才說道：「飧豹？特洛嵐兄，你怎麼看？」

特洛嵐露出嚴肅的表情，說道：「飧豹一族是以力量跟速度稱雄一時。在黑雕城的時候，楚天幫他們解除封印後也只是出現一種天生神力的異能。他們的速度絲毫不快，而且性情兇猛，我實在不明白怎麼會這樣。」

寒克萊眼中紫芒閃過，緩緩說道：「據我所知，飧豹一族的種族異能有兩種，一種就是你說的天生神力，可以開山裂地，平斬江湖河海；另一種就是速度，叫豹的速度，若是練到極致，能穿越一切。」

那豈不是比我的琉影御風變還牛?楚天咋舌道:「居然能這麼強!有什麼辦法能讓他們的種族異能完全開發呢?」

寒克萊看著兩隻飧豹兇狠的眼神,搖搖頭,說道:「我也只是在丹姿城的神殿圖書館裏看到過,至於開發的方法,鳥獸大戰已經萬年了,沒看到有文獻說明。」

伯蘭絲冷聲說道:「坎落金他們能認你爲主上,已經是獸族中的異數了。他們的獸心力早已失傳多年,現在他們所擁有的力量只不過是自己的本能,根本就沒有一絲的獸心。」

特洛嵐點點頭道:「要想他們的種族異能完全爆發,看來也只有找到適合他們修煉的心法才行。」

兩隻飧豹從過來到現在,就沒見過他們眨一下眼睛,甚至連身子都沒動一下,除了眼神中的凶芒閃閃爍爍。

楚天歎了口氣,說道:「我一定要找到適合他們修煉的心法,跟著我楚天的人,一定要有足夠的實力才行!」

伯蘭絲嘲笑道:「先想想怎麼讓你自己的力量增強吧!才剛達到翅爵的力量就這麼張狂,在我們鳥族裏,像你這般水準的,沒有一萬也有八千,你拿什麼跟人家鬥?」

楚天斜著眼乜著伯蘭絲,老子才修行多久,要是像你一樣都成鳥妖了還只到翅爵的水準，我還不如一頭撞死算了。

特洛嵐笑著說道：「楚天能在短短的一個月之內，達到常人窮盡一生都達不到的修行等級，已經夠讓我們這些修煉百年的鳥人汗顏了。」

寒克萊嘴角露出微笑，正待說話，卻聽得一聲急喊：「老大，有兄弟在外面探查時被虎頭蜂士兵所傷。」

楚天大怒，說道：「就憑一群殘兵也敢回來傷我楚天的手下！」當先向寨外衝去。特洛嵐和伯蘭絲擔心楚天懷裏崽崽的安危，緊隨其後向外跑去。寒克萊微微猶豫片刻，大手一揮，對手下的大雁戰士說道：「你們都跟本爵出去看看，盡力幫楚小友！」獨眼擔心手下弟兄們的安全，早已按捺不住翅膀一振，在大雁之前飛了出去。坎落金、坎落黑兩兄弟相覷一眼，手上武器一震，如一陣風一般出了寨門。

楚天也不知道心裏怎麼會突然憤怒，他騰出右手，只見一道黃芒閃過，手臂幻化成翅膀，上面的羽毛更加烏黑，只在表面上覆了一層黃光，隨著翅膀的自然揮舞，黃光帶出一道弧線，煞是好看。

崽崽眨巴著眼睛，抬起頭看著楚天，發現今天的媽媽比起以前好像大不一樣了，眼睛裏紅黑兩色異常分明，臉上的羽毛也盡都消褪，比以前要好看多了。

楚天目力超常，遠遠的就看到虎頭蜂士兵在空中盤旋。他體內怒氣未平，施展開蛻焱金剛變，將自己及懷裏的崽崽護住，右翅猛地一揮，隔百米向空中的虎頭蜂士兵斬去。

隨著翅膀的揮動，虛空之中一隻巨大的金黃色翅膀現出，挾著風雷之聲舞出一條金黃的匹練。

楚天心裏想道：「剛好想試試我的力量到底有了什麼程度的增進，你們這些愚蠢的蟲族士兵還真會挑時間吶！」

虎頭蜂士兵即使是在百米之外，也能清晰地感受到一股冷冽的殺氣，但虎頭蜂素以悍不畏死稱雄，他們眼中殘酷的凶光閃過，紛紛擺脫楚天靈禽力幻化出的翅膀帶來的壓力，振翅四下飛散。

隨之趕到的特洛嵐和伯蘭絲看到楚天憤怒的一擊，兩鳥相視一眼，都看到對方眼神裏的震驚。憑著幻化出來的翅膀竟然能有這麼強的氣勢，這楚天可真是不能小覷啊！

寒克萊一到，揮手大聲說道：「所有神殿戰士聽令！速速追捕逃逸的虎頭蜂。」一眾大雁應聲而起，展翅追向虎頭蜂士兵。

楚天見一擊不中，心裏對虎頭蜂士兵的速度以及應變也大是震驚，不再有小看之心。他收縮翅膀變回手臂，自如地退到特洛嵐身邊，說道：「看來我還真是小瞧了這群不怕死的虎頭蜂了，居然能躲過我的一擊。」

特洛嵐笑著說道：「虎頭蜂家族的種族異能能讓他們神經興奮，絲毫不畏懼死亡，這樣的話，他們的靈活性與應變性都比其他的種族要快許多。」

不多時，所有的大雁均飛回來，一隻虎頭蜂士兵都沒抓到。寒克萊歎口氣說道：「這群虎頭蜂還真是強悍，這樣都不能抓到一隻，楚小友，你可有什麼打算？」

特洛嵐插話道：「事到如今，也只有去找森林裏的鴟鳩婆婆了。」見寒克萊面露疑惑之色，特洛嵐解釋道：「翅爵來的時候，我們正打算衝出蟲族兵團的圍攻，去找鴟鳩婆婆幫忙消滅虎頭蜂軍團。」

寒克萊仍是面現懷疑之色，說道：「什麼鳥人居然能讓兩位如此上心？她能以一己之力幫我們除掉這群虎頭蜂士兵嗎？」

特洛嵐微笑著說道：「這是自然，事不宜遲，我們這就去找鴟鳩婆婆幫忙。」

寒克萊大喜，既然是鴕鳥一族所說的話，憑著他們家族傳承的記憶，一定是不會錯的。當下說道：「既是如此，那麼我們現在就出發。」

伯蘭絲說道：「鴟鳩婆婆性格孤僻，我們去多了反而不好，這樣吧！還請翅爵大人坐鎮寨中，楚小鳥隨我們去就行了。」

特洛嵐與伯蘭絲向寨子後走去，楚天大步跟上，問道：「到底鴟鳩婆婆在哪裏啊？」

特洛嵐沉聲說道：「百里之外！」

那麼遠，照你們兩隻鴕鳥的速度，我們什麼時候能到啊！楚天面上露出焦急神色，看著遠處一言不發。

伯蘭絲看到楚天，心裏不悅道：「楚小鳥，別以爲你能飛得比我們快。」

老子還真不信你們能快過我，楚天大剌剌地道：「伯蘭絲，你既然這麼說，我們不妨比試一下，看誰先到。」

特洛嵐笑道：「鳲鳩婆婆就在前面百里的森林裏一處湖泊邊上。」

楚天將懷裏的崽崽交給特洛嵐，雙手一振，幻化成禿鷹模樣，大聲說道：「特洛嵐，你照顧好崽崽，我就跟伯蘭絲比試一下，看誰先到湖泊。」自從手臂幻化成翅膀之後，他已經能勉強控制自己由半身人形完全幻化成戰鬥形態。

伯蘭絲冷冷一笑，說道：「楚小鳥，今天就叫你知道什麼叫速度！」她周身藍芒大漲，率先向前衝去，只見一道藍影劃過，已經不見伯蘭絲蹤影。

楚天體內靈禽力、琉影御風變運轉，全身黃光一現，翅膀一展，已如離弦之箭，在空中留下一條黃影。

特洛嵐揮揮手，皺眉道：「楚天這是什麼心法，怎麼還得放個屁才能飛，臭死了。」

他懷裏的崽崽捂住鼻子，說道：「特洛嵐叔叔，我們還是趕快追上媽媽吧！」

特洛嵐揉揉小可愛的頭，說道：「好啊！崽崽說怎麼辦就怎麼辦。」他運轉靈禽力，將崽崽護在懷裏，眼中藍光一閃，向前奔去。

等到楚天落在湖泊邊上時，伯蘭絲早已雙手抱胸站在那裏，眼神高傲地看著楚天。

楚天訕訕地說道：「原來你們鴕鳥一族居然還有這麼快的速度啊！」才一說完，背後就傳來特洛嵐爽朗的笑聲：「鴕鳥一族的異能遠不止這幾種，楚小鳥，現在你應該知道什麼叫速度了吧！」

楚天明白自己與他們的差距，心裏也就坦然，當下虛心地說道：「說的是，剛才跟伯蘭絲的比試之中，我發現你們在奔跑時也能不浪費一絲靈禽力，這是怎麼做到的？」

特洛嵐笑著稱讚道：「能在急速飛行中感覺別人的氣息及體內靈禽力的運作，還真是不錯。我跟伯蘭絲在幾十年前明白這個道理的，只有在不浪費絲毫靈禽力的情況下跟敵人對決，才能勝過自己的對手。」

楚天若有所悟，身體受到感應，九重禽天變心法由第一重的蛻焱金剛變到剛學的第四重淆音靈融變，不斷運轉，周身五彩光華流動，源源不絕。

不多時，楚天睜開眼睛，說道：「多謝特洛嵐指點！我們現在去找鳲鳩婆婆吧。」

特洛嵐微微一笑，說道：「不用找了，你剛才發出的氣息，一定能將她引出來的。」

果不其然，特洛嵐才講完，就聽到一陣如利芒過耳的鳴叫聲傳來，緊接著一連串急促的聲音響起：「什麼人？竟敢亂闖我鴟鴞婆婆的禁地。」

聲到人到，湖面上一陣波浪起伏，只見一隻大鳥立在湖面上，想必就是發話的鴟鴞婆婆了。

楚天仔細一看，鴟鴞婆婆半身已經化成人形，頭頂上灰白的頭髮披散著，額頭出奇地雪白，面部卻是深灰色；一雙陰沉的眼睛時不時精光閃現；烏黑的嘴唇微向前伸出，露出滿口殘缺不全的牙齒。身穿黑色長袍，上面夾雜著各種奇怪的圖案。手臂呈現出淡淡的灰色，隱隱現出皮膚下一條纏繞著的綠色絲線。

楚天走上前，說道：「在下是從血虻沼澤過來的楚天羽爵，想請……」話還沒說完，就聽得鴟鴞婆婆厲聲說道：「剛才這邊傳來的氣息，就是從你身上發出的？」

楚天只得點頭說道：「正是在下！在下這次前來是爲了……」

鴟鴞婆婆雙臂一擺，整個湖面上的湖水凝結成薄刀狀掀起斬向楚天，嘴裏喝道：「老身管你什麼羽爵翅爵的，居然敢來這裏顯威風。老身今天就要看看你到底有幾分斤兩。」

楚天心裏頗爲不悅，體內靈禽力運轉，雙眼透出自信的光芒，紅黑兩色格外分明。他雖然沒有羽器在手，但翅膀一搧之力足以開山裂石。

靈禽力透體而出，他身上的羽毛斜向下平平延展，靈禽力忽隱忽現，但卻讓人更加感覺到不可捉磨，渾身的氣勢絲毫不因爲靈禽力的強弱而減低。

水刀泛著陽光的七彩之色蕩漾出一道陰冷氣息席捲楚天全身。

楚天身子一縮一伸，翅膀交替著上下轉動，羽毛碰撞到水刀，一絲絲引著水珠向兩邊分開。突然，楚天的右翅猛地一甩，扭曲著轉動起分開的水珠，靈禽力暴漲，將水珠凝結成一把透明的翅膀狀大刀斬向鴟鴞婆婆。

鴟鴞婆婆冷哼一聲，原地不動，卻已幻化出原形，淡灰色的翅膀長而狹窄，有如兩柄尖槍的邊緣。驀地，她翅膀直刺，虛空之中空氣幻結出兩柄巨大的尖槍瓦解了楚天幻化出的大刀。尖槍去勢不減，綠色的槍頭彎起一道厲芒直刺楚天胸口。

楚天嘴角露出微笑，老子剛好拿你做試驗品，來看看我剛領悟的靈禽力用法是不是對的。他一動不動，雙眼光芒大盛，全神貫注地看著虛空之中的尖槍槍頭那一點綠。

翅膀前端的羽毛黃芒時現，發出嘶嘶的聲音，不停地抖動著。倏地，他的翅膀有如銀蛇舞動，準確無誤地迎上恰好刺向胸前的尖槍。

特洛嵐頷首笑道：「這楚天還真是有天分吶！伯蘭絲，你看我只不過是說了幾句，他居然就能領悟。」

伯蘭絲最不爽看楚天那副嘴臉，冷冷地說道：「那也不過是湊巧罷了！」

特洛嵐也不爭辯，笑著看著楚天，臉上讚賞之色大漲。

第十一章 巫靈鳲鳩

那一絲黃芒不但盡破鳲鳩婆婆虛幻出的尖槍，更離開羽毛在空中幻化成利箭射向鳲鳩婆婆。

特洛嵐讚歎道：「鳲鳩婆婆的力量看來也到了百變星君的等級了，靈禽力完全跟我們所用的不同，居然在沒有接受神光洗禮的情況下修煉到這個地步，真的是天外有天，鳥外有鳥啊！」

伯蘭絲也是感慨不已，說道：「不得不說這楚天的應變能力跟天賦之高了，竟然能憑空虛幻出像蚪鼂翼一般的元力翅膀。」

一直瞪大眼睛盯著楚天看的崽崽仰起臉，說道：「特洛嵐叔叔，崽崽什麼時候能像媽媽一樣全身都是光芒呢？」

特洛嵐親昵地拍拍崽崽的臉，柔聲說道：「崽崽很快就能像你媽媽一樣了，叔叔阿姨

很快就會教崽崽這些的。」

楚天也沒想傷到鳲鳩婆婆，見自己能這樣自如的運用剛學到的東西，他已經很滿足了，而且不是還有求於人嗎？這樣想著，他見鳲鳩婆婆擺手在湖面形成一面水牆擋下光箭攻擊後露出一個微笑，也不見他如何動作，空中只出現一連串的黃影，他已變成半身人形站在湖邊道：「鳲鳩婆婆，晚輩這次前來是想請前輩去為我們寨子消滅虎頭蜂士兵的。」

鳲鳩婆婆也不再攻擊，眼中露出陰冷的色彩，冷漠地說道：「老身年老體邁，哪能去消滅什麼虎頭蜂士兵。」

楚天見鳲鳩婆婆想也不想就拒絕他的請求，微微一笑，想道：「你再怎麼厲害也不過是個沒經歷太多勾心鬥角的孤家老巫婆。就是百變星君在我面前也難免被我耍，就你，我還不是想怎麼樣就怎麼樣。」

特洛嵐正要上前替楚天說話，卻被旁邊的伯蘭絲拉住，說道：「別過去，你沒看到楚小鳥眼裏的奸詐之色？他肯定有辦法讓鳲鳩幫忙的。」

楚天面露為難之色，說道：「原來傳聞不是真的！」說完搖搖頭，眼神飄忽不定，好像很為難的樣子。

鳲鳩婆婆眼中寒芒閃過，冷冷地說道：「什麼傳聞不是真的？」

楚天臉上神色一斂，說道：「傳聞中，鳲鳩婆婆一向以殺蟲族的虎頭蜂為樂，對付蜂族更是獨有一手，被稱爲當今天下第一蜂族剋星。今日一見，真是讓我們這些後生晚輩失望中吶！不過也難怪，現在的那群虎頭蜂士兵那麼悍不畏死，比起當年的虎頭蜂可是強了不止一倍，最讓我們頭疼的是他們的各種蟲器又是層出不窮，讓人防不勝防。」

鴟鵂婆婆眼中悲苦之色稍縱即逝，冷冷地說道：「是嗎！蜂族不是早已躲到地下世界去了嗎?區區虎頭蜂士兵，老身還不放在眼裏。」

楚天見她說話語氣有些鬆動，心裏暗喜，說道：「婆婆可別小看那些虎頭蜂士兵，比起你當年殺的那些虎頭蜂，這些可都是經過獸族高手訓練的兵團蜂。」

鴟鵂婆婆冷哼一聲，許多年沒有殺虎頭蜂了，眼前這隻鳥人看來力量也達到了焚煞前期，居然也說他們那裏的虎頭蜂難以對付，我何不前去一試，也叫他們知道老身的厲害！

楚天察言觀色，見鴟鵂婆婆眼中神色變幻不定，知道她是有些心癢難耐，忙添油加醋地說道：「那群虎頭蜂有了蟲器，無論是在攻擊還是速度上，都比以前快。」

頓了頓，看著鴟鵂婆婆表情篤定的臉，接著說道：「即使是那樣，我們對他們卻還是無可奈何，於是我就抱著萬分的希望前來請婆婆出山相助。唉……既然婆婆不願意，那我們也就不勉強了，特洛嵐，我們走吧！」

特洛嵐憋著笑，想道：「好你個楚天，居然用以退爲進對付這種心高氣傲的鳥人。」

鴟鵂婆婆眼中透出堅定神色，揮揮手說道：「誰說老身不願意去了?你在前面帶路，我這就跟你們走一趟，也好讓你見識見識老身的厲害。」

楚天單眼一眨，朝著特洛嵐露出調皮的笑容，隨即一臉恭敬地對著鴟鵂婆婆說道：「多謝婆婆出手相助。」

鴟鵂婆婆幻化成人形，冷哼一聲，跟在伯蘭絲後面向寨子走去。

楚天見鴟鵂婆婆願意相助，心裏又著急寨子裏天牛弟兄的安危，急急說道：「我們能不能以最快的速度回山寨呢？」

特洛嵐笑著說道：「我們就各運體內靈禽力，以最快的速度回到寨子，虎頭蜂太兇狠了，我怕寨子出什麼狀況。」

楚天鬱悶地說道：「特洛嵐，可別真給你這張烏鴉嘴給說中了啊！事不宜遲，我們加速回寨子。」

鴟鵂婆婆有心在他們面前示強，當下雙手後負，足下生風向前奔去，逐漸離地而起飛在空中。

楚天咋舌道：「這麼快？我們還沒商量好呢！」

特洛嵐撫摸著懷裏崽崽的毛髮，笑著說道：「看她的情況應該是使用了羽器吧！楚天你也別急，到時我給你物色一個好的羽器。」

楚天含糊地答應了，嘴裏說道：「我得先走一步了，我怕鴟鵂婆婆弄錯地方，白跑路。」說完一陣風一般向鴟鳩婆婆飛去。

殘陽西下，印染著天際的雲彩，幻化出各種瑰麗無比的圖畫。微風吹拂，帶起一絲絲雲彩的步伐。

寒克萊早已得到寨子裏的天牛戰士通知，說楚天他們帶著一名老婆婆回來了。不禁暗想：「這楚天做事毫不含糊，居然能在這麼短的時間內請到鴟鳩，看來將來前途不可限量啊！」雖然想著心事，眼睛卻是眨也不眨地盯著寨子外。

遠遠地就聽到崽崽歡快的笑聲：「獨眼叔叔，崽崽回來你都沒抱過崽崽呢。」

獨眼因爲寨子裏危機已過，心情也是大好，說道：「小可愛，那時不是忙嗎！來，獨眼叔叔抱抱，看我們的崽崽重了沒。」

寒克萊迎上去，笑著問道：「楚小友，這麼快就辦妥了？」

楚天朝他使了個眼色，說道：「這還得多謝鴟鳩婆婆抬愛，願意走這一趟。」

寒克萊豈能不會意，當下歎口氣，說道：「我們也是沒辦法啊！除了鴟鳩婆婆之外，哪裏還有鳥能對付蟲族最恐怖的虎頭蜂呢？」

所謂千穿萬穿，馬屁不穿，這個馬屁拍得可謂是恰到好處。走在楚天旁邊的鴟鳩婆婆臉上得意之色漸起，微微恭身，說道：「這位是從丹姿城下來的仙鶴？」

寒克萊點點頭，說道：「在下寒克萊，是丹姿城派下來負責監視血虻沼澤的。」

鳲鳩婆婆聽了寒克萊的話也不多問，臉色恢復冷漠說道：「其他不說，虎頭蜂現在動靜如何？」

寒克萊對鳲鳩的無禮不甚在意，說道：「就在楚小友去請你的時候來騷擾過，看來他們是準備好了要跟我們玩遊擊戰了。」

鳲鳩婆婆冷笑一聲道：「打遊擊?哼，只要他們再來，老身保證讓他們有來無回。」

「老巫婆，你也不怕大風閃了你的舌頭，在這裏胡吹大氣，你的力量跟老子也差不多。」楚天心裏對鳲鳩的說辭很是不屑。

寒克萊見剛才鳲鳩婆婆說話時語氣裏恨意叢生，心中想這是與虎頭蜂有大恨啊，這樣想著，他謹慎地說道：「不知道婆婆要多少人手，我們這裏人手還是充足的。」

鳲鳩婆婆掃視全場，重重哼了一聲，說道：「誰說我要人手的呀！對付區區虎頭蜂也要幫忙，也不怕墮了我鳥族的聲望。」

楚天臉上露出不悅神情，正要說話卻被特洛嵐制止，他運轉靈禽力小聲地對楚天說道：「先別急，鳲鳩婆婆既然都這麼說了，當然不會胡吹大氣，再說了，就算她不行，我們也沒什麼損失。」

楚天想想也對，暗哼一聲，在一旁站立不言。

寒克萊表面上露出敬色，說道：「那就請婆婆出手。」

靠！怎麼一個個比我還無恥，楚天不忿地想道：「都還不知道人家的本事就這麼恭敬，我看到時她不行你怎麼收場。」

鳲鳩婆婆雙手交叉，中指反向相觸，皮膚下面的那一條綠色的細線如泥鰍一般延伸到中指，連成一線，發出幽幽的綠光，彷彿要破體而出。

楚天推推特洛嵐，小聲地問道：「這是什麼東西？」

特洛嵐搖搖頭，疑惑地說道：「應該是鳲鳩婆婆的羽器吧！」

一直沉默不語的伯蘭絲突然開口說道：「與自身的氣血相連，是羽器沒錯，這種羽器的威力比同等級的要強上不少。」

鳲鳩婆婆此時站在寨門口，只見她手上的綠色細線交集成一體，纏繞著破體而出，霎時整個山寨都是綠芒縈繞。

這一動靜讓散在寨子各個地方的天牛戰士都面露驚訝之色，不知道出了什麼情況。

綠線在空中盤旋，像樹藤一樣不斷生長彎曲，漸漸在整個寨子上空結成一張綠色的網。

楚天看得眼睛都花了，咂舌道：「這是什麼羽器?這麼強！」

鳲鳩婆婆眼中戾氣大現，輕喝一聲：「紋蜂甕，隱！」話音一落，浮在寨子上空的綠

網瞬間消失不見。

楚天羨慕道：「有羽器就是囂張，我什麼時候才能有羽器呢！」見識了幾名高手的羽器之後，他心裏急切地想要個羽器，不說別的，威風啊！

寒克萊面色凝重，見鳲鳩婆婆羽器幻化完畢，便說道：「不知婆婆跟蜂族有什麼仇恨？」原來他對羽器有著天生的敏感，從鳲鳩祭出羽器開始，就感應到紋蜂鬣的力量。

他發現紋蜂鬣散發出的力量彷彿只是針對機動性極強的蜂族，又想及剛才鳲鳩婆婆說到虎頭蜂時語氣裏透出的仇恨，不由做出猜測。

鳲鳩婆婆一聽，眼中透出濃濃的恨意，尖聲說道：「當年我的兩個孩子就是被可惡的蜂族殺死的，我辛辛苦苦煉成紋蜂鬣這件高級羽器，就是專門對付該死的蜂族的。」

楚天感歎地搖搖頭，心中暗暗咋舌：「這鳥人可夠狠的，居然專門煉製對付蜂族的羽器，那可是要花費無數精力的啊。」心中雖是這樣想，但還是很佩服鳲鳩婆婆的，畢竟這種百年如一日將一件事情堅持下來，是需要很大勇氣的。

一直聽著的寒克萊此刻歉意地說道：「讓婆婆想起往事，真是過意不去！」

鳲鳩婆婆搖搖頭，說道：「老身跟蟲族有不共戴天之仇，從老身兩個孩子死後就發誓一定要殺光虎頭蜂一族。」

伯蘭絲與特洛嵐相視一眼，心裏的疑惑這才了然，原來這個看起來心理變態的老巫婆，竟然還有這麼一段淒涼的往事。

鳲鳩婆婆繼續悲聲說道：「百年了，老身一定要殺光虎頭蜂一族，我要讓所有的虎頭蜂都爲我的兩個孩子陪葬！」

「既然有這種事，老子剛才去請你來還跩得二五八萬一樣。」心中奇怪地想著，楚天嘴上卻說：「看來我這次找鳲鳩婆婆出山幫忙是對的，晚輩還在想打擾了婆婆清修呢！」

並沒有理楚天，鳲鳩婆婆只是惡狠狠的看著天空，臉上的神采有幾分惡毒的興奮。

不見鳲鳩說話，楚天心中腹誹著：「變態的人，性格果然夠怪異的。」

一旁的寒克萊聰慧地猜到楚天的心思，不忍看他遭冷遇所以接口說道：「蟲族向來都自私自利，當年爲了一己私利與獸族勾結，意欲顛覆我偉大鳥族的統治。」

雖然寒克萊是幫襯自己，但楚天卻對他的話很不以爲然：「這個世界本來就是強者爲尊，要是當初是蟲族統治，想必鳥族會第一個反抗。」

特洛嵐歎口氣，接道：「蟲族從萬年前被趕往地下世界開始就意圖重返地面，顛覆我們鳥族的統治。」

「守株待兔」的鳲鳩婆婆眼見沒有虎頭蜂撞進網裏，有些不耐煩，她打斷幾個人說道：「都別說廢話了，你們派些手下去將虎頭蜂引過來。」

寒克萊點點頭，對楚天說道：「楚小友，你派些天牛戰士去吧！對我的手下，虎頭蜂不會出動攻擊。」

楚天對老巫婆不是很信任，他不想讓手下的天牛弟兄去送死，正要說話，卻聽得特洛嵐笑著說道：「這個好辦！獨眼，你派幾名天牛弟兄四下散開，引那些虎頭蜂過來。但是一定要記住別離寨子太遠。不然我不好照應你們。」

楚天本要阻攔，聽到了特洛嵐的話，不由放下心來，特洛嵐既然都這樣說了，肯定能在一定的範圍內保證手下的安全。

獨眼望向楚天，楚天點點頭，說道：「將寨子裏穿著完好盔甲的天牛弟兄全部叫過來，我們安排一下。」

寒克萊笑著說道：「楚小友，你手下的天牛戰士裝備太差，這樣吧！這次血虻沼澤的事一了，我就回丹姿城給你手下的天牛戰士弄些裝備來。」

「要是老子手下的天牛弟兄死了，我要裝備又有什麼用？」楚天心裏暗想，嘴上卻說道：「如此多謝寒克萊大哥了！」

寒克萊笑著說道：「一點小事不足掛齒。」

此時，獨眼帶著十幾隻天牛戰士過來，對楚天說道：「老大，弟兄都帶過來了。」

楚天面色一整，鏗鏘有力地對站得筆直的天牛戰士說道：「弟兄們，相信你們也知道我叫你們來的目的了。虎頭蜂欺人太甚，我們放了他們一條生路，他們卻屢次進犯，現在你們的任務是出去引他們出現。」頓了頓，話鋒一轉，語氣緩和地說道：「這次任務頗爲兇險，因爲你們一個不小心就會把命送掉，我不勉強你們，願意爲我們的寨子出去的天牛兄弟請上前一步。」

凡是到場的天牛戰士都整齊如一地向前一步，說道：「願爲寨子捨棄性命！」

楚天面色一喜，大聲地說道：「你們都分散開，記住，一定不要離寨子太遠，我跟幾位前輩高手在後面照應。你們一見有虎頭蜂過來，就向寨子靠攏！」

眾天牛齊聲答應，各自出寨去了。

這段話聽在在場的幾位深諳官場之道的鳥人耳裏，自然又是另一番感覺。特洛嵐想道：「楚天現在是越來越能駕馭手下了。」

伯蘭絲則冷冷地想道：「哼！只會蠱惑手下的弟兄。」眼神中透出的盡是不屑。

寒克萊心裏大喜，想道：「說話能扣住手下的心理，句句在理。假以時日，必定能有所成就。」

楚天面色微沉，對幾個人說：「我得爲我手下弟兄的性命負責，我準備隨時接應。不管能不能滅掉虎頭蜂士兵，現在我絕不會看著手下的弟兄死傷。」

特洛嵐笑著說道：「楚天，剛才我已經答應了要照顧他們的安全，就一定會做的。」

除了冷漠不語的鳴鳩婆婆，伯蘭絲跟寒克萊紛紛表示願意隨時幫助天牛戰士脫困。

楚天點點頭，說道：「如此就多謝了。」轉身對站在他後面的坎落金、坎落黑兩兄弟說道：「你們守在獨眼旁邊，照顧好崽崽。」

坎落金一恭身，生硬地說道：「是，主上！」兩獸走到獨眼旁邊站好，一言不發。

獨眼才及他們肩高，望望這個，又望望那個，小聲地招呼著楚天：「喂！老大，你安排他們站在我旁邊，我有壓力啊！」

楚天沒好氣地白了他一眼，說道：「要不要試試讓他們壓壓！」獨眼忙把頭給縮了回去，摟緊懷裏昏昏欲睡的崽崽。

鴟鳩婆婆突然兩眼寒光閃過，陰沉地說道：「紋蜂黨有輕微的反應了，看來虎頭蜂將要出來了！」

一干實力出眾的鳥人都運轉靈禽力，將精神提到巔峰，注意著外面天牛戰士的情況。他們怕打草驚蛇，所以不敢出去。

楚天體內靈禽力向外擴張，他能感應到外面虎頭蜂士兵的悍勇之氣，空中瀰漫著肅殺之氣，看來這次虎頭蜂是全體出動了。

楚天心裏一急，「噗」地展開翅膀，蜺焱金剛變運轉，周身附上薄薄的一層金黃，做好戰鬥準備的他，看向仰頭閉目口中不知念叨著什麼的鴟鳩婆婆說道：「他們快靠近天牛戰士了，鴟鳩婆婆，你要怎樣對付虎頭蜂呢？」

並沒有立刻回答楚天的問題，在楚小鳥張嘴要罵娘的時候，鴟鴞婆婆才倏然睜開眼睛，暴射出兩道綠色精光，嘴裏一字一頓地說道：「紋蜂黨，現！」

異變陡生！

陽光失去熱量，顯得黯淡無光，整個寨子上空縈繞著一層幽幽的綠光，先前隱去的綠網突現，以極快的速度向周圍鋪展，霎時間，寨子方圓百米之內都罩在綠網之下。

楚天隱隱感覺到什麼，大喝一聲，幻化成原身，振翅飛起，整個身子一層金光，大聲說道：「所有在外的天牛弟兄統統撤回寨子！」他在空中釋放出靈禽力，一瞬間金光流瀉，靈禽力幻化出的翅膀輕輕搖晃著。

與此同時，特洛嵐祭出虯黿翼，幾十米的銀白色翅膀穿破綠網，而他自己也憑藉著靈禽力騰空而立，雙目暴射出藍色光芒，看著寨子外面。

一金一銀兩雙翅膀遙遙相對，散發出迫人的氣勢。

楚天凝神細看，寨子外面的天牛戰士差不多都已經擺脫群起而上的虎頭蜂士兵的圍攻，向寨子裏飛來。

他大聲說道：「伯蘭絲，快救我弟兄進寨！」伯蘭絲應了一聲，便向寨門奔去。

特洛嵐苦笑一聲，說道：「楚天那楚天，我都不知道說你什麼好了，這樣一來，虎頭蜂餘孽就更難清除了，到時死傷的天牛戰士可不止這麼多啊！」

楚天悶哼一聲，不理睬特洛嵐的話，全神貫注地盯著鴟鴞婆婆。

寒克萊站在鴟鴞婆婆身邊皺眉道：「婆婆，虎頭蜂被這麼一鬧，恐怕再難擒住了。」

鴟鴞婆婆陰陰一笑，低沉地說道：「只要他們進了這寨子周圍百米，老身就有辦法讓他們有來無回。」

楚天與特洛嵐相視一眼，見所有的天牛戰士均已安全回寨，正待要落地。這時，綠網光芒暴漲。

鴟鴞婆婆平空而起，雙手幻化成翅膀，不停地擺動，嘴裏喊道：「紋蜂黴，封！」

特洛嵐只感覺虯龍翼被一股力量束縛住，他驚異地仰頭望向上空，只見綠網片片絲線擴寬，形成一柄柄厚背刀，橫豎交錯著旋轉起來。

楚天低著頭看到的又是另一番景象了。

來犯的虎頭蜂士兵少說也有兩千，在他與特洛嵐騰空而起之時便四下散開，可是一飛到寨外百米之處就被一道道綠線擋住，無法再向外飛走。

楚天大喜，正要振翅去擊殺虎頭蜂，異變再起，那些由綠線形成的利刃好像活了起來，自動向虎頭蜂斬去。

頓時，虎頭蜂士兵連連慘叫著向後退，稍慢者立時被削斷尾翼，落於地面哀嚎不已。

這樣一來，卻也激起了虎頭蜂士兵的凶性，他們集結成團，翹起尾後的毒刺。

而同時，鴞鳩婆婆雙翅一振，從翅膀上散發出一道道極強的力量，泛著幽綠的光芒向外飛速而去。

特洛嵐不欲破掉鴞鳩婆婆的羽器，當下收起虯鼉翼，飄落到地，猶如閑庭信步般來到了伯蘭絲身邊。

寒克萊憑著種族異能能夠清晰地看到外面的情況，他臉上露出難以置信的神色，似乎不相信一隻鴞鳩能有這麼威力強大的羽器，至少是個高級羽器啊！

楚天專注地看著寨子上方的紋蜂鬣擋住虎頭蜂，一時也忘了要去擊殺。

所有的虎頭蜂集結在一起，圍成圓圈，不斷地在空中轉著，速度越來越快，在綠色利刃刺過來之前組成了一柄兩米來長的錐子，帶起周圍的空氣呼嘯著迎上綠芒。

楚天釋放出靈禽力，感應著虎頭蜂群的意圖，錐子散發著狂躁的氣息旋轉著一點點刺破綠色利刃。

寒克萊憑藉著天生異能感覺出這一點，心裏一動，大聲道：「這是虎頭蜂一族的高級蟲器破禦刺，是團體使用的蟲器，能將所有虎頭蜂的力量集中到一點上，並十倍放大。」

鴞鳩婆婆怪笑道：「破禦刺?沒用的，在我的紋蜂鬣之下，沒有虎頭蜂能逃出去。」

楚天聽到寒克萊的話，翅膀振動著，不由更加專注地看著虎頭蜂的行動。

其間，鴞鳩婆婆翅膀釋放出的幽綠光芒與利刃結合，光華暴漲，本來錐子鑽裂的縫隙轉瞬即合。

楚天喝叫一聲飛起，翅膀一振，一道黃色翅芒爆射而出，擊在錐子上將其斬斷，這一出手，他竟覺得自己體內的靈禽力好似又有增長，看來在戰鬥中確實能最好的提升境界啊，楚天心裏竊竊地想。

一擊不中，眾虎頭蜂士兵頓時被紋蜂鬣的綠色刀芒砍到，不過不知是不是這綠芒有思想，它們只砍中虎頭蜂的翅膀，並沒有傷及他們性命。

寨子外，無數的虎頭蜂紛紛折翼摔在地上，痛苦地呻吟著，再也沒有往日的兇悍，看著紋蜂鬣散發出的幽綠色光芒，眼裏透著恐懼。

寨子裏，鴟鵂婆婆落了下來，冷冷地說道：「派些天牛戰士去把活著的虎頭蜂都綁起來，老身要好好折磨他們，嘿嘿……」

寒克萊心裏一寒，眼中紫芒閃過，卻依舊是恭聲說道：「是，一切都依婆婆的意思。」他一揮手，說道：「來人啊！去把虎頭蜂們統統綁起來。」

楚天見虎頭蜂均被擒獲，心裏放下塊石頭，「嘿嘿，這就是搞老子的下場，蜂族的尾刺不是很強悍的嗎，還不是被老子一翅給斬了。」

楚天現在耳力視力都是精準無比，雖然身在空中，卻依舊聽到了鴟鵂老巫婆的話。他心念電轉，拍著翅膀飛到虎頭蜂聚集之處，仔細地觀察著倒地的虎頭蜂士兵。

十幾隻天牛戰士拿著繩索出來，挨個綁住虎頭蜂。
鳲鳩婆婆收起紋蜂蠹，朝楚天冷冷地說道：「現在虎頭蜂已滅，老身也該告辭了。」
楚天笑著說道：「多謝婆婆鼎力相助，晚輩感激不盡！獨眼，你帶手下的幾個弟兄將虎頭蜂們給婆婆送到森林中的湖泊岸邊。」
鳲鳩婆婆面色依舊冷漠道：「不必了，他們的速度太慢了，老身可不想浪費時間，你叫那兩隻飧豹來吧！憑著他們的天生神力再加上天賜的速度，跟著老身也能快點。」
楚天面露爲難之色，說道：「實不相瞞，我手下的兩隻飧豹都是只有蠻力的莽夫，還不能很好地開發自身的異能。」
鳲鳩婆婆一皺眉頭說道：「你把他們都叫到我面前來，老身要仔細看一看。」
楚天一揮手，說道：「坎落金、坎落黑，你們過來！」兩隻飧豹領命過來，面無表情地在鳲鳩婆婆面前站定。
鳲鳩婆婆盯著兩個飧豹看了半晌，沉沉說道：「能碰到你們，也算是緣分，老身就傳你們些獸族的心法吧！」
楚天驚訝地說道：「婆婆，你有獸族的心法？」
特洛嵐制止道：「楚天，鳲鳩婆婆既然這麼說了，憑她的身分，能騙你這個晚輩？」
楚天聽出特洛嵐話裏的意思，人家隱士都是自重身分的，不會爲了兩隻飧豹就自毀名

聲。當下一言不發，看著坎落兄弟。

鴟鳩婆婆徐徐用獸語說出幾段心法，念完後，說道：「你們照著我說的練就行了。」

坎落金看了楚天一眼，目光中盡是敬服之色。

楚天見狀暗喜，點點頭，說道：「你們就照婆婆所說的練吧！」

兩隻飧豹在得到楚天的允許之後，匍匐在地，幻化出飧豹原形，雙眼中透出濃濃的獸性。

鴟鳩婆婆站在一旁，手上兩條綠線漸漸變淺，直到消失不見。她說道：「獸族心法入門極快，相信以他們的能力，會很快入門的。」

兩隻飧豹閉著雙眼，成雄獅伏地之勢，一黑一白，一會兒之後，他們身上透出點點光芒，毛髮也漸漸變得更加光滑。

鴟鳩婆婆喜道：「沒想到他們竟然這麼快就領悟了。好了……你們就幫老身把這些虎頭蜂運到老身的住所吧！」

兩隻飧豹同時睜開眼睛，雙眼射出的厲芒比以前更加銳利兇狠。聽到鴟鳩的話，恭馴地看向楚天。

楚天略微頷首，說道：「你們速去速回。」話音一落，兩隻飧豹如一陣風捲起躺在地面的虎頭蜂，只見空中一白一黑兩道影子閃過，所有的虎頭蜂已被他們背起。

這麼快！楚天心中暗驚，剛才也不過是幾個眨眼的功夫而已。

伯蘭絲看到楚天驚異的臉色，冷聲說道：「獸族中飧豹一脈的種族異能在整個獸族之中也是排前幾名的，我看他們只不過剛剛入門而已。」

楚天這下嘴巴張得更大了，「他爺爺的啊，那以後老子逃命的話就坐在坎落金他們身上就行了。」

在旁邊的寒克萊眼見楚天還是震驚得要死，就又開口加了把火：「伯蘭絲女士說的沒錯，飧豹一族的確是有這麼強！」

楚天大喜道：「那我豈不是撿到寶了！哈哈……老子果然是無敵幸運星，到哪裏都能遇到這等好事。」

月明星稀，月亮撒著聖潔的光芒。

楚天看著鳲鳩婆婆他們離去的背影，歎口氣說道：「照鳲鳩那老巫婆所說的，坎落金兩兄弟很快就能練完她所知道的入門心法，到時候他們肯定急切地想得到後面的，我這個做主上的總得表示一下吧！可我上哪找去啊？」

特洛嵐笑著拍拍他的肩膀，說道：「你這不是自尋煩惱嗎！才處理完蟲族兵團的事，你又找上了這麼一件事。」

寒克萊微笑著說道：「我會去神殿看看的，有的話一定給楚小友送下來。」

楚天琢磨出的這些話主要還是講給寒克萊聽的，現在看來寒克萊把他當成特洛嵐他們鴕鳥一族的代言人以及黑雕城的實力派，自己不利用他豈不是看不起他！

他故意面帶爲難之色，說道：「這不會要寒克萊大哥爲難吧？」

寒克萊大笑，說道：「不會，楚小弟你都叫我大哥了，這點小忙算什麼！」

楚天面上一副感激涕零的表情，說道：「小弟多謝寒克萊大哥屢次慷慨幫助，來日若是有什麼需要幫忙的請儘管說。」

伯蘭絲不禁眉頭一皺，這死鳥，也太容易相信別人了吧！她當然不會知道楚天心裏打的算盤。

楚天見寨子危機已解，心裏輕鬆，笑著說道：「現在蟲族派上來的軍團已經被滅掉，我們是不是應該慶祝一下啊？」

獨眼一直插不上話，心裏正在鬱悶，見楚天這麼說，心裏想道：老子怎麼說也是這寨子的主人，既然要慶祝，我不趁著現在出出風頭，等一下肯定是沒機會了。

他大聲地說道：「老大，這點事就由我去安排吧！」

楚天一巴掌搧過去，笑罵道：「獨眼，你再大點聲把崽崽給吵醒試試？老子一定叫崽崽把你頭上的那兩根鬚給拔了。」

獨眼摸摸頭頂上的觸鬚，聲音放小，說道：「老大，你別太狠了。你們說話我又插不上口，只能去做這麼小的事情了。」

楚天按住獨眼的肩膀，眼中霸氣一現，說道：「獨眼，這只是暫時的，我曾經跟你們說過的話，我一定會做到的。」

獨眼眼中神情複雜，對老大說的話他一向都是深信不疑的。從他當上他們的老大之後，所做的事都是讓他們天牛弟兄敬服不已的，才短短的一個月，老大就能將力量提升到翅爵的等級，而且還跟鳥族這幾個看起來實力強橫的高手關係這麼親密。

獨眼重重地點點頭，說道：「老大，我獨眼一直都相信你能做到的，不然也不會讓手下的弟兄拚死守好寨子等你回來了。」

楚天心裏感動，想道：「老子一定會讓你們在我的帶領下強大起來！」初戰大勝豪情壯志，有些得意的楚天拍了下寒克萊的肩膀哈哈大笑著說道：「現在蟲族危機已解，寒克萊大哥，我們今天好好聚聚。」

伯蘭絲潑來冷水，說道：「蟲族被滅一事肯定會傳到血虻沼澤的蛇族耳裏，楚小鳥，你別太得意忘形了。」

「死鴕鳥，老子高興你就看不過去了啊！」楚天心裏氣結，暗暗咒罵著伯蘭絲。

一旁的寒克萊卻是面色一整道：「現在我們最重要的是監視血虻沼澤裏黑蝰蛇的舉

動，蛇族要是知道了前來支援的蟲族兵團死傷殆盡，肯定會有所行動。」

楚天點點頭表示贊同，同時說道：「現在我們這裏，特洛嵐和伯蘭絲不管事，小弟我又經驗不足，一切還是由寒克萊大哥主持大局吧！也好讓小弟從旁學習學習。」

這一記馬屁拍得恰到好處、不著痕跡，寒克萊面上喜色一露，說道：「那我就不推辭了。伊納塞，你帶幾名弟兄去監視血虻沼澤的動靜，一有情況馬上來報！」

他身後一隻身材魁梧的大雁出列，恭敬地說道：「是，寒克萊大人！」說完，手一招，五隻大雁尾隨其後向寨外出發。

楚天見那隻大雁伊納塞雙眼精光時現，心裏頗爲讚賞，說道：「寒克萊大哥帳下可真是人才濟濟啊！」

寒克萊臉上露出得意的神情，說道：「楚老弟，不是我自誇，丹姿城裏掌握兵權的幾位大人中，還真的只有我的手下是最優秀的。」

特洛嵐在一旁笑著說道：「明眼人一眼就能看得出來，能與手下這麼齊心地使出鶴雁天心陣，想不好都難吶！」

寒克萊笑著說道：「特洛嵐兄客氣了，趁著現在還有時間，我們也輕鬆一下吧！不要因爲蛇族而影響我們的興致。」

楚天大喜，道：「寒克萊大哥這幾句話可是說到小弟心坎裏了，不像某些鳥，冷著個臉，又沒欠你金幣，幹嘛苦著張臉。」

伯蘭絲臉色一寒，說道：「楚小鳥，你找死是吧！我不介意手上沾點髒血。」

「糟糕，瞧我這嘴，真是犯賤，一時忘形，居然又惹上這個煞星。」楚天雖說現在實力已經達到了翅爵等級，可是跟伯蘭絲還有一段距離，那是肯定打不過的，他心裏一陣惡寒，說道：「開開玩笑，哈……」他一個人在那裏乾笑著。

笑了半天，楚天見沒人配合，不由抬手揉了揉雙顎說：「不笑了，本來還想活躍一下氣氛，結果笑到嘴抽筋都沒笑的。」

寒克萊等人終於被楚天這話給逗樂了，他哈哈笑著問道：「楚老弟，你是怎麼到黑雕城的，還成了羽爵？」

楚天口沫橫飛地把自己跟寒克萊分別之後的事說了一遍，當然，其中殺拉格羽爵還有藏寶圖的事被隱藏了。

寒克萊聽完之後臉上神色變幻不定，咋舌道：「楚老弟這段遭遇真是匪夷所思啊！」獨眼看鬼似地轉著圈打量著楚天，湊到楚天的耳邊，輕聲問道：「老大，那你現在還是處男不？」

楚天臉色微白，自己說得那麼風光，結果卻還是處男一個，這怎麼也說不過去啊，正要說是，伯蘭絲冷冷地說道：「就他那個樣子，別人能正眼看他就已經很不錯了。」寒克

萊他們憋著笑看了看楚天。

這也難怪，在場的幾個都是翅爵等級以上的高手，獨眼說的話再小聲也能清晰入耳。

獨眼瞪大眼睛，說道：「不可能，像老大這種萬裏無一的樣貌……」說到這裏，頓了頓，看著楚天。

楚天挺直腰身，得意地看了看伯蘭絲，獨眼哪！還是你最老實，他們就是嫉妒。

可緊接著聽了獨眼的話，他差點沒栽死在地上，只聽得獨眼繼續說道：「人家女鳥人哪兒敢看哪？保證一看就吐。」

在場的無一不笑到岔氣，本來嚴肅的氣氛也變得緩和起來。

第十二章 血虻狂蛇

楚天恨恨地用眼神剜著獨眼，獨眼被看得臉皮發麻，怯怯地說道：「我……我去召集手下的天牛弟兄，爲蟲族軍團的事他們都疲憊不堪了。」

楚天臉色稍緩，大噓了口氣道：「你去吧！讓弟兄們好好輕鬆一下，把崽崽給我，我來抱。你也夠累的，休息去吧！」

獨眼點點頭，心裏巴不得早點走，這麼多的高手在這裏，光是身上散發出來的氣勢就讓他夠嗆，再說還有楚天時不時拋過來的殺人目光。

月光撒在寨子裏，流瀉出一股安逸的朦朧。

楚天安排好天牛戰士的一切之後就跟寒克萊閒聊起來。崽崽還沒醒來，伯蘭絲運起安眠心訣，一道柔和的藍光將崽崽包裹起來。

兩隻飧豹已回來了，正自顧自地在寨子後的一片安靜的草坪修煉著。

無聊的楚天突然開口問道：「寒克萊大哥，自從那日我們分別後，吉娜過得還好吧？」

寒克萊露出曖昧的神色說道：「她現在是神殿裏的神侍了，天資聰慧，很得神殿聖女的喜愛。」

「可惜了那麼漂亮的小妞了，怎麼就成了修女呢，喂喂喂，別這樣看著我，我可沒有你想的那麼邪惡！」楚天心中很「正氣」的想著說道：「那就好，那小丫頭終於實現心裏所想，寒克萊大哥，在丹姿城還要你多多照顧她呢！」

寒克萊說道：「那是自然，楚老弟都這麼說了，我還能不盡力？」

那旁的特洛嵐不便插口，背負雙手，好像很感性地仰頭看著天空。伯蘭絲則是一如既往地冰冷著臉，也不知道想些什麼。

楚天正色道：「若不是吉娜，小弟也不會有現在這番際遇了，現在想想，當初小弟護送她去丹姿城，命運之輪就開始運轉了。」

寒克萊拍拍楚天的肩膀，笑著說道：「楚老弟，你的際遇可不是別人給的，呵呵，你自己如果不是想有一番作爲，就不是現在這樣了。」

「老子是想變成跟鳥神一樣的人身，這副半人半鳥的樣子我自己看著就不爽。」楚天當然不會把自己心裏所想說出來，他抬腳蹭蹭身上的羽毛說道：「這個世界本來就是強者爲尊，小弟要是不拚盡力量提高自己的力量的話，怕是今天不能跟寒克萊大哥見面了。」

寒克萊眼中神情複雜，但轉瞬即逝，說道：「楚老弟你天資聰慧，可惜我這裏沒九重禽天變後面的心法，不然就一併傳給你了。」

楚天裝出一副感激的表情，說道：「寒克萊大哥肯傳我心法，小弟已感激不盡了。」裝詩人的特洛嵐這時好奇地插言問道：「九重禽天變心法究竟是什麼心法，居然這麼神奇？」

寒克萊沉吟半晌才說道：「特洛嵐兄，請恕我不能相告！」

特洛嵐笑著道：「是在下失儀了，只是忍不住好奇而已，還請翅爵大人不要怪罪。」

寒克萊趕忙歉意地說道：「特洛嵐兄這麼說可就讓在下汗顏了。」

楚天見氣氛尷尬，忙岔開話題說道：「寒克萊大哥，你怎麼被派到這裏來了，血虻沼澤兇險萬分，以你的身分不應該啊！」

寒克萊苦笑一聲，說道：「我下來只是爲了探聽敵情，哪知道碰上這些蟲族軍團，現在要回去的話肯定會被神殿責罰，王權派不會放過任何一個攻擊我的機會。」

楚天點點頭，說道：「看來不管在哪座天空之城裏，都存在著這讓人厭惡的爭鬥。」

特洛嵐歎了口氣，說道：「若不是近年來我們鳥族神王兩權相爭，也不會給蟲族可趁之機了。」

寒克萊突然笑著說道：「本來是要輕鬆一點的，怎麼說這麼沉重的話題。楚老弟，你對手下的這群天牛弟兄日後怎麼安排啊？」

楚天雙眼中精光一現，意氣風發地說道：「我答應過他們，要讓他們在廣闊的大地上肆意地張開翅膀翱翔，一定會有那麼一天的。」

寒克萊拍拍他的肩膀，鄭重地盯著他的眼睛說道：「楚老弟，你要知道，我們鳥族是不允許有其他種族飛翔在這片藍天之上的。」

楚天露出豪壯的表情說道：「只要我擁有足夠的實力，就能把不允許變成允許。」

特洛嵐神情微變，眼中藍光一現而隱，說道：「在以力量爲尊的世界，實力就是一切，楚天，你這些話要是在神殿上說出，肯定會被萬能的鳥神詛咒的。」

伯蘭絲插口說道：「這也只是他想想而已，楚小鳥，以你現在的力量，鳥族裏有千隻鳥人能隨手撚死你，還在這裏吹牛。」

「老子一定會成功的，不過我說這些話關你這隻鴕鳥什麼事啊，你是看老子太優秀把特洛嵐比了下去，故意打擊我替你老公找回面子是不是！」楚天面上不露一點痕跡，心裏卻不斷地問候著伯蘭絲。

寒克萊抬手向四周劃了下道：「楚老弟，現在血虻沼澤就是擺在我們面前的一道坎，要是能把這片地方的事做好，升官晉爵肯定是沒問題的。」

楚天點點頭，說道：「這是個好機會，小弟是不會放棄的。」

寒克萊露出個大有深意的笑容說道：「都聊了這麼久，好了，現在言歸正傳，我們得制定出詳細的對敵計劃才行。」

楚天雙瞳紅黑兩芒交替閃現，說道：「小弟在去黑雕城之前，曾與黑雕城的一位羽爵見識過血虻沼澤中黑蝰蛇的力量，真是難以對付啊！」

寒克萊神情肅然，說道：「在來之前，我對血虻沼澤做了全方面的調查，蛇族軍團的實力實在是過於強大，我這次帶來的部下恐怕是難以對付了。啊，對了，黑雕城神殿沒給你提供軍隊嗎？」

楚天心裏暗暗叫苦，終於還是問了這個問題，要是老子一個答不好，估計是難以收場了。他面上不露一點痕跡，苦苦想著應對之辭。

特洛嵐豈能不知道楚天心裏怎麼想的，心想道：「現在楚天是能幫我們帶崽崽回去重新建立政權的大後盾，他要是能與丹姿城建立良好的關係，對綠絲屏城也是一件好事。」

伯蘭絲與特洛嵐小心翼翼的對視一眼後開口道：「寒克萊大人，楚天羽爵本以爲這次下來只是爲了探尋血虻沼澤的動向，所以就沒有將手下帶過來。」

特洛嵐笑著解釋道：「沒想到一下來就出現這種情況，不如這樣吧，我們先回黑雕城稟明神殿，再帶軍隊過來。」

楚天明白特洛嵐話裏的意思，說道：「特洛嵐，這怎麼行，現在情況危急，寒克萊大哥一個人在這裏，小弟也不放心哪！再說，我不是還有天牛戰士嗎！」

這時寒克萊心裏僅存的一點懷疑也盡都消去，心想：「現在正是危急關頭，要是楚天他們走了的話，無疑少了一個援手，萬一中途出了什麼事，我一個人也不好交代呀！」

想到這裏，臉上笑著說道：「現在回黑雕城怕是也來不及了。再說了，目前還不知道蛇族的動向，楚老弟要是冒然回去稟告，萬一蛇族沒什麼動靜，他也說不過去啊！」

特洛嵐心裏暗喜，對楚天的表現也是頗爲贊許，當下說道：「既然這樣，那我們就開始研討下一步的行動吧！」

楚天懸在心裏的石頭落下，對特洛嵐的看法卻是大有改變，心想：這兩隻鴕鳥這麼做，應該不會是這麼簡單的幫忙，看來他們對我也是有所企圖，大家彼此利用。

寒克萊突然臉色一變，說道：「伊納塞回來了！」

楚天奇怪地說道：「以他們的速度，現在應該還沒到達血蛇沼澤啊！難道出了什麼事？」

寒克萊眼中紫光突然暴射，臉上露出一股平日難見的霸氣，雙眼凝神望著外面，整個人就像是一根佇立著的神針。

特洛嵐跟伯蘭絲相視一眼，心裏對寒克萊的實力暗暗吃驚，看來他的力量並不止外表表現出的這個等級。

雖然是在晚上，三個月亮卻將整個天地映得一片明亮，高高低低的石頭，坑坑窪窪的地面，一點一點地聚集著月亮的光華。

伊納塞振翅飛進寨子，後面跟著幾隻雁兵。寒克萊迎上去，沉聲問道：「伊納塞，出了什麼事？怎麼你們這麼快就回來了？」

伊納塞眼神堅毅，說話語調卻很是急促：「大人，我們飛行到幾里之外，發現大批蛇族士兵湧過來，所以回來報告。」

楚天掩飾不住臉上的震驚，問道：「你說什麼？再說一遍？」

伊納塞恢復往日的沉著，說道：「蛇族軍隊現在向寨子衝過來，我讓兩個弟兄監視著他們的舉動，特意回來報告。」

寒克萊面色也是微變，自言自語道：「沒想到蛇族這麼快就得到消息了，看來今晚又將是個不眠之夜啊！」

特洛嵐沉聲道：「楚天，你目力好，快去看一下情況，順便將兩隻大雁帶回來。」

楚天面容嚴肅地點點頭，說道：「好的，我這就去！」雙臂一振，幻化成一雙金黑色的羽翅。

寒克萊說道：「楚老弟，一切小心！」楚天應了一聲便拍著翅膀向外飛去，在空中劃出一條金色的痕跡。

寒克萊又對伊納塞說道：「把你所看到的全部情況，詳詳細細地說一遍。」

伊納塞恭敬地說道：「是，大人！」

楚天拍打著翅膀，靈禽力運轉，空中出現一雙長達數十米的金色翅膀，在銀色的月光下顯得那麼明亮和霸氣。

體內靈禽力不斷集結成絲狀，帶動著空氣流動，蛻焱金剛變運行，整個人渾身散著充滿霸氣的金光，猶如一尊戰神。

楚天目力毫無晝夜之分，他高高飛起，向血虻沼澤方向望去。

「好多蛇啊！」楚天心裏驚叫道。

無數隻黑蝰蛇鋪天蓋地湧過來，在楚天視線圍內都是黑蝰蛇蠕動的身子，看起來就跟起伏的黑色波浪般，陣陣腥風直撲鼻腔，讓楚天胃裏一陣翻騰。

血虻沼澤周圍都是一個個小山坡，上面長滿了雜草，黑蝰蛇遊走在雜草之間，蛇腹碾到之處，所有的雜草都瞬間變黑枯萎。

楚天心裏驚駭不已，雙瞳中紅黑兩芒交替著閃爍，所有的黑蝰蛇都穿著花紋錯綜複雜的盔甲，雙眼之中射出嗜血兇殘的光芒。

楚天大聲喊道：「兩位雁兵，你們先速回寨子稟告，這裏由我來監視。」

只聽得對面傳來雁兵的聲音，說道：「是，楚天大人。」說話時兩隻大雁現出了身形，原來他們離楚天不過百米。

楚天心裏很詫異，怎麼他們離自己這麼近卻無法看到他們呢？但隨即他就想明白了，心裏想道：「雁族的種族異能居然能隱藏自己的身影，難怪伊納塞會派他們留守監視蛇族軍團了。」

楚天揮揮手，說道：「你們快回去稟告吧！」說完就全神貫注地看著地面。

黑蝰蛇移動時只有「沙沙」的與地面摩擦的聲音，依著整齊劃一的佇列向寨子進發，如此威勢讓楚天暗暗心驚：「這次，麻煩大了！」

背後傳來一陣輕微的翅膀抖動聲，楚天頭也不回地說道：「寒克萊大哥，看來這次蛇族是全體出動了啊！」

後面來的正是丹姿城派下來的寒克萊翅爵，此時他表情嚴肅，雙眼紫芒暴現，盯著地面的蛇族軍團，半晌才說道：「沒想到蛇族居然這麼沉不住氣，竟傾巢而出！」

話一說完，雙翅一振，翅膀上紫光大漲，形成一雙長達十米的紫翅，他喝道：「仙鶴神針！」

霎時，漫天的白色針狀光芒劃破寧靜的夜空，刺向地面毫不知情的黑蝰蛇軍隊。

等到他們反應過來，方圓百米之內早已籠罩在一片白色的針芒之下，隨著一聲聲慘叫，不斷地有蛇族士兵翻白著肚子死去，山石構建的地面被仙鶴神針炸出一個個拳頭大小的圓洞。

「不是吧！說打就打，也不先打個招呼。」楚天不甘示弱，俯衝而下，長達數十米的金翅扭曲著不斷掃向地面的蛇族士兵，金翅作刀狀斬下去，虛空之中嘶嘶作響，地面被劈出一條條筆直的溝壑，凡是碰到的蛇族士兵都被斬成兩截。

鮮血拋灑，濺染著大地，黑赤相交，潑繪出一副血腥的畫面。

白色雨針沒有間隙地落下，金色翅膀帶著驚天的力量一次次斬落，月亮也隱去了身影。可是在寒克萊和楚天兩鳥人的威力之下，整個天地彷彿是被炸開了一般，金白兩芒充斥著天地。

楚天在空中翻滾著，一對金翅像是風車一般不斷地隨著他的翻滾而旋轉著擊向地面。寒克萊大聲說道：「楚老弟，蛇族士兵實在是太多了，我們先退回寨子防守！」

楚天雙眼透出殘忍而嗜血的光芒，雖說是全力殺敵，但他也觀察了地面蛇族的士兵的情況。

目前還沒見到像上次在血虻沼澤裏遇上的腹子蛇那種力量等級的高手，可是他們兩個力量也是有限，沒辦法全部消滅下面如洪水般湧向寨子的蛇族士兵。

楚天體內靈禽力運轉，金翅上的羽毛根根豎起，周邊上面隱隱透出黑色。他大聲地回答道：「寒克萊大哥，我們撤回寨子，邊退邊殺。」

寒克萊身上殺氣大現道：「好！」邊說邊運起靈禽力，將仙鶴神針的威力發揮到極致，雨針灑下，中者立時慘死。

楚天的金翅像是一柄充滿霸氣的神兵利器，閃爍著金芒斬擊著地面的蛇族士兵。

兩大高手同時向寨子飛去。楚天大聲喊道：「寒克萊大哥，有沒有叫特洛嵐他們守好寨子？」

寒克萊回答道：「剛才我出來的時候已經跟他們說了。」

楚天點點頭，金翅擺動不定，周圍數十米內死傷的蛇族士兵不計其數，眼見寨門出現他大聲說道：「特洛嵐，守好寨門等我們進去。」

寨子裏面隨之「騰」地升出一雙銀白色的翅膀，綿延伸長，正是特洛嵐的虯鼊翼，一道碧芒閃過，伯蘭絲的碧波粼羽刀也出動了。

楚天大喜道：「寒克萊大哥，我們衝進去，不然蛇族士兵來了，寨門就難關了。」

寒克萊點點頭，說道：「好，我們先進去。」

兩鳥人同時加快速度，向寨內衝去。特洛嵐的虯鼊翼，伯蘭絲的碧波粼羽刀讓向兩側，延伸著阻擊蛇族士兵。

楚天他們才一進去，虯鼊翼收回，碧波粼羽刀橫在寨門，泛著碧芒的刀光顯示出高級羽器的威勢。

坎落金、坎落黑兩兄弟力大無窮，在虯鼉翼收回的瞬間猛地推門，將寨門關好。

楚天一進門就說道：「所有的大雁弟兄，快去寨子裏的每一個漏洞把守好，這次蛇族來犯不比蟲族，一定要嚴加防範，不能放一條蛇進來。」

寒克萊說道：「除了伊納塞留下，其他的全部聽楚天的安排。」

特洛嵐神情冷峻，說道：「這次蛇族真的是全軍出擊了，我們也只能在寨子裏守好，等待救援了。」

楚天大翅一展，說道：「蛇族軍團數量眾多，就是讓我們放著砍也要好長時間才行，他爺爺的，這次還真是麻煩。」

寒克萊冷靜地說道：「我們剛才出去斬殺的時候，並沒有見到蛇族中的高手，怎麼會這樣？」

伯蘭絲雙手早已幻化成翅膀，她凝神站在寨門後，翅膀不斷地舞動。寨外的碧波粼羽刀猛地一豎，碧芒暴漲，散出的氣勢就讓前進的蛇族士兵膽寒不已。

碧波粼羽刀如入無人之境，一刀下去，劈出一條幾米深的裂痕，靈禽力不斷延伸，裂痕越來越長，凡是過去，蛇族士兵無不灰飛煙滅。

突然，伯蘭絲臉色一變，說道：「終於有高手來了！」

楚天早已按捺不住，對其他人喊道：「寒克萊大哥，特洛嵐，我們到寨頂去禦敵吧！」

特洛嵐擔心伯蘭絲的安危，因爲羽器受創的話，連主上也會一起受傷。當下點點頭，說道：「好，蛇族不能飛起，我們就好好利用這一優勢。」

寒克萊當下飛起，從寨子上空留有的天窗飛出，站在屋頂的邊緣，冷冷地注視著下面蠢蠢欲動的蛇族士兵。

楚天幾乎是同時落在他身邊，九重禽天變心法運轉，將體內的靈禽力運至巔峰，霎時寨頂上一片金黃，楚天的一對金翅暴漲到數十米，羽毛豎起，上面鋒芒霍霍，氣勢驚人。

特洛嵐借助羽器虯鼉翼飛上寨頂。不像楚天的金翅，虯鼉翼並不是覆在特洛嵐翅膀上的，巨大的銀白色羽翼驀地張開，如鋸齒般的邊緣閃著絲絲銀光。

特洛嵐翅膀一動，虯鼉翼遮蓋月光，橫掃接近寨門的蛇族士兵，鮮血橫飛，一股腥臭的味道頓時漫向四周。

楚天毫不示弱，雖然金翅攻擊的範圍較小，但速度快，空中只見到兩條金色的翅影，寨子左邊數十米的範圍內就不斷地傳出利器斷肉的聲音和蛇族的悲鳴。

「爺爺的，還說蜂族最不怕死，老子看是這群黑蝰蛇，我們都殺得屍體堆積成山了，居然還悍不畏死地向前衝。」楚天感覺體內靈禽力不斷流逝，翅膀上的金芒也黯淡不少。

楚天大聲地說道：「兩位，我們這麼殺也不是辦法啊！現在蛇族士兵絲毫未見退縮，

我怕我們會累死。要想個辦法才行。」

殺了大半天，寨外蛇族士兵的屍首不下千餘，卻不見有蛇族士兵退縮，他們好像吃了興奮劑一樣，踏著同族的殘軀一波接一波地衝上來。

碧波粼羽刀沾染了蛇族士兵的腥血，顯得陰暗。伯蘭絲臉色一冷，翅膀驀地張開。

楚天嚇得向後一躍，忿忿地說道：「搞謀殺啊！提前打個招呼行不？」

伯蘭絲冷冷地看了他一眼，翅膀上藍光大現，下面衝殺的羽器突然大亮，伸長幾米，上面腥血盡褪，橫著一掃，凸出的山坡被削起，砂石飛濺，一片平地出現。

她冷冷地說道：「看你們有多少蛇讓我殺！」碧波粼羽刀不斷劈出，百米之內碧芒刀光如龍，這條百米長的巨龍正泛著碧光張牙舞爪地斬殺著地面的蛇族士兵。

寒克萊心裏突然升出一絲不安，一股壓人心神的氣勢隱隱衝擊著他的心口，他大聲說道：「伯蘭絲、特洛嵐，你們把自己的羽器看好，看來黑蝰蛟要出來了。」

特洛嵐伯蘭絲兩鳥相視一眼，身上藍芒同時暴漲，伯蘭絲冷冷地說道：「來得正好，擒賊先擒王，也免得我們殺這些小蛇浪費時間。」

楚天體內靈禽力突然躁動不安，驀地精光直沖雲霄，雙翅金光暴漲，延伸百米向正前方的一團陰雲衝去。

楚天驚奇地說道：「這是怎麼回事？」也難怪，他沒有可以脫體出擊的羽器，光憑著自己體內的靈禽力，根本不可能有這麼強的威力。

寒克萊的語氣帶著一點驚慌道：「真的是黑蝰蛟要出來了，楚天你體內的九重禽天變的力量越是遇到高手，就越能激發潛能，這一擊恐怕是跟敵人產生共鳴才會這樣吧！」

伯蘭絲嘴角掛著一絲不屑地看著寒克萊，說道：「翅爵大人，你這麼說也太抬舉楚小鳥了，他有那麼強的力量，還能任由我欺負不成？」

「死八婆，老子是好男不跟女鬥，要不然就算你實力比我強點，也經不住我陰招吧！」楚天心裏一陣不忿，但體內躁動的力量讓他不能說話，只是運起心法抵抗著金翅的脫體。

特洛嵐虯鼉翼突然漲大數十米，直直延伸到天際，夜空之中有如一條銀色的洪河，跟伯蘭絲的羽器遙遙相對。

仙鶴神針殺傷範圍最廣，一波又一波的銀雨針下落。寒克萊運轉心法，讓自己的心靜下來，專心地對付地面不斷衝上來的蛇族士兵。

就在此時，異變突起。

遠處，金翅指向的陰雲突然耀起萬丈光芒，如太陽般炙熱，映徹天地，雖然是在幾里之外，光芒卻彷彿近在咫尺。

楚天體內九重禽天變心法抵抗著那股直達心底的炙熱，雙眼卻是緊張地盯著幾里之外

的光芒。

特洛嵐收起蚪鼋翼，銀色巨翅在他的背後張開，使得他整個身子閃爍著銀芒，有如一尊天神。

伯蘭絲的碧波粼羽刀橫在右側，上面依舊是塵土掩蓋著的灰龍，雙瞳被藍光覆蓋。

寒克萊的仙鶴神針是以自然之力變成光芒對付敵人，現在卻失去了作用，銀針還沒到達地面就被那股光芒吸收。他唯恐羽器有失，忙運起心法將仙鶴神針收起。

地面上的蛇族士兵像是得到指示一般全部停止攻擊，向寨子兩邊散開，所有的士兵都是一臉的興奮，雙眼閃爍著嗜血的幽綠光芒。

楚天大聲說道：「你們看！」大家都齊齊向幾里之外的光芒望去。

金翅在接近光芒的時候，突然變成一隻振翅的大鷹，衝進光芒裏，彷佛還能聽到它的嘶鳴聲。

萬丈光芒突然一亮，沒有發出一絲聲響，金翅幻化的大鷹波動了幾下，最終四散在空中。

寒克萊腦海中精光一閃，脫口而出道：「那迦寶光輪！」

楚天只覺得在金翅消失的瞬間，他體內的躁動也平靜下來，聽到寒克萊的話不由奇怪地問道：「那迦寶光輪？就是那個發光的？難道是你說的黑蝰蛟的蟲器？」

寒克萊臉上露出前所未有的謹慎神情，點點頭正要再說話。

「轟！」一聲巨響，地動山搖。

楚天站直身子，滿臉難以置信之色，睜大眼睛看著前方，身子不能動彈，遠隔數里的強大氣勢壓迫著他。

滔天的泥浪翻湧著立起，像一條飛舞的大蛇，露出猙獰的面孔，身後十里之內的泥土都被掏空，凹陷下去。

泥土大蛇露出兩顆獠牙，蛇頭伸縮著，身上萬道光芒透體而出，突然，蛇頭向前猛地一竄，一里的距離瞬間即到。

楚天驚駭地說道：「這麼強，特洛嵐，我們怎麼辦？」

特洛嵐面色出奇的冷傲，說道：「雕蟲小技，伯蘭絲，看我們破了這大蛇，叫那隻縮頭的小蛇知道我們的厲害。」

伯蘭絲用身邊的羽器回答了特洛嵐的提議，碧波粼羽刀豎起，灰龍破碎，泥土如利箭般下落著殺向蛇族士兵，而刀身則形成一柄百米長的大刀。

碧刀上升，驀地一旋身，迎上灰色大蛇，當頭一劈。一里來長的泥土大蛇如活物一般，仰頭張嘴咬向碧波粼羽刀。

伯蘭絲冷笑一聲，說道：「區區假物也敢硬接我一刀，給我破吧，粼羽！」

隨著她翅膀大展，碧波粼羽刀也是光芒大盛，直鑽進大蛇腹部，竟有穿體而過之勢。

特洛嵐翅膀上羽毛微卷，虯鼉翼銀色大漲。他眼露傲然之色，翅膀一揚，虯鼉翼隱隱幻化成鳥狀，如鷹擊長空般長嘯著利爪抓向大蛇的頭部。

楚天心裏一陣羨慕，想道：「什麼時候我能有這麼強的力量就好了，爺爺的，那老子拍電影都不用花特技的錢，肯定會發財。」

突然背後又是一道巨芒閃耀，體內靈禽力自如運轉。楚天正奇怪著體內的變化，突然一股強大的氣勢壓過來，靈禽力透體而出，在外形成一道光幕，抵抗著侵入心裏的壓力。

寒克萊的仙鶴神針隨著他翅膀的動作在他面前形成一排排的針陣，背後紫光暴現。

碧波粼羽刀在大蛇體內不斷地旋轉切割，伯蘭絲翅膀捲曲扭動，嘴裏不斷念著。

特洛嵐面露微笑，眼神卻是冰冷，專注地注視著前面，虯鼉翼隨著他心意撕抓著大蛇。

突然，大蛇體內萬道光芒透體衝出，碧波翲羽刀左衝右突卻怎麼也脫不開光芒的範疇。虯鼉翼的銀色逐漸暗淡，大鳥形象也漸漸消失。

伯蘭絲與特洛嵐相視一眼，彼此都能看到心裏的驚詫，兩鳥同時擁抱在一起，身上戰甲光芒現出，黑藍兩色交結纏繞成一體。

兩鳥平平飛起，直到大蛇的頭頂，空中雲彩變化不定，突然彙集到兩鳥的身下，形成一柄巨大的錘子，特洛嵐和伯蘭絲就處在錘柄之上，長長的鳥脖子上羽毛豎起，上面光華流溢。

配合著伯蘭絲的動作，碧波粼羽刀上碧芒暴漲，不斷衝擊著光芒籠罩的光圈。同時虬鼋翼上的銀色也開始慢慢亮堂起來，捲著空氣在空中形成兩隻巨大的透明翅膀。

楚天心裏大喜，拍打著翅膀，對寒克萊說道：「寒克萊大哥，你看到了吧！這就是兩隻鴕鳥恐怖又變態的實力，這條大蛇死定了。」

寒克萊面色稍緩，卻依舊是擔憂地說道：「這只是黑蝰蛟元力幻化出來的泥蛇，這麼條蛇就如此強大，真不知道突破九級成蛟的黑蝰蛇的力量到底強到什麼程度了。」

楚天不再言語，雙瞳之中散發出異樣的光彩，死死盯著特洛嵐和伯蘭絲。

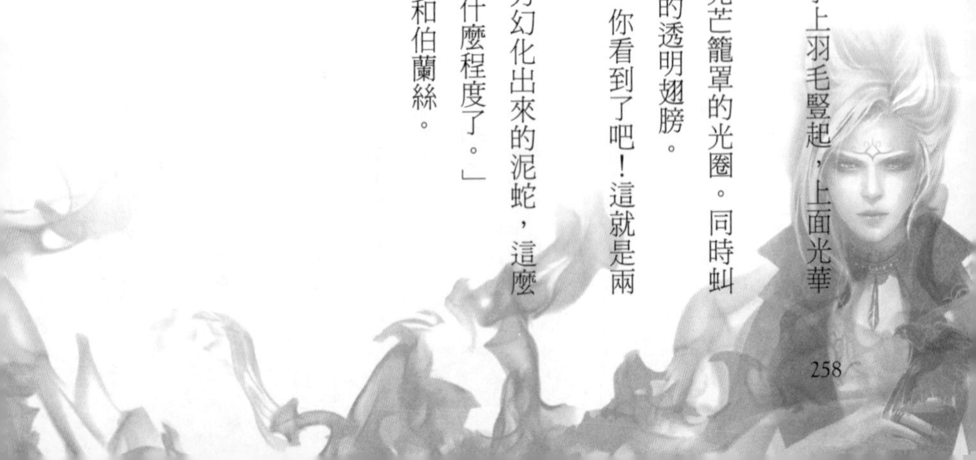

第十三章 神秘獅鷲

「轟」的一聲，大蛇摧枯拉朽般坍塌，霎時塵土漫天飛揚，在寨子周圍百里之內形成一個巨大的灰塵氣場。

碧波粼羽刀光芒大漲，不斷地鳴叫著向主上邀功。

就在大蛇灰飛煙滅的瞬間，一個巨大的法輪從地底鑽出，停頓在空中不斷地旋轉著。

只見那法輪最外面是一層銳利的尖刺，根根透出淡淡的殷紅之色，稍往裏去的是一圈薄薄的銀白色圓環，雖然萬丈光芒是從中發出，卻絲毫不能影響那一圈明顯的銀白，再往裏面就是法輪的中心，中心是一個如羅盤一般的厚圓體，正面漆黑如墨，反面橙黃如金。

寒克萊驚聲說道：「果然是那迦寶光輪！這可是蟲族的頂級蟲器啊。」

楚天故意大聲地說道：「切，這種破爛東西居然也是蟲族的頂級蟲器？你看上面黑不黑黃不黃的，相貌如此醜陋，威力就可想而知了。」

話音一落，那迦寶光輪光芒暴漲，完全將兩樣羽器的光芒給壓制住。

寒克萊心驚道：「據說那迦寶光輪是由烈澪所製，此器出世之時天降雷電，所以才會有現在那迦寶光輪外面的那一圈銳刺。」

楚天滿不在乎地說道：「寒克萊大哥，你別長他人志氣滅自己威風啊！你看現在特洛嵐和伯蘭絲他們不是很好嗎？照我看，那條大蛇還沒現身，就會被這兩隻鴕鳥碩大的屁股給坐死。」

那迦寶光輪高速旋轉起來，光芒源源不斷地四下射開，凡是遇上的物體都被刺得千瘡百孔，漸漸化成一堆粉末，隨著高速旋轉帶起的風聲而飛散。

楚天心驚不已：「爺爺的，萬一被這光芒穿過身體，那老子不是成馬蜂窩了。」他心裏著急，體內靈禽力自然生出反應，頂在前面的黃色光幕倏然明亮幾分，擋著光芒的侵襲。

伯蘭絲眼中藍光大現，碧波粼羽刀像是受到感應一般，碧芒護住滿是羽毛的刀身，如泰山壓頂般斬向那迦寶光輪。

與此同時，特洛嵐的羽器虯鼉翼也銀光剔透，一對翅膀掀起無數氣浪組成兩隻透明的翅膀掃向法輪。

特洛嵐與伯蘭絲兩人的坐地裂也運到極致，整個上空就是他們兩人巨大的屁股，好像彗星撞地球般砸向法輪。

法輪下面突然傳出一陣桀桀的怪笑聲：「無知的鳥族，你們居然敢阻擋我偉大蛇族士兵的腳步，現在我蛇族有史以來最偉大的王——墨索里尼一世，將會讓你們死無葬身之地。」周圍早已遠遠躲開的蛇族士兵大聲地歡呼著應和那聲音。

楚天只覺得那聲音一響起，就有一道龐大的強者氣息，源源不斷地從那迦寶光輪下的黑洞散發出來。

那迦寶光輪周圍竟然隱隱露出雷電，繼而法輪彷彿憑空消失，只留下巨大的旋轉響聲，原來是法輪轉動太快，連楚天都無法一眼看出。

而此時，碧波粼羽刀斬到那迦寶光輪的邊緣，虯鼉翼正掃向法輪的兩側，而特洛嵐和伯蘭絲則是緊跟在碧波粼羽刀後面向法輪坐去。

寒克萊的種族異能突然示警，他不由大急道：「所有的雁兵聽令，全力準備好結鶴雁天心陣！楚老弟，你趕快安排一下手下的天牛戰士，這種打鬥他們都不能在場。」

楚天因爲體內靈禽力的變化也感覺到危機的到來，此時聽到寒克萊的話，心裏剛好也有此意，當下大聲地說道：「坎落金、坎落黑，你們緊跟在獨眼的後面，一定要保護好崽崽。獨眼，你帶著手下的天牛弟兄們躲在安全的地方，別掉以輕心，我見到許多黑蝰蛇士兵正向寨子後面遊去。」

坎落金、坎落黑兩兄弟同時應了一聲，緊握手上的兵器，謹慎地看著四周。

獨眼抱著崽崽，大聲地說道：「老大，你放心吧！有我獨眼在，這裏是不會有事的，我一定會守好寨子的。」

楚天運轉九重禽天變，周身裹在巨大的金色光芒之中，全身的羽毛都倒豎起來。

寒克萊翅膀一擺，周身紫光大現，沉聲說道：「雁兵結陣！」

所有的大雁同時展翅，周身空氣一凝，竟形成一層像高溫的朦朧波動，六芒星不斷地向中心部位的紫芒運輸著白芒，紫白兩芒融合在一起，形成一個力量源源不絕的輪回。

他們都緊張地盯著場上的戰鬥，準備隨時助兩隻駝鳥一臂之力。

那迦寶光輪倏地停頓，在它周圍由於先前高速轉動所帶起的風雷正劈向碧波粼羽刀，而本身的萬道金光則是迎向虯鼉翼。

在暗地的墨索里尼嘲諷地說道：「本王都不知道是該諷刺你們的不自量力，還是稱讚你們這群無知鳥族的勇敢了。那迦寶光輪無堅不摧，就憑你們的兩個高級羽器也想破了本王的頂級蟲器，哈哈哈哈，都給我破吧！」

那迦寶光輪中心的正反兩面不斷地轉換著，金光頓失，一道道銀色的光芒從中溢出，形成一個巨大的法輪虛影。

碧波粼羽刀被風雷劈中，上面的羽毛迅速萎縮，化作一團碧光四下亂竄。羽器連體，

處於坐地裂之中的伯蘭絲「噗」地吐出一口鮮血，臉色蒼白，眼神卻愈發凌厲，四下流竄的碧波粼羽刀化作一團碧芒飛回伯蘭絲體內。

虯龕翼上銀芒迎向金光，道道金光透過虯龕翼穿越而出，向寨子這邊襲來。虯龕翼頓時光芒盡失，越變越小，也化作一道清光鑽進特洛嵐體內。

特洛嵐仰天噴出幾口鮮血，神情萎靡，與伯蘭絲對看一眼，看到對方眼中的決然之色。

兩鳥同時運起體內全部的靈禽力，將坐地裂運到極致，霎時，整片天空都被巨大的錘子映照成了藍色。

墨索里尼陰惻惻地笑著說道：「雕蟲小技，沒想到鳥族現在是真的無鳥了，本王要稱霸天下，今天就拿你們祭我的蟲器吧！那迦寶光輪，颶！」

話一說完，那迦寶光輪原地轉動起來，輪身雷電之聲滋滋作響，地面上的泥土塵沙加速滾動，不停地發出劈哩啪啦的聲音。

特洛嵐低沉地喊道：「坐地裂！」

空中兩鳥碩大的屁股迎向那迦寶光輪，空間被撕扯扭動，兩種力量所幻化出來的物體根本就無法看清。

就在那迦寶光輪轉動的同時，楚天和寒克萊相視一眼，心裏均升起一絲不祥的預感。

楚天急促地說道：「我們不能在一旁觀看了，寒克萊大哥，我們就避開那迦寶光輪，直接攻擊黑洞中的黑蛭蛟。」

寒克萊心裏微微發苦，現在也只有這個辦法了，他點點頭，說道：「好。」

鶴雁天心陣一旦運轉，處於其中的鶴雁心靈相通，六芒星內所有的大雁都會隨著處於最中央的仙鶴的心意而動。

寒克萊將羽器仙鶴神針祭在六芒星的上方，紫芒流轉護著鶴雁天心陣。

楚天運轉體內靈禽力，蛻焱金剛變護住全身，根根羽毛有如金光附體，翅膀一展，當先衝向地面。寒克萊緊隨其後，身上光芒流轉，猶如流星一般劃向地面上的黑洞。

墨索里尼重重地哼了一聲，陰沉地說道：「本王還沒打算這麼早就收拾你們，現在你們居然自己送上門來了。」

楚天大笑道：「死蛇，自己不敢出來居然還在這裏胡吹大氣，本爵爺今天就扒了你的皮，燉鍋蛇肉吃，那可是大補啊，哈哈……」

才笑到一半，就感覺一股強大的氣流迎面壓過來，楚天連忙閉嘴，全力運轉九重禽天變心法抵抗。

墨索里尼狂怒道：「本王今日就現出原身，叫你們這群無知的鳥族看看！」說話間，地面不住顫動，一條巨大的裂痕突然延伸。

一條巨大的黑蜂蛇從地底竄起，長達近百米，微微搖動著身子。它頭頂上數米來長的獨角閃爍著淡淡的金光，一對綠色的三角眼陰沉地掃視全場。

身體上的鱗片時卷時舒，黑色之中透出一點點金色，蛇腹下的獨腳粗糙而顯得異常有力。

寒克萊和大雁所結成的鶴雁天心陣，將仙鶴神針的威力發揮到最大，無數道銀光如暴雨般灑向黑蜂蛟。

墨索里尼蛇信時吐，嘴裏發出一團團的蛇息，噴出濃濃的黑色霧氣，輕蔑地說道：「雕蟲小技，本王今天就破了你們鳥族所謂的羽器！」

他蛇身一轉，嘴裏猛然噴出一道黑色的光芒，那黑光腥臭無比，在空中幻化成一道金光。

寒克萊驚呼道：「玄金幕！」

墨索里尼獰笑道：「算你識貨，這就是蛇族的頂級蟲器玄金幕！」那一道金光不停地旋轉著擋回仙鶴神針所射出的銀針。

楚天金翅展開到極致，金芒籠罩下的翅膀拍打著不斷地發出靈禽力，幻聚的刀鋒切向墨索里尼。

六芒星光籠罩在方圓十里之內，仙鶴神針全力射出。

墨索里尼暴怒道：「你們竟在本王的龍威下還不束手就擒，那你們就……死！」玄金幕擴大，將鶴雁天心陣裏所有的鳥都籠罩在其中。

墨索里尼不斷地向玄金幕裏吐出蛇信，寒克萊身上的紫光逐漸被黑色的蛇信侵蝕，他雙眸紫光大現，拚盡全力運轉靈禽力抵抗著蛇信的入侵，六芒星陣慢慢黯淡，所有的雁兵身上的白芒也逐漸淡下來。

楚天見勢不妙，九重禽天變心法運轉，體內那股躁動的力量漸漸與靈禽力融合，楚天只覺得體內力量大增，金翅大展，脫體斬向墨索里尼的蛇頭。

墨索里尼的三角眼透出濃濃的精光，獨腳一頓，整個身子騰空而起，尖聲地長嘯著。

趁著這一點空隙，六芒星陣紫白兩芒向外擴張，玄金幕裏面的寒克萊和一眾大雁趁勢破空而出。

楚天想也不想，振翅飛到寒克萊他們前面，擋住黑蛙蛟即將釋放的攻擊。

寒克萊心裏很是感動。

楚天這時心裏卻是暗暗叫苦，老子怎麼就一時衝動跑到這大蛇的嘴裏來了呢，這不是明擺著送死嗎！

那迦寶光輪無聲無息地旋轉過來，落在六芒星陣上的羽器仙鶴神針上，只見無數道金光閃過。寒克萊噴出一大口鮮血，眼中紫芒黯淡下去，這一擊已然將他擊成重傷。

墨索里尼狂笑道：「無知的鳥族，就憑你們也敢跟本王玩心機，這是對偉大的墨索里尼王的侮辱，你們將爲此付出代價！」

那迦寶光輪呼嘯著飛回黑蝰蛟的身邊，放出一道雷電擊向楚天他們。

楚天首當其衝，感受到危機，體內潛力爆發，九重禽天變心法運轉，渾身金光暴漲，身後出現一隻巨大的禿鷹。

楚天無意識地張開翅膀，閉目仰天。而後面的禿鷹動作與楚天一致，不同的是禿鷹顯現出來的氣勢更加強大。

「完了完了，老子還沒享受到這個世界的美女和權力就要被電成烤鳥了，搞不好還會成爲這條大蛇的腹中之餐了，到時就成了一坨蛇糞被拉出來，這是多麼悲慘的死法啊！」楚天心裏一陣歪歪的感傷。

蛇族士兵早已遊走到寨子的後面，那迦寶光輪的光芒對他們沒有傷害，在幾隻與墨索里尼同時出現的黑蝰蛇將領的率領下，開始向寨子發動攻擊。

獨眼率領著手下的天牛戰士拚死抵抗，依靠地利才勉強不讓蛇族攻破。坎落金、坎落黑兩兄弟不能進行遠距離的攻擊，只有在獨眼的安排下隨時修復受損的寨子。

那迦寶光輪釋放出的是銀白色的雷電，同時本身也隱隱金光閃現，在黑夜之中已完全取代了月亮的光華，滿是唯我獨尊之態。

玄金幕的黑芒縈繞在墨索里尼的周身，蛇信「嘶嘶」作響，噴出的蛇息形成一團團黑霧上升。

雷電如條條銀龍，在空氣中轟鳴著，眼見就要擊中楚天……

特洛嵐睜大眼睛，傷感地看著楚天，伯蘭絲則是面無表情地盯著大蛇，丹姿城眾鳥都是滿臉驚慌地看著場上一蛇一鳥。

就在此時，異變突起，一道黃色的光芒穿過蛇信形成的黑霧，無聲無息地擋在楚天的身前，剛好接住了那迦寶光輪發出的雷電，「轟」雷電威力爆發後四散消失，黃色光幕卻紋絲未動。

墨索里尼心裏震撼莫名，想道：「這個世界居然有能接下那迦寶光輪釋放的雷電的人，不可能！」

楚天大難不死，雖然依舊是膽戰心驚，但是嘴裏卻不饒人地猶自說道：「喂！死蛇，你再來幾下試試，本爵爺就站在這裏讓你電！」

墨索里尼暴怒道：「本王就成全你！」那迦寶光輪疾馳而出，化作流光劃過天地間。

楚天自己種下惡果，眼見墨索里尼這樣聽話，心中大叫：「我靠，我是你老子啊，讓你電你就電！」渾身羽毛嚇得都豎了起來，他仰頭喊道：「天啊！再降一道黃光幫我擋下吧！」果然，話一說完，又是一道黃光落下。

「呃……我難道學會馭天之術了？」楚天這下子可囂張了，翅膀一陣顫動，體內靈禽力運轉自如，第一重心法蛻焱金剛變使他的身子強橫無比。

墨索里尼再次震驚，不理會楚天拉風的顯擺，朝著天空大聲地說道：「何方高人？爲何不現身一見，卻在這裏裝神弄鬼。」

楚天鼻子都仰到了天上，他囂張地說道：「喂！黑皮蛇，這是我新學的功法，你最好乖乖磕頭認錯發誓做我小弟，否則嘿嘿……」

黑蝰蛟驚疑不定的三角眼裏透著殺機，蛇信來回吐出，巨尾橫掃地面頓時飛沙走石擊向楚天。

天空黃光乍現，一隻體形巨大的鳥從天而降。

楚天回過頭一看，頓時張大嘴巴說不出話，臉上的肌肉抽搐不已。

寨頂躺著的特洛嵐驚聲喊道：「居然是獅鷲一族的高手！」

寒克萊則是一臉的激動，死死盯著突然出現的大鳥。

楚天心裏驚呼：「這裏竟然有地球上傳說中的獅鷲！」

那大鳥已經幻化成原身，頭頂上一滴飽滿欲落的晶瑩寶珠流轉著七彩，一雙黃黑分明的眼睛透出強大的氣勢，略爲彎曲得鋼喙呈現出奇異的金色。

翅膀上的羽毛均是白羽黑邊，即使是在空中，也不見羽毛有絲毫地顫動，順滑地鋪展開來。強壯的獅毛髮泛著金黃，胸膛正中掛著一根烏黑的鐵鏈。

獅鷲雙眼鎖定黑蛙蛟，粗獷的聲音響起：「墨索里尼閣下，在下阿爾弗雷德，聽到閣下狂妄地聲稱要在我們鳥族的大地上稱霸，以閣下現在的實力，恐怕還不足以做到。」

墨索里尼狂嘯著說道：「你是鳥族中力量最強橫的獅鷲一族中鳥？」隨著他的狂嘯聲，空中氣流呼嘯旋轉著形成一片片虛幻的利刃飛向獅鷲。

阿爾弗雷德身形不動，靈禽力幻化出一道黃色光芒遮擋在身前，嘴裏不急不緩地說道：「在下正是獅鷲一族，現在居任本族中的左將軍一職。」

墨索里尼蛇身顫動，那迦寶光輪在他周圍旋轉，他尖聲地說道：「就憑你一個小小的左將軍，也敢在本王面前說這樣的話？本王今天要大開殺戒了。」

楚天一愣一愣的，黑蛙蛟渾身散發著一股陰沉獨尊的氣勢，而獅鷲卻是狂野霸道的氣息。兩者在空中纏鬥著，他處在兩大高手中間，想退走又不能，只得全力運轉體內的靈禽力抵抗著兩股強大的氣勢。幸好這兩個高手沒有展開對攻，否則的話，夾在中間的楚天必死無疑。

阿爾弗雷德眼中黃光大現，翅膀輕輕顫動著，說道：「墨索里尼閣下，雖然你有頂級的蟲器那迦寶光輪和玄金幕，再加上本身強大的修爲，使你足以傲視天下，但可惜的是你遇上了我們鳥族，現在不斷地有鳥族的高手出世，就憑你一個，根本不可能顛覆我們鳥族的統治。」

墨索里尼一接觸到獅鷲的眼神，心裏突地一跳，他運起體內力量抵抗著阿爾弗雷德的氣勢入侵，沉聲說道：「本王此次既然敢出世稱霸，就有著自己的資本，本王擁有蛇兵萬條，足以在本王的帶領之下橫掃天下了。」

阿爾弗雷德放聲長笑，翅膀微微一卷，他身後地面一大片的土地被掀起，砸向猶自攻寨的蛇族士兵，頓時，無數蛇兵翻飛著滾出去老遠。

楚天吃驚不已，現在他們都在高空之中，若是憑著自己的力量，就算將所有的靈禽力運到翅膀上也不可能做到這一點，沒想到獅鷲如此輕鬆的一掃，居然就有這麼大的威力。

一想到這獅鷲現在是幫自己的，楚天就高興，而且腦海裏似乎對這隻獅鷲很感親切，「爺爺的，要是這麼個強悍的高手能在老子身邊聽我調遣，多爽啊！」

楚天這樣想著，渾然不覺自己體內靈禽力的變化以及九重禽天變心法正在由第一重的蛻焱金剛變到第四重的淆隱靈融變悄然運轉。

墨索里尼狂怒道：「阿爾弗雷德，你已經激怒了本王！」

那迦寶光輪高速旋轉著，猶如銀雨旋空，就連太陽也急急躲進雲彩裏不敢出來。

與此同時，玄金幕漲大百倍，纏繞在墨索里尼龐大的身子周圍。

阿爾弗雷德長嘯著張開翅膀，靈禽力擋在楚天的前面抵抗著墨索里尼的強大精神攻擊，同時一道金黃色的光芒閃起，阿爾弗雷德身旁出現一根粗大的繩索，上面金黃色的光芒不斷纏繞流轉。

楚天一見，心裏暗暗羨慕：「老子怎麼就沒有個羽器呢！一看這根繩索，就知道不是凡品，不知道能不能對付黑皮蛇。」

寒克萊一見到獅鷲亮出金黃色的繩索就開始面露笑容，大聲地說道：「這是我們鳥族的頂級羽器奇喙吞龍索。」

特洛嵐微微一笑，與伯蘭絲相視一眼，心裏想：「這楚天到底是什麼身分，居然能讓千年不現世間的獅鷲一族高手現身幫他。看來他的來頭還真的不小，那樣的話，崽崽回綠絲屏城的事就更有希望了。」

阿爾弗雷德朝楚天微微一笑，說道：「運起你的九重禽天變心法飛開！」

楚天驚訝莫名：「怎麼這隻從沒見過自己的獅鷲會知道我修煉的是九重禽天變心法，不是說這套心法已經失傳了嗎？」

心裏雖然疑惑，但憑著心裏對眼前這隻獅鷲的感覺，楚天還是決定聽他的，當然，最重要還是，夾在他們兩個之間的結果只能是死。

楚天全力運轉九重禽天變心法，渾身金光暴閃，琉影御風變瞬間使他飛到寨頂，他大笑道：「黑皮蛇，你今天死定了，老子先去搞杯水喝，嗓子都冒煙了。」

楚天落在寒克萊身邊，輕聲問：「寒克萊大哥，你不是說這套心法沒人知道的嗎？」

寒克萊滿臉笑容地說道：「老哥以為再也不會有獅鷲出現了，就沒有跟你提及。」

楚天皺眉捏著下巴道：「難道這獅鷲是為了我而來的？」

寒克萊略一沉吟，猜測道：「應該是的吧！先不說這個了，看這隻獅鷲怎麼把黑蝰蛟給滅了。」

黑蝰蛇墨索里尼緊張地盯著阿爾弗雷德身邊如金龍盤旋的奇喙吞龍索，那迦寶光輪急速旋轉著，心裏暗暗吃驚：這羽器上散發出的氣息是屬於頂級羽器才能擁有的，蟲族的頂級蟲器不能與鳥族的頂級羽器相比，但本王有兩件頂級蟲器，還怕不能收拾你？

一想通關鍵，墨索里尼身上氣勢頓時大漲，那迦寶光輪引發無數雷電附在其上，萬道光芒直射阿爾弗雷德。

獅鷲將軍微微一笑，翅膀邊緣的羽毛不斷抖動，結成各種各樣的手勢，羽器奇喙吞龍索猶如虎嘯龍吟，突然放大百倍向黑蝰蛟衝去。

墨索里尼將玄金幕置在身子周圍，就是為了護住自己不受傷害，可是奇喙吞龍索根本就不受玄金幕的影響，逕自穿透玄金幕後就將黑蝰蛟捆綁了個結實，一圈金黃色的光芒慢慢地從蛇尾延伸上來。

墨索里尼心裏驚慌，大聲喊道：「那迦寶光輪，叡！」法輪上雷電脫體而出，粗達丈餘的雷電從四面八方擊向阿爾弗雷德。

楚天驚聲喊道：「將軍小心！」

阿爾弗雷德雙眼透出犀利的光芒，靈禽力運到極致，種族異能勃發，整個身子頓時消失不見。雷電擊打在一起，地面上的蛇族士兵就慘了，不斷落下的雷電讓他們死傷慘重。

黑蝰蛟只覺得體內的力量一點點地流逝，身子也開始虛弱。

獅鷲將軍面帶微笑地說道：「這是本座的羽器奇喙吞龍索，墨索里尼閣下以爲本座的羽器既然能吞龍，對付你一條小小的蛟應該不在話下吧！」

寒克萊已悄聲告訴楚天這奇喙吞龍索的妙用，他有心想嚇嚇把自己搞得很狼狽的墨索里尼，於是大聲地說道：「凡是被頂級羽器奇喙吞龍索綁住的生命，不論是你這種小黑蛇還是龍，只要黃光覆蓋了全身就死定了，黃光每上升一點，生命就會逐漸流失一點，黑皮蛇，哈……你就等死吧！」

黑蝰蛟聽得心驚不已，三角眼裏透出一絲恐懼地望向自己，黃光正在一點點地上升。

阿爾弗雷德笑著說道：「墨索里尼閣下，現在你應該知道，憑你的實力根本就不足以顛覆我們鳥族的統治吧！」

墨索里尼懊惱地點點頭，說道：「一個左將軍就這麼厲害，本王真是不自量力。」

獅鷲將軍運轉靈禽力，奇喙吞龍索猶如活物般脫離黑蝰蛟的身體，回到他體內。阿爾

弗雷德渾身黃光一閃，顯現出人形。他的身材極其魁梧，較之楚天還要高出半個頭；藍色的頭髮蓬鬆搭落，濃眉之下一雙湛藍色的眼睛射出讓人心寒的光芒，鷹鉤鼻下淡藍色的嘴唇。肩膀上的護甲幾乎透明，流溢著藍色光華，伸出肩膀大半；身穿的戰甲光華流轉，金屬製成的銀色圓環從左肩一直扣到腰部，完美而霸氣；背後的披風隨風飄動，高高揚起。

腿上的護甲堪稱完美，由腰部到膝蓋完全是一個整體的藍色護甲，上面紋路清晰，藍光暗轉。

阿爾弗雷德笑著說道：「那麼現在墨索里尼閣下是否要依本座所言呢？」

黑蛙蛟滿臉無奈，點點頭說道：「對於閣下的勸阻，以及閣下所表現出來的實力，本王如果不聽的話，豈不是自尋死路？」

阿爾弗雷德斂起笑容，正色說道：「本座是不想看到一個辛苦修煉的高手就這樣毀了，你帶著你手下的蛇族士兵退走吧！」

墨索里尼這時才明白什麼叫天外有天，對於獅鷲的仁慈和力量，他既是尊崇又是恐懼，當下搖擺著尾巴，說道：「本王既然不能實現對手下士兵的承諾，也無顏做他們的頭領了，我會依照你的意思退走，但我手下的決定我是做不了主了。」

黑蛙蛟一說完，那迦寶光輪銀光大現，直接鑽進地下，墨索里尼蛇首一昂，極快地跟在那迦寶光輪後面鑽進地裏消失不見。

第十四章 霸王回歸

楚天見戰局逆轉，心裏大喜，靈禽力運轉，渾身金光大現，翅膀一擺，飛向在寨後抗敵的獨眼那裏。

從開始處在兩大高手之間時，楚天就感覺到體內靈禽力又有所增強，九重禽天變心法也更加熟悉，已經突破了第四重的後期，漸漸可以進入第五重辟元耀虛變的修行。

楚天直接衝殺到蛇族士兵堆裏，靈禽力覆在翅膀上，只見蛇族軍團裏一團金影就跟進到麥田裏的收割機一樣，所到之處，蛇血紛飛。

獨眼和手下天牛戰士見楚天如此勇猛，都是熱血沸騰，一個個紅著眼睛拚起餘力斬殺蛇族士兵。

坎落金、坎落黑得到楚天的命令，去將寨頂的特洛嵐他們帶下來休養。

阿爾弗雷德眉頭微皺，雖然已經變成人身，但在空中猶如閑庭信步，絲毫不見有什麼

下墜的趨勢。

他來到楚天衝殺的地方，對於這些蛇族士兵，阿爾弗雷德並不在意他們的生死，現在他急於從楚天身上知道一些事情。

阿爾弗雷德伸出右手，手上覆著靈禽力，黃光注滿整條手臂，五指一收，一團黃光成爪狀呼嘯著將楚天周圍的蛇族士兵滅得屍首無存。

他全身黃光一現，一股淩厲的霸氣震懾全場，所有的蛇族士兵紛紛向四周逃竄。

楚天衝殺得正起勁，突然眼前黃光一閃，就沒見一條蛇了，心裏不由大是不爽，無視阿爾弗雷德正虎視眈眈地看著他，大聲喊道：「我要殺蛇啊！」

阿爾弗雷德微微一笑，雙眼藍光射出，緊緊鎖定楚天。

楚天還要再說話，卻發現身子不能動彈，嘴巴一張一翕就是說不出話來。心裏不由大驚，想道：「從我力量達到翅爵等級以來，就沒人能封住我的身子，這隻獅鷲真是實力驚人，能在一瞬間就讓我無法動彈。爺爺的，每次老子自以為可以在周圍的人面前稱雄時，就會有鳥來打擊老子，只是不知道這隻獅鷲的力量達到了哪個等級了。」

阿爾弗雷德以靈禽力封住楚天，然後運起種族異能仔細探查楚天體內的力量。

只見一道道黃光從楚天的五官和頭頂穴位進入他體內，獅鷲眉頭緊蹙，雙眼藍光不斷增強。

楚天只覺得阿爾弗雷德雙眼藍光如利劍一般，能穿透自己的內心，而黃光入體猶如針刺在自己體內的血管和經絡裏遊走，指不定哪個地方就扎上一下，痛得要命，他心裏大急，想道：「沒想到老子先前沒被黑皮蛇吞了，現在倒要被這隻獅鷲折磨死，天吶，可歎我的人生！」

阿爾弗雷德越是探查心裏就越是驚訝不已，在楚天快要崩潰的時候收回靈禽力，雙瞳藍光消散，喃喃自語道：「主上怎麼會在他的體內沉睡，而且到現在還沒有一點甦醒的跡象？我必須將主上喚醒，現在世界形勢微妙，主上要是這個時候能甦醒的話，一定能帶著我們完成未完的事。」

楚天莫名其妙地看著獅鷲將軍，聽著他在那裏喃喃自語，向早已呆了的獨眼打個手勢，示意先行撤走。

獨眼回過神，將懷裏的崽崽抱緊，帶著手下退進寨子裏。

所有的蛇族士兵被獅鷲身上散發出來的強大氣勢給嚇倒了，再見到自己的王墨索里尼也敗下來了，支撐戰鬥的心理瞬間崩潰，開始四下亂竄，爭相逃命。

崽崽因爲被伯蘭絲下了安眠心訣，從開始戰鬥到現在就沒有醒過，但身體明顯地發生了一些變化。

特洛嵐和伯蘭絲兩人在坎落金、坎落黑兩兄弟的扶持下，抱在一起同時運起體內殘餘的靈禽力療傷。

寒克萊與手下的大雁結成鶴雁天心陣，六芒星吸取天地元氣來爲他們療傷。

阿爾弗雷德失神了十幾秒鐘，驀地回過神，渾身氣勢一漲，對拍打著翅膀正要溜走的楚天笑著說道：「你現在力量大增，但還不是我的對手。」

楚天現在的姿勢是端起一隻爪子，拍著一隻翅膀，弓著背就想要溜，一聽到獅鷲將軍的話，故作斯文地用翅膀拍拍腳，訕訕收回來說道：「腳上有灰，將軍說得是，將軍說得是，我怎麼會是將軍的對手呢？」

阿爾弗雷德皺皺眉，突然沉聲喝道：「那你可知道，你以前一隻手就能殺了我。」

楚天張大嘴巴，支支吾吾地說道：「將軍別開玩笑了，我以前比現在還差勁，更何況我從來沒見過將軍，怎麼會殺將軍呢？」

阿爾弗雷德眼中藍芒一展，突然刺向楚天。

楚天體內那股躁動不安的力量壓制住他本身的靈禽力，輕鬆化解了阿爾弗雷德的攻擊。

楚天不可置信地看著自己的身體，拍打著翅膀說道：「這是怎麼回事，我體內居然還有另一種力量存在。」

阿爾弗雷德右手握成拳頭，用力地揮舞著，激動地說道：「當你體內的這股力量甦醒了，天下間就沒有敵手了。」

楚天努力地運轉靈禽力，想找出體內那股躁動的力量藏在哪裏，卻怎麼也找不到，不由對阿爾弗雷德問道：「我應該怎麼樣才能讓它完全甦醒呢？」

獅鷲沉聲說道：「我現在就來開啓你的靈智，應該能喚醒它。」說到這裏，他的臉上現出一股奇異的光輝，那是一種無上的神聖，只聽得他繼續說道：「那時你就是無上的王者，我的主上！」

楚天現在可是對力量有著深深的渴求，哪裏還管阿爾弗雷德說的是什麼，急急地說道：「將軍請儘管開啓我的靈智，壞了也沒關係。」

阿爾弗雷德回過神，意識到自己說漏嘴，當下微笑著說道：「我們獅鷲一族的種族異能中有一種叫做前世今生心法，能毫不損傷地開啓一隻鳥的靈智。你放心，不會壞的。」

楚天點點頭，重重地說道：「那就請將軍快點幫我開啓靈智吧！」他心裏不知道怎麼地就對這位獅鷲將軍極其信任，這是自己做大盜以來從沒出現過的情況。

阿爾弗雷德收起笑容，雙手靠胸，時卷時舒地結集各種手印，靈禽力小範圍地波動，黃光不斷地溢出，幻化出一隻隻巴掌大小的小鳥流瀉著向楚天飛去。

楚天體內靈禽力運轉，九重禽天變心法開始在體內運行，把阿爾弗雷德身上散發的靈禽力進入到楚天體內。

楚天渾身放鬆，早已幻化成人形，光頭下的雙眼紅黑兩芒變幻不定，使他整個人顯得異常邪氣，裸露著上身，胸膛上肌肉完美地凸顯。隨著他體內靈禽力的增強，現在他除了一對爪子，其他的都成人了。

在阿爾弗雷德的靈禽力波動下，楚天大腦不斷閃現出一些奇怪的畫面，正當他想看清那是什麼時候，一陣無法忍受的頭痛侵襲上來，他體內的靈禽力自主對獅鷲的靈禽力開始反擊。

阿爾弗雷德心裏吃驚不已，能在他的種族異能前世今生心法下生出反抗的鳥並不多，何況眼前這隻力量遠遠不及自己。他不敢過於強硬，一見楚天臉上流露出的痛苦神情，馬上收回靈禽力。

楚天的大腦在爆炸般的疼痛中如放電影般劃過一些他從來沒有過的記憶，而阿爾弗雷德雙手後負，靜靜地站在一邊看著楚天消化這些東西。同時，楚天的身體也正發生著變化。

楚天渾身一震，驀地睜開雙眼，冷冷地看著阿爾弗雷德，眼中的寒芒讓身爲獅鷲左將軍久經世故的阿爾弗雷德心裏也不禁一顫。

阿爾弗雷德心裏暗驚，強斂住心神，說道：「你恢復記憶了？」

楚天眼神中厲芒瞬間消失，他茫然地說道：「什麼恢復記憶？我大腦裏突然出現好多影像，出現了許多我以前從來都沒有經歷過的事情，好像是從大腦深處鑽出來的一樣。」

阿爾弗雷德暗自吃驚，靈禽力運轉探視楚天體內，卻發現楚天體內兩股力量夾雜不清，一股狂躁而充滿王者霸氣，另一股就是他本身的九重禽天變的力量。

阿爾弗雷德一彎腰恭聲說道：「屬下左相參見殿下！」他感覺到那股洶湧澎湃的力量，那就是萬年前的主上身上所散發的王者之氣。

楚天現在大腦還是一片混亂，突然出現的影像讓他不知所措，但只要他往深處一想，腦海就像是要炸開一般。

阿爾弗雷德歷經萬載，自然不會看不出楚天面上現出的神情代表著什麼，他現在心裏也是一片混亂，站起來看著楚天一言不發。

楚天體內九重禽天變的力量開始運轉，將那股狂躁的力量慢慢壓制下去，楚天這才清醒不少。

他的腦海裏突然閃現出幾行清晰的文字，身子彷彿不受控制一般從懷裏拿出自己千辛萬苦得到的三張羊皮卷。

阿爾弗雷德看到羊皮卷，眼中精光閃過，習慣性地用右手敲擊著額頭的一點晶瑩。

楚天拿著羊皮卷仔細地看了一會兒之後，蹲在地上將三張羊皮卷拼湊在一起，盯著拼好的羊皮卷看了半晌才說道：「這是張藏寶圖，具體的地點是在聖鸞城附近的大天池裏。

如果能得到裏面所藏匿的寶藏，我們就能稱雄鳥人世界了。」

阿爾弗雷德不知道現在的楚天到底是不是主上的化身，從他時而透露出的神情和氣勢來看，就是主上，但更多的時候他還是表現出本身所有的氣息。

阿爾弗雷德現在唯一的解釋，就是自己從未失手的種族異能前世今生心法在楚天的面前只能起到微弱的作用，將他體內主上的記憶部分不連續地釋放出來。

楚天可不知道眼前的獅鷲將軍心裏的盤算，他已經完全從剛才的痛苦之中清醒過來。雖然腦海裏還殘留一些自己都不知道的東西，但他現在只想看腦裏一直出現的寶藏了。

阿爾弗雷德身爲一個種族的左將軍，識人之術他豈能不知道？從楚天接受自己的前世今生心法之時，他就已經開始注意楚天說話行動時的每一個細節，以揣測他的性格和想法，希望能和萬年前兵敗被封的主上一致。

要是這樣的話，阿爾弗雷德就能讓真正的主上復活過來，帶著他們開始完成未完成的征途。

楚天臉上顯出對財富的渴望神情。

現在他可不管自己是怎麼知道寶藏的，心裏喜滋滋地想道：「只要能找到這批寶藏，老子就發財了，哈……有了錢我就可以在這個世界橫著走了。」

阿爾弗雷德看出楚天只是想得到寶藏，心裏歎了口氣，想道：「他一點都沒有當年主上的性格，但很明顯他體內所蘊含的力量是主上的。除了主上，再沒有鳥人能練成九重禽天變的心法了。可是他的九重禽天變心法是從哪裏學來的？」

獅鷲將軍想到這裏，心裏對楚天又起了不少疑問，看到楚天向寨子裏走，滿懷疑問地跟在楚天後面。

歷經萬載，阿爾弗雷德一直都在世上尋找著主上的蹤跡，現在終於在一隻禿鷹體內發現主上的部分力量，無論如何也要喚醒藏在他體內的主上記憶。

獨眼抱著崽崽在寨子裏指揮著天牛戰士修理寨子，看到楚天進來，話也不說就將崽崽塞進他懷裏，嘴裏說道：「累死了！老大，崽崽到現在還沒醒，你說他不會傻了吧！老子怕那兩位高人醒來會找我麻煩，還是你抱著吧！」

楚天接過崽崽，伸出翅膀拍了獨眼一下，笑罵道：「好你個獨眼，現在居然學會推卸責任了，崽崽這是休眠。」

獨眼撓撓腦袋，說道：「老子才不管這麼多，你這個做老大的不管寨子的好壞，我還得爲手下的弟兄做一個好窩呢！」

楚天抬起翅膀在獨眼腦袋上打了下才大笑著說：「坎落金、坎落黑，你們兩個過來幫獨眼把寨子修好。」

獨眼這才眉開眼笑，說道：「有了這兩個蠻牛，那事情做起來就輕鬆多了。不過老大，你這兩隻豹子性情可真是兇猛，我都不敢吭一下。」

站在一旁的阿爾弗雷德突然開口說道：「那兩隻飧豹只會對自己的主上溫順，他們能讓你近身就已經很不錯了。」

獨眼可是親眼見識過這隻獅鷲的力量，現在雖然站在他面前的阿爾弗雷德並沒有刻意釋放力量，獨眼仍是感覺全身肌肉緊繃，一股股凝聚起來的威壓盤旋在他的周圍。

楚天將崽崽又扔給獨眼抱著，說道：「現在坎落金兩兄弟都歸你支使了，抱好崽崽，我要去看一下他們。」

獨眼接過崽崽，轉身離開去指揮修理寨子了，坎落金、坎落黑兩兄弟面無表情地跟在後面。

楚天對著阿爾弗雷德點點頭，他可是絲毫沒有感覺到阿爾弗雷德身上的氣勢，只聽他說道：「坎落金和坎落黑兩兄弟對我和崽崽可是溫順得很，咦……獅鷲將軍，你既然這麼瞭解他們的性情，是不是有辦法開發出他們的種族異能呢？」

阿爾弗雷德微微一笑，充滿陽剛之氣的臉龐舒緩不少，說道：「當年鳥獸大戰，獸族被趕往極北之地，許多獸族中獸的種族異能雖然我們鳥族清楚，卻也不能順利地幫助他們開發出來。像我的主上以鳥族靈禽力貫通獸、蟲、海三族力量的根源，才能輕易地開發出他們的種族異能。」

楚天聽得興趣大起，問道：「你的主上？那肯定是位非常了不起的人物吧！」

「是的，非常了不起。」眼中神光閃爍，阿爾弗雷德面上出現回憶激動的神色，他一字一頓地大聲說：「他叫做天禽。」

「天禽？」聽著這個讓人心血澎湃的名字楚天默默念了幾遍。

從當年的回憶裏清醒過來，知道自己失態了，阿爾弗雷德心裏歎了口氣，看著面前的楚天，他突然想道：現在跟他說說主上的事蹟，說不定能喚醒他心裏主上留下的記憶。

當下獅鷲一斂笑容，正色問道：「你應該去過黑雕城的神殿吧？」

楚天點點頭，埋怨道：「要不是去了黑雕城，我也不會到這裏來了，還差點成了那大蛇的腹中餐，爺爺的，想想就鬱悶！」

阿爾弗雷德臉上閃現出一絲不易察覺的失望，心想：「連一條低等無知的黑蝰蛇都不能對付，主上選擇他到底是什麼意思？」

但他隨即想到現在楚天體內的力量完全沒有甦醒，心裏又想道：「主上在他體內的力量還沒甦醒，我現在一定得讓主上儘快醒過來。」

楚天可不知道阿爾弗雷德心裏的想法，他見阿拂雷德不回答以爲他是不願，也不在意。心裏想著即將得到的寶藏，楚小鳥樂滋滋地走到特洛嵐和伯蘭絲兩鳥人面前。

特洛嵐與伯蘭絲均已幻化成人形，特洛嵐左爪立地，右爪平平伸直，剛好抵在伯蘭絲的腰間，雙手一上一下交叉，左手按在伯蘭絲的胸前，右手凌空不動。

伯蘭絲坐在特洛嵐右爪上，雙手筆直伸出，按在特洛嵐的胸膛上。

兩人周身籠罩在一團藍黑夾雜的霧裏，兩種顏色不斷地旋轉著，形成一個大光球，一絲絲的光芒由他們的手掌向體內滲進。漸漸地，他們彷彿成了透明體，體內的血管清晰可見。

阿爾弗雷德走到楚天身邊，雙眼氤氳著黃芒，看著兩隻鴕鳥，說道：「突破九級的黑蝰蛇力量超過熔器前期，這兩隻鴕鳥即使是以家族的種族異能合體也只能勉強擊敗一隻擁有翎爵力量的鳥，在黑蝰蛟面前根本不堪一擊。」

楚天心裏對獅鷲將軍的力量等級很是好奇，聽到他這麼說，不由問道：「將軍，你的力量到達了什麼等級呢？能在一招之內將黑蝰蛟擊敗，那就是超越熔器了啊！」

阿爾弗雷德微微一笑，並不對楚天的問題做出回答。他右手抬起，手心黃光四溢，瞬間便將兩隻鴕鳥籠罩，嘴裏說道：「我這點微薄之力在主上面前只能算是螢火之光，不提也罷。」

你的力量居然還算是螢火之光？那老子的算什麼，豈不是連狗屁都不是？楚天心裏自然不爽：「辛辛苦苦得到的力量居然被人貶低得一文不值，哼！老子總有一天也會讓你們知道自己的力量是螢火之光。」

楚天不便打擾阿爾弗雷德幫特洛嵐他們免費治傷，就又走到處在大雁之中面色慘白的寒克萊翅爵面前。

寒克萊的情況雖然比特洛嵐他們要好，但也是羽器差點被毀，若不是楚天衝在前面幫他擋了大部分的力量，寒克萊早就死在黑蛙蛟的蟲器那迦寶光輪之下。

寒克萊身爲丹姿城神殿官員，因爲受過丹姿城大祭司的祝福，體內傷勢恢復比別人快了不止一倍，楚天來時他已經能睜開眼睛了。

楚天見寒克萊睜眼，笑著說道：「寒克萊大哥感覺可好？」

寒克萊臉色依然蒼白，輕輕點點頭道：「現在體內力量恢復了不少，多謝楚老弟捨命相救，讓老哥和手下的大雁戰士逃得一劫。」

「我還不是當時一糊塗就衝了上去，要是看清情況，老子怎麼也不會上前一步的。」楚天心有餘悸：「可是既然你這麼說了，那我就勉強接受自己是救世主這一說法吧。」

他笑著擺擺手，說道：「寒克萊大哥客氣了，大家同仇敵愾，再說了，若不是寒克萊大哥，小弟的這個山寨也不可能這麼完整了。」

寒克萊本來心裏就對楚天非常感謝，聽他這麼說，心裏更是感激，說道：「不管怎麼說，老哥我是欠你一個人情了。」

「等的就是你這句話。」楚天心裏暗暗得意：「以後找你幫忙不怕你這老狐狸不放在心上。」表面上裝出惱怒的樣子，說道：「寒克萊大哥這麼說就是不把小弟當朋友了。」

寒克萊一愣，隨即會意，笑著說道：「是老哥說錯話了，是老哥說錯話了。」

楚天這才點點頭，雙翅一振，說道：「寒克萊大哥你先療傷，小弟還要去看看寨子的情況。」

寒克萊點點頭，說道：「楚老弟請自便。」

阿爾弗雷德雖然在幫羽器差點毀掉的特洛嵐夫婦療傷，對楚天的一舉一動卻是瞭若指掌，見到他拉攏人心的手段，心裏暗暗想道：「這還有點當年主上的性格，隨時都不忘收攏人心為己所用，就是不知道他是不是會真心對效忠他的人。」

這樣想著，獅鷲對楚天的力量成長還是很滿意的：「和主人也相差無幾，自他與墨索里尼對決時看到的境界也不過是九重禽天變心法第四重淆隱靈融變的前期，而經過自己與墨索里尼氣勢的催發竟然達到了後期。」

「哼哼，這樣他體內的靈禽力已經能自動運轉，在無意識中吸取天地的靈氣為己所用，力量也算超過翅爵，快要進入銳爵級別了。」一想到這裏，阿爾弗雷德不由點點頭。

正想著，驀然，特洛嵐背後一雙銀白色的翅膀憑空伸出，搖擺著延伸，猶如銀龍舞空，那是他的高級羽器虬鼊翼。

楚天仰首看著虯竈翼重新煥發刺眼的銀芒，知道特洛嵐的傷勢已經好得差不多了，心裏竟隱隱有些替他們高興：「爺爺的，老子以前整天被他們欺負，現在他們受傷了，我應該高興才是，怎麼反而他們好了，我才會高興呢？」

楚天想了半天，只能總結出自己這叫犯賤！不由擺擺腦袋，自我安慰道：「我只是想他們好了幫我照顧崽崽。」

伯蘭絲身上的黑色戰甲黑芒流轉，雙手隱隱幻化出虛空中的綠色羽毛。突然，綠色羽毛離體而出，組合成她的高級羽器碧波粼羽刀，停滯在空中，圍繞在她身邊，邊沿絲絲的綠芒吐露。

阿爾弗雷德收回右手，來到楚天旁邊，說道：「你沒有羽器？」

楚天搖搖頭，嘴裏酸溜溜地說道：「我也想有柄羽器，那樣我的攻擊力絕不會像現在這樣。」

阿爾弗雷德趁機說道：「現在他們的傷也恢復得差不多了，你們就去尋找寶藏吧！」

楚天一愣，一會才結巴地問道：「你不跟我們一起去嗎？」

阿爾弗雷德搖搖頭，說道：「我還有事要處理，你去就行了，有點危險，要小心。」

「老子也知道很危險，想地球上那些寶藏還不都是伴隨著無數陷阱防禦！我見過的寶藏比你聽過的還多！」楚天想道：「還只是有點危險，你以爲我是你呀！隨便一根繩子就

把一個達到熔器階段的高手給嚇跑了，老子要是有你那麼強，那我還去找個屁寶藏！」

心裏雖是這麼想的，楚天臉上卻是帶著笑地說道：「將軍，我現在的力量恐怕……」

阿爾弗雷德指了指兩隻鴕鳥，說道：「他們會跟著你的啊！再說了，不經歷磨難，你的力量怎麼提升啊？」

楚天頭大如斗，要不是對獅鷲將軍的力量有些畏懼，他還真想破口大罵，此時卻只能點點頭，說道：「將軍說的是。」

阿爾弗雷德看著楚天，說道：「那寶藏裏面會有你想要的羽器，得到之後，你的力量可以提升許多。」

楚天瞪大眼睛，他現在最想擁有的就是羽器了，他一字一頓地問道：「難道那寶藏裏會有我想要的羽器？」

阿爾弗雷德神情鄭重地說道：「不但有羽器，還能獲得巨大的力量，你腦海裏的記憶也告訴了你一些事情，如果你得到那力量，實力絕對能超過我。」

楚天體內被阿爾弗雷德開發出的記憶讓他知道了寶藏的大概情況，心裏對獅鷲將軍的話自然是毫無疑詞，點點頭雙手握成拳頭激動地說道：「要是能得到寶藏，那我的力量一定能突飛猛進，到時變成人是肯定的。」

阿爾弗雷德要的就是激起楚天爭雄的決心，那樣的話，就更容易讓楚天體內的主上甦醒。聽到楚天這麼說，知道他完全被自己打動了，於是說道：「楚天，你要想獲得更多的力量，就不能局限在南大陸，北大陸那邊有更多的挑戰。」

楚天不明所以，問道：「北大陸那邊？」

阿爾弗雷德點點頭，說道：「對，北大陸，現在北大陸那邊極其混亂，在那裏強者爲尊，當年流放的獸族以及一些鳥族不出世的高手都在北大陸。」

楚天雖然聽說過北大陸的一些事蹟，但還是不大瞭解，這時也被阿爾弗雷德激起了好奇心，他瞪大眼睛問道：「將軍，不如你就跟我講講北大陸的事情吧！」

阿爾弗雷德笑著說道：「北大陸自從當年鳥族幾大戰爭之後便處於混亂之中，基本上不由鯤鵬城統治。」說到鯤鵬城時，他的眼神變得凌厲，語氣也加重了，「可以說現在的北大陸是無主之地，其中主要有三股勢力，一股是歷經萬年發展的獸族，一股是被鯤鵬城遙控的昏鴉城，還有就是剩下幾座天空之城的力量了。」

楚天心裏突然有種對北大陸的嚮往，對那裏有股親切感，彷彿那裏有他的家一樣。他臉上流露出一股對家鄉的留戀之情。

阿爾弗雷德見楚天的表情，知道他體內的天禽力量有復甦的跡象，說道：「主上曾經擁有的天空之城天弋城，在戰敗之後被鷂族和鳶族佔據，所有的臣民都盼望有一天主上能回來，重新帶領他們追回以前的榮耀。」

楚天聽完阿爾弗雷德的話，心裏突然湧起一股莫名的感動，不由自主地說道：「他們受累了，我會去北大陸的，我所擁有的東西我一定會奪回來。」

話一說完，連楚天自己都愣住了，他拍拍自己的腦袋，心裏想道：「撞鬼了，老子從沒去過北大陸，哪裏有什麼我的東西，爺爺的，才第一次見面居然會對一隻傳說中的獅鷲有著莫名的親切感，天啊！莫非老子前世真的是隻鳥？」

獅鷲將軍見楚天能說出這樣的話，心裏很是高興，說道：「現在還不是時候去北大陸，先去將寶藏取出來，對你以後會很有幫助，要想在這個弱肉強食的世界生存，就只有擁有強大的實力才行。」

楚天點點頭，他現在大腦裏充斥著對寶藏的渴求，透出懾人的光芒，右手無意識地敲擊著額頭。

阿爾弗雷德卻是驚喜莫名，想道：「他真的是主上，我記得這是主上思考時最習慣做的動作，終於又見到你了，我的殿下！」

特洛嵐睜開眼睛，感覺傷勢已經基本恢復，只要再調養幾日即可，似乎力量比以前更強大了。

他站起來走到阿爾弗雷德前面，深深一鞠躬，由衷地說道：「多謝相救！」

阿爾弗雷德饒有興趣地看著特洛嵐，說道：「沒想到你居然還是一代族主，雖然你想裝作不知道我，但你眼神中的震驚是無法隱瞞的，別忘了我們獅鷲一族的種族異能。」

特洛嵐身子一震，從他醒來看到場上居然有一隻鳥族最神秘的獅鷲一族高手時，心裏的震驚得無以復加，要知道在當年天禽叛變失敗之後，他身邊的親衛隊獅鷲一族就銷聲匿跡，沒想到居然在這裏見到了。

伯蘭絲的聲音從特洛嵐身後響起：「獅鷲一族被列爲鳥族公敵，拙夫這麼做，也有他的爲難之處。」

阿爾弗雷德眼中厲芒一閃而過，抬頭向天，冷冷地說道：「你們的主上教你們這麼對待救命恩人的嗎？」

楚天見場上氣氛太僵，忙岔開話題，對特洛嵐說道：「特洛嵐，我準備去聖鸞城！」

特洛嵐驚訝地問道：「你去那裏做什麼？」

楚天抑制不住內心的興奮，從懷裏把羊皮卷拿出來，指著說道：「這三張羊皮卷組合起來就是一張藏寶圖，地點就在聖鸞城附近。」

阿爾弗雷德對楚天將事情全盤托出並沒有太多的意見，他站在一旁，面無表情地仰首望天，似乎是在思索著什麼。

特洛嵐心裏暗道：「聖鸞城離綠絲屏城比較近，楚天如果能得到寶藏增強實力的話對我們也是有好處的。」想到這一點，他說道：「剛好綠絲屏城離聖鸞城比較近，可以先去找寶藏，再帶著崽崽去綠絲屏城。」

伯蘭絲這時也說道：「楚天，你不回黑雕城領功麼？這次你滅了鳥族的一大隱患，黑雕城一定會重賞你的。」

楚天不屑地說道：「伯蘭絲，什麼時候你也開始在意這個了，有了聖鸞城那裏的寶藏，就是一座天空之城我都能得到，還在乎那些封賞？」

伯蘭絲對此嗤之以鼻道：「看不出來以前勢利的楚小鳥，也開始目光遠大了。」

楚天「哼」一聲，臉上露出很得意的笑容，說道：「就算寶藏拿不回來，我也可以再回去拿封賞的嘛！這個又不會跑到別人身上。」

第十五章 聲名鵲起

寒克萊率著手下的大雁戰士走過來，剛好聽到楚天的這句話，不由笑道：「楚老弟，這種話也就只有你能說出來。你可知道，凡是被封了天空之城爵位的鳥人，處理完了事情一定要回去稟告？」

楚天右手敲打著額頭，皺著眉說道：「這麼麻煩，寒克萊大哥，那這樣吧，你不是要回去嗎？反正天空之城離黑雕城也不遠，你派手下的鳥去幫我把事情搞定就行了。」

寒克萊苦笑道：「楚老弟你這可是爲難我了，好吧！我會辦好的。」

特洛嵐四下看了看，問道：「崽崽呢？」

楚天努努嘴，說道：「還在睡，我讓獨眼抱著呢！」

伯蘭絲冷眼看著楚天，說道：「獨眼呢？叫他把崽崽抱過來。」

楚天正想低聲下氣地答幾句，突然想到自己現在的力量已經不弱於伯蘭絲了，不由底

氣十足地喊道：「獨眼，把崽崽抱過來。」

特洛嵐心裏開始吃驚了，楚天剛才說話聲音有如殷雷震耳，隱隱感覺他的力量已經跟自己差不多了。

獨眼嘟嘟囔囔地拍著翅膀飛過來，不滿地說道：「沒看到我正在忙著修寨子啊！爺爺的，老子都快累死了，老大，你就不能自己跑一趟啊。」

楚天佯怒道：「哪那麼多廢話，老大叫你送過來就趕緊送過來，我這不是正忙著嗎！」

獨眼罵罵咧咧地說道：「你忙?老大，我沒見過比你還閑的鳥，你看你現在，雙手叉腰，左腳閃著，右腳抖著，你這樣也叫忙?」

楚天接過崽崽，笑罵道：「獨眼，你是不是老子回來到現在都沒叫崽崽玩你頭上的那兩根觸鬚，你覺得不舒服了?」

獨眼狠狠瞪了楚天一眼，說道：「老大，算你狠!我幹活去。」說完轉身走向寨子。

楚天大笑著說道：「要不然怎麼做你老大啊!」轉身又對伯蘭絲說道：「崽崽怎麼一直都在沉睡呢?這麼大的動靜他都不醒，不會是傻了吧!」

伯蘭絲瞪了楚天一眼，沒好氣地說道：「這是我怕崽崽到處亂跑，才給他設的安眠心法。」

楚天連連說是，突然像是想到什麼，朝阿爾弗雷德問道：「將軍，我們禿鷹一族的種族異能是什麼？」

阿爾弗雷德低下頭，說道：「身體鋼化，跟鷹族的種族異能相差不大，但是禿鷹一族的種族異能卻更加完善。」

楚天大失所望，說道：「唉，原來是身體鋼化啊，我的九重禽天變心法裏面已經有了蛻焱金剛變，估計比身體鋼化還要強上幾分。」

阿爾弗雷德拍了拍楚天的肩膀，說道：「九重禽天變心法是天下間最神奇的心法，蛻焱金剛變一旦達到第三層，比一般禿鷹的身體鋼化要強得多。楚天，你的九重禽天變心法是從哪裏學來的？據我所知，萬年來除了主上之外，沒有其他的鳥族能修煉這心法。」

楚天指著寒克萊，笑著說道：「就是寒克萊大哥傳給我的，可惜只有前五重心法。」

阿爾弗雷德正色說道：「修煉到第五重之後就開始是攻擊性的心法了，前面的是要對肉體進行修煉，還有就是對天地靈氣的感悟，你現在到了第四重後期，估計對天地靈氣的感悟達到了一個境界，這些對你以後的修煉都是極有幫助的。」

楚天小心翼翼地問道：「將軍可知道九重禽天變後面的心法？」

阿爾弗雷德搖搖頭，說道：「我不知道，事實上在這個世上應該不會有鳥族知道九重禽天變心法了。」他眼中透出一絲疑惑，問道：「仙鶴翅爵，你所知道的心法是從哪裏得來的？」

寒克萊遲疑了半晌才說道：「請將軍恕我不能相告，我答應過別人不說出去的。」

阿爾弗雷德點點頭道：「既然仙鶴翊爵不便說，那我就不追問了。」

特洛嵐指著楚天手上拿著的羊皮卷道：「這張藏寶圖是不完整的，那我們應該怎麼找？」

楚天擺擺手，隨即敲敲額頭，說道：「我知道在聖鸞城附近的大天池池底，這不就行了？」現在的他似乎對一些未知的困難並不在乎，該來的話總會來的，又何必擔心呢！

特洛嵐可不知道楚天現在心境的轉變，他都快暈了：「你以爲找寶藏是探路啊，知道地方過去就行了。」他大聲地說道：「那你知不知道裏面到底有多少陷阱機關呢？萬一到裏面出了什麼事怎麼辦？」

楚天前世可是縱橫世界的大盜，最擅長的就是機關之術，對這個他倒不是很擔心。他打個哈哈，說道：「將軍對那寶藏可瞭解？」

阿爾弗雷德搖搖頭道：「只知道一點，那就是寶藏絕對是獨一無二的。」

很好。楚天對阿爾弗雷德的回答很是滿意，他點點頭道：「我腦海裏的跡象也不斷地告訴我寶藏的重要，可是卻也是非常的危險，不僅有無數的機關，還有守護的衛兵。」

寒克萊插口說道：「楚老弟，這裏的事情處理完了，我也該帶著手下回去覆命了，就此別過，日後若是要去丹姿城，可拿出我贈與你的仙鶴徽章，自然會有鳥族告知我。」

楚天對寒克萊的鼎力相助心裏也是感激不盡，當下握緊寒克萊的手，說道：「寒克萊大哥要是在丹姿城待久了，不妨出來找小弟，一起去北大陸探險也是好的。」

寒克萊臉上激動神色一閃而過，面上帶著微笑，說道：「好，老哥我要是無聊了就去找老弟你。」

楚天豪爽地拍拍手，說道：「那就一言爲定！」

「一言爲定！」寒克萊說完，大手一揮，手下的大雁戰士尾隨在他身後出了寨子，向丹姿城方向行進。

特洛嵐在練兵場裏找了個舒適的地方坐好，問道：「楚天，你準備什麼時候出發？」

楚天一臉的爲難，說道：「現在天牛戰士元氣大傷，再經不起一點戰爭，我要是這個時候走，對他們的影響肯定會很大。」

特洛嵐歎了口氣道：「天牛戰士們雖然實力不怎麼樣，但個個忠心耿耿，不如把他們都帶上路吧！」

阿爾弗雷德皺著眉頭，說道：「此次去聖鸞城，不能多帶一兵一卒，要是一群人浩浩蕩蕩地過去，聖鸞城裏肯定會有感應的！」

一直看著崽崽的伯蘭絲在一旁說道：「特洛嵐，你怎麼忘了聖鸞城可是我們鳥族神權最集中的地方，也是最神聖的地方，怎麼能讓一群蟲族過去呢！」

楚天打斷伯蘭絲的話，有些憤怒地道：「蟲族也是生命，爲什麼就不能去？我手下的天牛戰士，在我看來跟你們沒什麼區別。」

伯蘭絲感覺到楚天渾身散發出的強大氣勢，心裏不由也是一緊，說道：「聖鸞城作爲我們鳥族的聖地，是不允許其他種族進入的。」

特洛嵐趕緊走到他們中央，朝著楚天說道：「伯蘭絲也不是瞧不起蟲族，在這麼多年的陸地生活中，我們也知道種族之間並沒有什麼高下之分，但是每個種族中都有自己的禁制，是不可能憑你一句話就改變的。」

楚天沉默半晌，他知道特洛嵐說的都是事實，就算是在地球上也有這種情況。他右手按在眉心上，聲音很低沉地說道：「我答應過我的下屬兄弟，一定要他們在大陸上的藍天自由翱翔，我既然說了，就一定會做到。」

伯蘭絲不失時機地潑冷水：「楚天，說這種話也要看看你的實力，這個世界是靠實力說話的，就憑你現在的能力說這些話，不覺得很不自量力嗎？」

楚天對伯蘭絲的話並不在意，他眼裏流露出一股令人信服的自信，右手用力地一揮，豪邁地說道：「現在沒有，不代表以後沒有，我一定會兌現承諾的。」

阿爾弗雷德在心底贊許地歎了一聲，開口說道：「楚天，有了寶藏，實力只是早晚的問題，但要想像你所說的那樣，就必須得有自己的實力才行。」

楚天自己也深諳這個道理，他點點頭，很鄭重地說道：「我明白！」

阿爾弗雷德突然渾身氣勢暴漲，說道：「北大陸是最好的發展地，那裏很混亂，有很多我們可以收服的鳥族。」

楚天不答，心中暗暗叫囂：「既然來到這個鳥人主宰，以強者爲尊的世界，我就不信自己會被這群鳥人給壓下去，老子一定要成爲這個世界的王者。」

阿爾弗雷德以獅鷲一族的種族異能探查出楚天體內有一股極其肆虐的力量正蠢蠢欲動，知道那是主上留在楚天體內的力量開始甦醒，心中大喜道：「看來主上留在楚天體內的力量漸漸醒過來了，我們等待千年，終於要奪回我們失去的了。」

楚天「咦」了一聲，說道：「將軍什麼時候走？」

特洛嵐吃驚地說道：「什麼？將軍不跟我們一起去？」

阿爾弗雷德擺擺手，說道：「我還有些事情要處理，你們去吧！我知道現在你們也需要力量奪回本來屬於你們的綠絲屏城，跟著楚天一起去，對你們也是有好處的。」

特洛嵐先前對楚天這麼鎮定的原因只有一個解釋，那就是阿爾弗雷德這個超級高手會跟他們一起走，現在聽到獅鷲將軍這麼說，心裏也沒底，說道：「照楚天的說法，聖鸞城附近大天池的寶藏那麼珍貴，一定會有很多危險，我們這麼冒冒然去了，恐怕……恐怕不好吧！」

阿爾弗雷德看了一眼伯蘭絲懷裏的崽崽，說道：「這隻孔雀應該是孔雀一族王者的後裔了。你們要想奪回綠絲屏城，就只能冒這個險了。」

特洛嵐還要說些什麼，伯蘭絲拉了一下他，阻止他說話，自己輕聲地說道：「既然獅鷲將軍這麼說了，那我們一定會盡力的。」

她比特洛嵐要精於世故，從醒來到現在，她自然看得出楚天在阿爾弗雷德心裏絕對是分量極重的，既是這樣，他就不會讓楚天去送死，一定會有後著的，現在索性答應了他，日後一定也是大有好處的。

阿爾弗雷德眼中精光一閃，不再多言，對楚天說道：「你們準備什麼時候走？」

楚天想了會兒才說道：「要等到寨子修建好了，這裏是我的第一個基地，我要以血虻沼澤爲據點向外擴張我的勢力。」

阿爾弗雷德點點頭，說道：「等你拿到寶藏之時，我會再出現，帶你去北大陸。」

楚天豪氣地一拍手，說道：「將軍，那就這麼說定了，我把這一切都弄好之後就儘快去尋找寶藏。」

阿爾弗雷德微笑著仰起頭，自言自語地說道：「希望那天早點到來。」話一說完，只見一道黃影倏地延長百米，已經不見了。

特洛嵐歎道：「這才是真正的高手啊！」

伯蘭絲將崽崽塞進楚天的懷裏，對特洛嵐說道：「我有些事要跟你說！」

楚天奇怪地問道：「什麼事不能當面說的呢？」

伯蘭絲沒好氣地看了楚天一眼，說道：「這關係到我們鴕鳥一族的存亡，關你什麼事，多嘴！」

楚天聳聳肩，說道：「那確實不關我的事，你們聊，伯蘭絲，你把崽崽的心法給解除了，我還要跟他說話呢。」

伯蘭絲右手一道藍光閃過，說道：「好了，特洛嵐，我們出去說。」

楚天看著特洛嵐他們出去的背影，臉上若有所思，想著阿爾弗雷德的話，心裏想道：「如果照獅鷲將軍所說，特洛嵐他們鴕鳥一族現在是想依靠我的勢力崛起，重新奪回屬於孔雀一族的綠絲屏城，崽崽現在是我兒子，他要是能在鴕鳥一族的幫助之下得回綠絲屏城的統治權，對我以後也會很有幫助，雖然不太清楚鴕鳥一族的實力，從特洛嵐他們兩個的力量來看，鴕鳥一族的實力不容小覷，要是能利用好的話，一定會對我大有好處。」

在蛇族戰士的攻擊下，所有的天牛戰士都已負傷，在獨眼的帶領下把寨子修整一番之後就各自休息去了。

楚天久久不見特洛嵐和伯蘭絲回來，看著懷裏輕輕蠕動的崽崽，手臂一震，幻化成翅膀，帶著崽崽飛到寨子後面的那一片綠地上。

夜空如水，星辰遍佈，楚天躺在草地上仰望著天上的月亮，月光灑在他的周身。

楚天突然玩心大起，把崽崽放在旁邊的草地上，閉上雙目，開始運轉體內的九重禽天變心法。他的身體像是包裹在一團金色的圓球裏，與月光相呼應。

「唉，可惜現在只有前面五重的心法，後面的還不知道猴年馬月才能得到。老子想要在這個世界獲得一席之地，就必須得到九重禽天變的完整心法，去哪裏找啊？」

突然，他的腦海裏浮現出一隻禿鷹的形象，不斷地做出各種怪異的姿勢，禿鷹身上有一道金色的氣息流轉全身。楚天越看越是心驚，這不是九重禽天變的心法運轉嗎？

楚天感覺自己的眼睛無法睜開，腦海裏那隻禿鷹不斷地變換著姿勢，從第一重開始，每當禿鷹練完一重，楚天的腦海裏就會出現彷彿早已知道的關於這一重境界的特點。

楚天心裏驚喜莫名，體內的靈禽力不由自主按照腦海裏的禿鷹姿勢模仿起來，從第一重蛻焱金剛變到第四重淆隱靈融變，他不斷地擺出各種怪異的姿勢。

到第五重辟元耀虛變時，楚天以頭支地，右腳擎天，左腳平平與右腳成九十度，雙手與地面平衡。只見他周身浮現出的淡淡金色不斷從周圍的天地縈繞而來銀色的光芒，一觸碰到他的身子就被吸收進去。

第五重辟元耀虛變，可不懼平常水火，上天下地，穿梭自如。

楚天練完第五重，感覺體內的靈禽力充盈比以前更加強大，心裏不由一陣狂喜：「沒想到在短短的一天之內就連續突破九重禽天變的四五兩重，我就說嘛，做人老子是天才，做鳥自然也是個鳥才。」

第六重名爲鄙鑾戰空變，楚天模仿著禿鷹的動作，卻起不到一點作用，根本就不能吸取天地靈氣。應該是還沒達到第六重，所以才不能練習，楚天心裏想著。

既然不能練習，那看看後面的幾重境界有什麼特點也是好的，楚天凝神細想，腦海禿鷹再次運動起來，隨著他的運動，後面幾重境界的用處和特點已融進楚天的腦海裏。

第六重鄙鑾戰空變，體內經脈若隱若現，凝結出玄府元神，可隨意模仿各種術法，吸收八倍於自己力量的天地元氣。

「不是吧！這麼強悍，那老子練到第六重不就可以橫著走了？百變星君，嘿嘿，你是模仿各種鳥的樣子，我卻是模仿他們的術法，看誰強。老小子，下次見面一定要你大吃一驚。」楚天得意地咧著嘴。

第七重裂翱仙儺變，可化羽分身，元神附於羽毛，藉以逃生，更可結成禽王界獄，一個純粹屬於自己掌控的領域空間。

「原來九重禽天變到後面就都是以攻擊力為主的境界了，怎麼不早點運用這些術法呢。」楚天在驚喜之餘，對九重禽天變境界的安排很是不滿意。

第八重燹雷劫神變，領域空間無限地提供元氣，導致元神裂變，物極必反，引動天劫，若能度過則境界提升，否則必死無疑。

「爺爺的，老子就說不會有這麼好的事，這也太難了吧！那萬一我沒渡過豈不是掛了？不行，我現在覺得練到第七重就可以了。」楚天心裏又是一陣自我安慰，叮囑自己千萬別練第八重。

第九重九焚滅天變，可移山填海，吞噬生靈，修成九梵金身，幾乎天下無敵。

楚天笑得嘴都快裂開了，想到那時在黑雕城的神殿裏看到鳳凰大祭司煮海時的雄風，心裏樂開了花：「嘿嘿，等我練到第九重，也能像他那麼威風了，憑我天才的智商，才一個多月的時間就練到了第五重，練到第九重應該要不了多久了。哈哈……老子天下無敵了。」他現在可沒想到先前還想著不練第八重的心法。

當他的腦海裏浮現出大雷神鯤鵬睥睨天下的場面時，心裏竟然湧出無盡的殺機，這股殺機讓他不由自主地仰天長嘯，雙眼驀地睜開，眼中金芒炸開。

「咦，是做夢啊！」楚天還保持著第五重辟元耀虛變的姿勢，看著周圍，什麼都沒有。

一對很小漆黑如墨的眼睛歪著頭盯著楚天的雙眼，在楚天的對面做著同樣的姿勢，還奶聲奶氣地說道：「媽媽，你這是在做什麼呢？看起來好奇怪哦！」

原來是崽崽醒過來了，也不能說是不巧，楚天雙眼金芒才一隱去，崽崽就醒過來，否則的話，崽崽會被他那無窮殺機的眼神攝死。

楚天收斂心神，笑著說道：「崽崽，怎麼睡那麼久，老爸在修煉，這可不是好玩的，老爸要提升力量，然後才能保護好崽崽啊！」

小可愛眨巴著眼睛，透出不解，說道：「媽媽，那你修煉的姿勢好難看呢，崽崽才不要學。媽媽，你說什麼時候崽崽也能像你一樣厲害呢？」

楚天哈哈大笑，跟崽崽同時翻過身，躺在草地上，說道：「我的崽崽一定跟他老爸一樣是個天才，所以很快就能像老爸一樣厲害了。」

一大一小兩隻黑乎乎的鳥躺在草地上看著夜空，楚天心裏想道：「可惜我的九重禽天變崽崽不能修煉，不知道那兩隻鴕鳥教給崽崽的心法是什麼。」

崽崽見楚天半天不說話，自己爬起來壓在楚天的胸前，說道：「媽媽，崽崽睡了很久嗎？」

楚天笑著說道：「嗯，崽崽，你可是錯過了看你老爸最英勇無敵的樣子的機會啊！」

小可愛在楚天的臉上「吧唧」親了一口，說道：「媽媽什麼時候都是最英勇無敵的，你怎麼不叫醒崽崽呢?獨眼叔叔也不叫醒崽崽,不行,崽崽要去拔他的觸鬚。」

楚天大樂,說道:「崽崽,你獨眼叔叔現在很累了,他也很英勇呢!殺了好多黑蝰蛇。」心裏想著不管怎麼樣,現在崽崽對他這麼依戀,他一定會讓崽崽得到屬於他自己的東西。

崽崽奇怪地問道:「黑蝰蛇?就是我們去天空之城見到的那幾條很醜的獨腳蛇嗎?」

楚天應了一聲,說道:「崽崽,你特洛嵐叔叔和伯蘭絲阿姨有沒有傳你什麼心法?」

崽崽歪著腦袋,想了一會兒才說道:「特洛嵐叔叔只教我識字,伯蘭絲阿姨倒是傳了我一些心法,說是強身用的。」

「不行,一定要讓特洛嵐他們儘快傳崽崽一些心法,現在崽崽也不小了,早點學總是好的。」楚天打定主意,問道:「那崽崽學了有沒有什麼進步沒有?」

崽崽臉上露出自信的笑容,仰著小腦袋說道:「媽媽,你別看崽崽長得跟你一樣黑,學起東西來可是很聰明的,伯蘭絲阿姨都誇崽崽學得快呢。」

楚天右手輕敲著額頭,笑著說道:「那崽崽可要努力了,什麼時候能超過你老爸我就行了。」

崽崽翅膀輕輕拍打著楚天的臉,說道:「媽媽,你現在看起來很好看啊!崽崽也要像媽媽一樣好看。」

楚天大笑，一把抱起崽崽，說道：「那崽崽就更要努力地修煉了，老爸可是修煉之後才變成這個樣子的。」

崽崽很認真地點點頭，說道：「崽崽很聽媽媽的話的，媽媽說要努力修煉，崽崽一定會很努力的。」

楚天站起來，向寨門看了幾眼，「奇怪了，特洛嵐和伯蘭絲他們怎麼說了那麼久還不回來，不會出什麼事了吧！他們現在身子剛剛復原，還不知道那些黑蝰蛇軍團撤走沒有。」心裏正想著，只見特洛嵐一步一步地向寨子裏走來，後面跟著伯蘭絲。

楚天迎上去，責怪道：「你們怎麼去了那麼久，還不知道黑蝰蛇軍團到底撤走沒，出了什麼事怎麼辦？」

特洛嵐臉上掩飾不住驚訝，雙眼藍光變幻，盯著楚天看了半天才說道：「伯蘭絲，你看到沒有，楚天現在的力量又提升了一個境界，我們兩個現在獨打都不是他的對手了。」

伯蘭絲本來一直低著頭，心不在焉的，聽到特洛嵐的話，抬起頭望向楚天。

楚天雙眼透出閃爍不定的迷人光芒，剛毅的臉龐掛著若有若無的笑意，身上穿的衣物早在跟黑蝰蛟打鬥時破裂，上身裸露在外，露出完美而強健的肌肉。由於身材極其高大，這樣浮在低空中，看起來就猶如一尊天神。

伯蘭絲臉上同樣露出震驚之色，難以置信地說道：「怎麼會這麼快？他現在的力量已

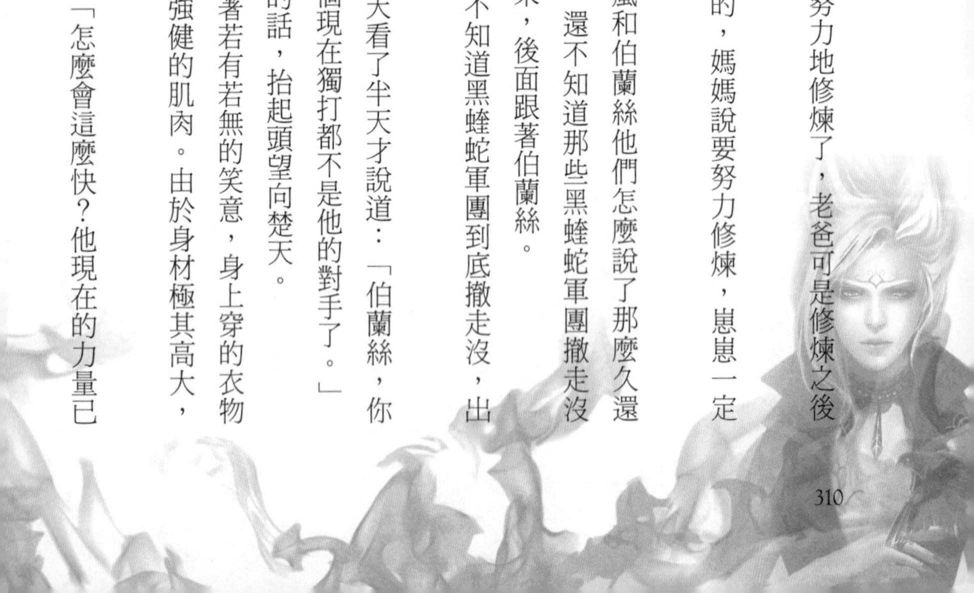

經達到了銳爵等級恐怕還不止。」

特洛嵐歎了口氣，眼裏彷彿沒有楚天這個人，繼續對伯蘭絲說道：「從我們跟在他身邊開始，就一步步看著他力量的成長，能在短短一個多月的時間練到這種境界，可以說是在我們鳥族歷史上從來沒有過的，就是當年被稱爲天禽的天弋城城主也沒有這麼快啊！」

楚天心裏很是不爽：「這兩隻鴕鳥分明沒把我放在眼裏嘛！」要是以前他肯定沒話說，現在可不一樣了，不知道怎麼的，現在的楚天舉手投足間總是有一種霸氣，不容人不屈服的霸氣。

伯蘭絲也感覺到楚天散發出的氣勢，雖然不畏懼，但也要運起靈禽力來抵抗才行，她深吸一口氣，說道：「楚天，我們恐怕不能這麼快就走了！」

楚天用右手敲打著額頭，問道：「現在寨子的事也已經平息了，還有什麼問題嗎？」

特洛嵐插口道：「你現在消除了鳥族的一大隱患，一定會引起神權派和王權派對你的拉攏。他們的勢力是遍佈天下的，要是我們現在就去聖鸞城的大天池附近，一定會引起有心人的注意，到時我們去找尋寶藏就麻煩了。」

楚天點點頭，說道：「你說的也對，那我們怎麼辦，難道在這裏等著？」畢竟特洛嵐和伯蘭絲都有家族傳承的記憶，在這方面更有經驗。

特洛嵐望了眼伯蘭絲，說道：「我們剛才商議的結果，就是我們還要留在這裏。」

楚天不解地問道：「我們留在這裏有什麼用？」

特洛嵐微微一笑，說道：「非常有用，你不是要將血虻沼澤作爲自己的第一根據地嗎？正好可以借此機會讓他們都承認這一片廣闊的陸地是屬於你的。」

楚天心裏一動：「是呀！我現在立了這麼大的功勞，他們一定會答應我的，那樣的話我就可以擁有屬於自己的封地了。」他點點頭，說道：「這樣也好，不過血虻沼澤這一片陸地太過於荒涼了，不太適合長期生活，特洛嵐，你覺得呢？」

雖然楚天知道特洛嵐他們的決定對自己絕對是沒有壞處的，可是還是想到光憑自己一個人是不可能讓王權派和神權派承認的，必須加上特洛嵐他們鴕鳥一族和背後雖然沒落但依舊擁有強大實力的孔雀一族才行。

特洛嵐笑著說道：「這個你不必擔心，王權派和神權派一定會想盡辦法讓你加入他們的陣營，到時你就可以靜觀其變了。」

「哼！加入他們的陣營？我現在修煉九重禽天變，加上掌握了一個巨大的寶藏，擁有自己的勢力是遲早的事。」楚天眼中厲芒一閃而逝。

伯蘭絲發覺現在的楚天跟以前不大一樣了，現在只要一提到神王兩派，他的眼神便會變得嚴厲，跟以往完全像是兩個人，雖然說話還是不成熟，但在漸漸知道更多鳥族之間的事情後，他就變得敏銳，也更加強橫。

特洛嵐見楚天沉默不語，繼續說道：「我們可以遲些去聖鸞城，獲得寶藏是遲早的事，我們的實力還不是很強大，現在最重要的是要得到其中一派的全力支援才行。」

楚天略一思索，便明白了特洛嵐打的什麼算盤。特洛嵐他們現在找到了孔雀一族的後裔，現在急著回去收復綠絲屏城，如果有了神王兩派中任何一派支援，對他們收回綠絲屏城來說，一定會更加地順利，也更加理所當然。

楚天想通了這一點，點點頭，說道：「那就依照特洛嵐的意思，先在寨子多待上幾天，看看他們是否會來！」

一個巨大的疑問再次浮上楚天的心頭，那就是當年孔雀一族叛亂失敗，全體被貶爲賤籍。就算自己現在的實力有讓神王兩派拉攏的資格，恐怕也不足以讓他們將一座天空之城拱手讓給曾經的叛徒吧！

楚天看了看懷裏安靜的崽崽，岔開話題說道：「你們準備什麼時候傳給崽崽正式修煉的心法？」

特洛嵐摸了摸崽崽的小腦袋，說道：「伯蘭絲現在傳給崽崽的心法是他們一族修煉最基礎的心法。崽崽繼承了家族最高貴的血統，很快就能蛻變了。」

楚天用右手敲擊著額頭，笑著說道：「到現在你們還不主動說出崽崽他們家族，你們當我是傻子啊！孔雀一族的後裔，要不是他們說，我還真不信，跟我一樣都是黑不溜秋的崽崽，居然是天底下最漂亮的孔雀後裔。」

特洛嵐尷尬一笑，說道：「崽崽的身分是不能讓外人知道的，孔雀一族的王者後裔中我們只找到崽崽，要是他的身分被人識破，那就危險了。」

楚天眉頭緊蹙，說道：「崽崽的身分現在至少有幾個人知道，他們的修爲極高，那樣的話，也就是說只有修爲達到一定階段，才能看出崽崽的身分？」

特洛嵐搖搖頭，說道：「光是力量達到了還不夠。孔雀一族的王者已經多年未見於世，而他們身上的氣息不是僅僅靠著力量就能感應出來的，百變星君和獅鷲將軍都是歷盡世事之人，人生閱歷豐富才會知道崽崽的身分。」

楚天點點頭，說道：「就是，我現在感覺崽崽體內的氣息也無法感知他是一隻孔雀，但是照你說的，綠絲屏城現在一片混亂，你們回去之後會統一綠絲屏城嗎？」

特洛嵐點點頭，說道：「雖然綠絲屏城現在處於一片混亂之中，但是主要的勢力還是掌握在我們主上孔雀一族的手裏，三千年前被貶爲賤籍的只有王宮裏的孔雀貴族。」

楚天很好奇地問道：「綠絲屏城裏現在有那麼多的孔雀，怎麼還是那麼混亂呢？」

伯蘭絲插口說道：「孔雀王族被貶爲賤籍之後，其他的各族孔雀紛紛自立，宣稱爲王，誰也不服誰，你說怎麼統一？我跟特洛嵐作爲當年王族家臣的後裔，決定下陸地來尋找我們的主上，好回去結束綠絲屏城現今的狀況。」

崽崽挪了挪身子，說道：「媽媽，孔雀很漂亮嗎？崽崽怎麼會是孔雀呢？」

楚天捏捏崽崽的小臉，笑著說道：「崽崽，天底下最美的鳥就是孔雀了，崽崽你就是隻小孔雀啊！讓你特洛嵐叔叔告訴你吧，老爸也不是很清楚。」

崽崽望向特洛嵐，滿臉的疑惑，天真地問道：「特洛嵐叔叔，崽崽怎麼會是隻孔雀呢？媽媽長得這麼醜，怎麼也不像他嘴裏說的最美的鳥啊！」

特洛嵐不知道該怎麼回答，沉默了半晌才說道：「崽崽，等你把伯蘭絲阿姨教給你的心法完全掌握了，就會知道的，現在叔叔還不能告訴你！」

崽崽晃動了兩下腦袋，轉過臉問楚天：「媽媽，為什麼崽崽現在不能知道呢？特洛嵐叔叔一點都不好。」

楚天笑著說道：「那是你特洛嵐叔叔想讓崽崽修煉完心法之後得到一個驚喜啊！」

伯蘭絲從楚天懷裏接過崽崽，柔聲地說道：「崽崽，現在很晚了，你要早點休息。」

崽崽眨了眨眼睛，一股濃濃的倦意湧上來，他抬了幾下眼皮想說話，最終還是低下頭沉沉地睡去。

特洛嵐舒了口氣，說道：「現在還不能讓崽崽知道這一切，我想等他回到綠絲屏城再瞭解自己的家族。」

不知道崽崽知道自己的身世之後會不會離開我？楚天想到崽崽帶給自己的開心和快

樂，要不是崽崽，或許自己現在還在怨天尤人地待在血虻沼澤做著土霸王。

楚天心裏悶悶不樂，也不答特洛嵐的話，自顧自地向寨子後的綠地走去。

伯蘭絲歎了口氣，臉上露出前所未有的疲倦，她輕輕地靠在特洛嵐肩上，輕聲地說道：「特洛嵐，我們鴕鳥一族的興盛真要寄託在楚天身上嗎？」

特洛嵐擁著伯蘭絲，望著楚天偉岸的背影，說道：「我不知道，現在崽崽對楚天這麼依賴，而楚天現在的靈禽力進展神速，加上萬年不見的獅鷲一族現身幫助他，你還以爲他僅僅是一隻弱小的鳥嗎！」

伯蘭絲輕撫著特洛嵐的臉道：「剛才我們出去已經運用種族異能將楚天打敗黑蝰蛟的消息散播出去，現在就看神王兩派的反應了。不管怎麼樣，現在我們的確只能依靠不斷讓我們驚喜的楚天了。」

特洛嵐點點頭，撫摸著她懷裏的崽崽，柔聲地說道：「我們也應該傳授崽崽孔雀一族的心法了，日後回到綠絲屏城，崽崽的力量要是太弱，難免會讓其他臣下不服。」

伯蘭絲抬起頭，看著特洛嵐的眼睛，說道：「我們都看得出楚天對崽崽的感情，他是絕對不會讓崽崽受一點傷的，我們索性把所有的事都跟他說了吧！」

特洛嵐沉默半天才說道：「現在還不是時候，等他得到了聖鸞城下的寶藏再說吧。」

伯蘭絲細不可聞地歎了口氣，說道：「我們也去休息吧！」特洛嵐擁著伯蘭絲向寨子裏走去。

楚天留在寨子裏有兩天了，寨子裏所有的事都交給獨眼和坎落金、坎落黑他們處理，自己則是每天都在寨子後面的綠地上修煉心法。說來也奇怪，每當修煉時遇到難題時，腦海裏就會出現修煉九重禽天變心法的體會，彷彿他曾經練過一般。

正是因爲如此，楚天修煉第五重辟元耀虛變已經快要突破前期，達到後期的修爲了。

楚天站在綠地上，雙眼紅黑兩芒不斷變幻，體內靈禽力急速向外膨脹，一瞬間便將他的身子包裹在一層濃濃的金光之下。

楚天輕喝一聲：「辟元耀虛變，下！」異變突起，他憑空消失不見。再出現時已經是在寨子兩裏之外的山坡上了，他像是突然出現的。

拍拍手，楚天回身望著寨子，心裏大喜道：「太好了，看來我的辟元耀虛變已經有所大成了，不知道被火烤有沒有事，找個時間試試。不行，要是不靈，變成燒雞就慘了。」

他搖搖頭，靈禽力運轉，依舊是以辟元耀虛變穿地回到綠地上，沉沉地睡著了。

精彩內容請續看《馭禽齋傳說》卷三聖皇回歸

獨樹一格的火紅網路小說
魔獸世界寵物版
馭獸齋傳說
歡迎來到寵獸世界，
這是個功力與能力無上限的星際時空！
《馭獸齋傳說》全九冊
卷一 幻獸世家
卷二 寵獸星球
卷三 靈獸譜系
卷四 愛獸無悔
卷五 魔獸迷蹤
卷六 異獸虛空
卷七 龍獸魔宮
卷八 妖獸爭霸
卷九 龍神回歸

駁禽長征 ②出奇制勝 (原名：馭禽齋傳說)

作　　者：雨　魔
發 行 人：陳曉林
出 版 所：風雲時代出版股份有限公司
地　　址：105台北市民生東路五段178號7樓之3
風雲書網：http://www.eastbooks.com.tw
官方部落格：http://eastbooks.pixnet.net/blog
信　　箱：h7560949@ms15.hinet.net
郵撥帳號：12043291
服務專線：(02)27560949
傳眞專線：(02)27653799
執行主編：劉宇青
美術編輯：吳宗潔

法律顧問：永然法律事務所　李永然律師
　　　　　北辰著作權事務所　蕭雄淋律師
版權授權：蔡雷平
初版換封：2015年12月

ISBN：978-986-352-225-6

總 經 銷：成信文化事業股份有限公司
地　　址：新北市新店區中正路四維巷二弄2號4樓
電　　話：(02)2219-2080

行政院新聞局局版台業字第3595號
營利事業統一編號22759935

定 價：280元　特價：199元

國家圖書館出版品預行編目資料

駁禽長征 / 雨魔 著. — 初版. —
臺北市 ： 風雲時代, 2015.08-
冊 ；　公分
ISBN 978-986-352-225-6(第2冊 ： 平裝). —

857.7　　104009474